A VIDA DOS ELFOS

MURIEL BARBERY

A vida dos elfos

Tradução
Rosa Freire d'Aguiar

COMPANHIA DAS LETRAS

Título original
La Vie des elfes

Capa
Kiko Farkas e André Kavakama/ Máquina Estúdio

Preparação
Ana Cecília Agua de Melo

Revisão
Renata Lopes Del Nero
Márcia Moura

Dados Internacionais de Catalogação na Publicação (CIP)
(Câmara Brasileira do Livro, SP, Brasil)

Barbery, Muriel
      A vida dos elfos / Muriel Barbery ; tradução Rosa Freire
d'Aguiar. — 1ª ed. — São Paulo : Companhia das Letras, 2015.

      Título original: La Vie des elfes.
      ISBN 978-85-359-2647-7

      1. Ficção francesa I. Título.

15-08008   CDD-843

Índice para catálogo sistemático:
1. Ficção : Literatura francesa 843

[2015]
Todos os direitos desta edição reservados à
EDITORA SCHWARCZ S.A.
Rua Bandeira Paulista, 702, cj. 32
04532-002 — São Paulo — SP
Telefone: (11) 3707-3500
Fax: (11) 3707-3501
www.companhiadasletras.com.br
www.blogdacompanhia.com.br

Para Sébastien
Para Arty, Elena, Miguel, Pierre e Simona

Sumário

NASCIMENTOS
A *menina das Espanhas,* 11
A *menina das Itálias,* 23

ARQUEIROS
Angèle — *As flechas pretas,* 39
Gustavo — *Uma voz de morte,* 53
Vila Acciavatti — *Conselho élfico restrito,* 69
Maria — *A lebre e o javali,* 71
Leonora — *Tanta luz,* 89
Pavilhão das Brumas — *Conselho élfico restrito,* 107
Eugénie — *Todo o tempo da guerra,* 108
Raffaele — *Esses criados,* 122
Pavilhão das Brumas — *Conselho élfico restrito,* 133
Clara — *Que pegue terços,* 134
Pietro — *Um grande marchand,* 141
Vila Acciavatti — *Conselho élfico restrito,* 153
O padre François — *Nesta terra,* 155

Alessandro — *Os pioneiros*, 167

Pavilhão das Brumas — *Conselho élfico restrito*, 182

André — *À terra*, 183

Teresa — *As irmãs Clemente*, 201

Pavilhão das Brumas — *Conselho élfico restrito*, 210

Rose — *As linhagens do céu*, 211

Petrus — *Um amigo*, 222

Pavilhão das Brumas — A *metade do Conselho das Brumas*, 231

GUERRA

Eugène — *Todos os sonhos*, 237

Conselho das Brumas — A *metade do Conselho das Brumas*, 262

Agradecimentos, 264

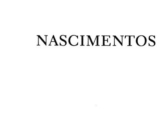

NASCIMENTOS

A menina das Espanhas

A menina passava nos galhos o essencial de suas horas de lazer. Quando não sabiam onde encontrá-la, iam até as árvores, primeiro até a grande faia que dominava o alpendre norte e onde ela gostava de sonhar observando o movimento na granja, depois até a velha tília do jardim do padre, ao lado da muretinha de pedras, e finalmente, e em geral era no inverno, até os carvalhos do vale oeste do campo vizinho, uma ondulação do terreno plantada com três espécimes como não havia mais bonitos naquela terra. A menina se escondia nas árvores todo o tempo que conseguia roubar de uma vida de aldeia feita de estudo, refeições e missas, e de vez em quando convidava uns amiguinhos que se deslumbravam com as esplanadas leves que ela abrira ali em cima e onde passavam dias maravilhosos conversando e rindo.

Uma noite em que estava num galho baixo do carvalho do meio, quando a várzea se enchia de sombra e ela sabia que iam buscá-la para voltar para a casa quentinha, resolveu cortar pelo pasto e ir cumprimentar os carneiros do vizinho. Partiu pela bruma nascente. Conhecia cada torrão de mato num perímetro que ia dos contrafortes da granja de seu pai até as fronteiras da granja do Marcelot; poderia fechar os olhos e localizar, como se localizam estrelas, os calombos nos campos, juncos no riacho, pedras nos caminhos e declives suaves; mas em vez disso, e por um motivo especial, arregalou os olhos. A poucos centímetros, alguém andava pela bruma, e essa presença provocava em seu coração um estranho aperto, como se o órgão se dobrasse sobre si mesmo, levando-lhe curiosas imagens — e viu um cavalo branco numa vegetação rasteira avermelhada e um caminho pavimentado de pedras pretas que brilhavam sob as folhagens altas.

É preciso dizer que criança ela era no dia desse acontecimento extraordinário. Os seis adultos que viviam na fazenda — o pai, a mãe, as duas tias-avós e duas primas mais velhas — a adoravam. Havia nela um encantamento que não parecia aquele das crianças que viveram primeiras horas clementes, essa espécie de graça nascida da boa mistura da ignorância e da felicidade, não, era mais um halo irisado que se via quando ela se mexia e que os espíritos forjados nos pastos e bosques comparavam com as vibrações das grandes árvores. Além dela, só a tia mais velha, devido a um poderoso pendor pelo que não tem explicação, pensava que a menina tinha algo mágico, mas o que se dava por certo é que ela se movia de um jeito inabitual para uma criança tão pequena, levando consigo um pouco da invisibilidade e do tremor do ar, como fazem as libélulas ou as folhinhas ao vento. No mais, era muito morena e muito viva, um pouco magra mas com muita elegância; os olhos eram como duas obsidianas faiscantes; a pele fosca, quase cor de bistre; uma vermelhidão em círculo, no alto das maçãs do rosto um pouco eslavas; por fim, lábios muito bem delineados, e da cor de sangue fresco. Um esplendor. E que temperamento! Sempre correndo pelos campos, jogando-se na relva e olhando para o céu grande demais, cruzando de pés descalços o riacho, mesmo no inverno, pelo frescor ou pela ardência, e narrando para todos, com a seriedade de um bispo, as façanhas grandes e pequenas de seus dias ao ar livre. Some-se a isso uma ligeira tristeza, comum às almas cuja inteligência transborda a percepção e que, pelos indícios visíveis em todo canto, mesmo nos lugares protegidos, embora muito pobres, onde ela cresceu, já pressentem as tragédias do mundo. Assim, foi essa jovem plantinha ardente e secreta que sentiu perto de si, na bruma das cinco horas, a presença de um ser invisível que ela sabia, com mais certeza que a do padre pregando que Deus existia, ser ao mesmo tempo amigável e sobrenatural. Portanto, não sentiu medo. Ao contrário, bifurcou na direção dele, que andava na rota que ela decidira antes, a dos carneiros.

Alguma coisa pegou sua mão. Era como se tivessem enrolado numa palma larga uma meada macia e morna que formava uma pinça suave na qual sua própria mão se afogava, mas nenhum homem poderia ter esse aperto de mão, com cheios e vazios que ela sentia através do novelo sedoso, como se fosse a pata de um javali gigante. Nesse instante, eles dobraram à esquerda, quase em ângulo reto, e ela entendeu que se dirigiam para o pequeno bosque que contornava os carneiros e a granja do Marcelot. Havia ali um terreno baldio com um belo matagal cerrado e úmido que subia por uma ladeira suave e depois ia dar na colina por uma passagem em zigue-zague, até cair num lindo bosque de álamos cheio de morangos e pervincas formando um tapete: era onde, não fazia muito tempo, cada família tinha direito de cortar lenha na mata quando caíam as primeiras neves; infelizmente, agora esse tempo passou, mas hoje não se falará dele, por tristeza ou por esquecimento, e porque nessas alturas a menina corre ao encontro de seu destino mantendo bem apertada a pata de javali gigante. Essa noite se passou no outono, que, fazia muito tempo, não se conhecia tão clemente. Tinham atrasado a hora de pôr as maçãs e peras para enrugar nas esteiras de madeira do porão, e o dia inteiro choviam insetos inebriados pela grande colheita do pomar. Além disso, havia no ar como que um langor, um suspiro indolente, uma certeza inerte de que as coisas jamais terminariam, e se os homens trabalhassem como de costume, sem descanso e sem se queixar, desfrutariam secretamente desse interminável outono que lhes dizia para não se esquecerem de amar.

Ora, eis que a menina se dirige para a clareira do bosque do leste e que se produz outro acontecimento inesperado. Começa a nevar. Começa a nevar para valer, e não com esses floquinhos tímidos que ficam felpudos no ar cinzento e mal parecem pousar no chão, não, começa a nevar flocos densos, grandes como brotos de magnólia e que se ajudam mutuamente para formar uma cortina bem opaca. Na aldeia, lá pelas seis da tarde todos foram surpreendidos; o pai, que rachava sua lenha vestindo uma simples camisa de cotim, o Marcelot, que desentorpecia a matilha lá para os lados do laguinho, a Jeannette, que sovava seu pão, e outros mais que, naquele fim de outono, sonhando com a felicidade perdida, vagavam, iam e vinham no couro, na farinha e na palha; sim, todos se impressionaram, e agora fechavam os trincos das portas dos estábulos, entravam com os carneiros e os cachorros e se preparavam para o que faz quase tão bem quanto as belas lassidões do outono: para o primeiro serão ao pé da lareira, quando lá fora neva como o diabo.

Preparavam-se e pensavam.

Pensavam, no caso dos que se lembravam, num fim de dia de outono, dez anos antes, em que a neve caíra de repente como se o céu se esboroasse de vez em lasquinhas imaculadas. E, singularmente, pensavam nisso na granja da menina, onde acabavam de descobrir que ela não estava em casa e onde o pai enfiara o boné de pele e um casaco de caça que fedia a naftalina a cem metros.

— Que eles não venham nos tomá-la de novo — ele murmurou antes de desaparecer na noite.

Bateu às portas das casas da aldeia onde se encontravam outros granjeiros, o mestre correeiro e o seleiro, o prefeito (que também era o chefe dos cantoneiros), o guarda-florestal e mais uns outros. Por todo lado só teve uma frase para dizer: está faltando a pequerrucha, antes de sair de novo para a porta seguinte, e atrás dele outro homem vituperava, com seu casaco de caça ou seu paletó dos frios intensos, se equipava e se enfiava na tempestade, rumo à próxima casa. Foi assim que eles chegaram a quinze na casa do Marcelot, cuja mulher já preparara uma fritada de toucinho e uma jarra de vinho quente. Deram cabo de tudo aquilo em dez minutos entrecortados de instruções de batalha não tão diferentes das que acompanhavam as manhãs de caça, a não ser o fato de que o trajeto dos javalis não tinha mistério mas a menina, essa sim, era mais imprevisível que um duende. Simplesmente, o pai, como todos os outros, tinha um palpite, pois ninguém acredita em coincidências naquelas paragens onde o bom Deus e a lenda formam uma boa dupla e onde se desconfia que eles tenham truques que o homem das cidades há muito esqueceu. Aqui na nossa terra, saibam vocês, só raramente a gente apela à razão para ajudar os náufragos, pois em geral contam o olho, o pé, a intuição e a perseverança, e era o que eles faziam naquela noite, porque se lembravam de uma noite parecida, exatos dez anos antes, em que subiram a passagem da montanha indo à procura de alguém cujos vestígios levavam direto à clareira do bosque do leste. Ora, o que o pai mais temia era que, quando chegassem lá em cima, os rapazes apenas conseguissem arregalar os olhos, se benzer e sacudir a cabeça, exatamente como haviam feito quando os vestígios desapareceram abruptamente no meio do círculo e eles se viram contemplando uma neve lisa como pele de recém-nascido e um lugar virgem e mudo onde ninguém, todos os caçadores seriam capazes de jurar, tinha passado nos últimos dois dias.

Vamos deixá-los subir, no meio do vento glacial da tempestade de neve.

A menina, por sua vez, chegou à clareira. Neva. Ela não sente frio. Quem a levou ali fala com ela. É um grande e belo cavalo branco com pelo fumegante na noite que espalha uma bruma clara em todas as direções do mundo — para o oeste, onde o Morvan fica azulado, para o leste, onde se fez a colheita sem um pingo de chuva, para o norte, onde se estende a planície, e para o sul, onde os homens estão penando na montanha, com neve até o meio das coxas e um coração fatiado de angústia. Sim, um grande e belo cavalo branco com braços e pernas, e esporões também, e que não é nem um cavalo, nem um homem, nem um javali, mas uma síntese dos três, embora sem partes unidas — a cabeça do cavalo se torna, por instantes, a de um homem, ao mesmo tempo que o corpo se alonga e se enfeita com cascos que se retraem como patas de um pequeno porco selvagem e depois crescem até se tornar as de um javali, e isso continua indefinidamente, e a menina assiste, concentrada, a essa dança das essências que se convocam e se misturam traçando o passo do saber e da fé. Ele fala com ela, baixinho, e a bruma se transforma. Então, ela vê. Não entende o que ele diz mas vê uma noite de neve como aquela, na mesma aldeia onde fica sua granja, e na soleira da porta há uma forma branca pousada sobre o branco da neve. E essa forma é ela.

Não há uma alma que não se lembre disso toda vez que cruza com essa menina vibrante como um pintinho, de uma vida pura que a gente sente palpitar até nos ombros e no coração. Foi a tia Angèle que, na hora de ir recolher as galinhas, encontrara a pobrezinha que olhava para ela com seu rostinho cor de âmbar devorado por olhos pretos tão visivelmente humanos que ela ficou ali, com o pé no ar, antes de se recuperar e gritar *uma criança na noite!* e, depois, apertá-la contra si para entrar com a menina que fora poupada dos flocos, embora continuasse a nevar tremendamente. Um pouco mais tarde, naquela noite, a tia declararia: *foi que nem eu acreditar que o bom Deus estava falando comigo*, e depois se calaria com a sensação embaralhada de que era impossível expressar o transtorno das curvas do mundo que passara pela descoberta da recém-nascida em seus cueiros brancos, ou a fissão deslumbrante das possibilidades em caminhos desconhecidos que rugiam na noite de neve, enquanto se retraíam e se contraíam os espaços e os tempos — mas pelo menos ela sentira isso, e entregava ao bom Deus o cuidado de entender.

Uma hora depois de Angèle descobrir a menina, a granja estava cheia de aldeãos que deliberavam, e o campo, de homens que iam atrás de um vestígio. Seguiam a pista dos passos solitários que partiam da granja e subiam para o bosque do leste, mal e mal pisoteando uma neve em que, porém, se afundavam até o quadril. O que se seguiu é conhecido: chegando à clareira, pararam a perseguição e voltaram para a aldeia, carregados de um espírito um tanto sombrio.

— Tomara que — disse o pai.

Ninguém disse mais nada, mas todos pensaram na desafortunada que, talvez; e se benzeram.

A menina observava tudo aquilo do fundo de cueiros de cambraia fina, com rendas de uma confecção desconhecida naquela terra, e na qual havia bordadas uma cruz que aqueceu o coração das vovozinhas e duas palavras numa língua desconhecida, que as assustaram muito. Duas palavras nas quais se concentrou a atenção de todos, em vão, até que chegasse o Jeannot, funcionário dos correios que, pelas circunstâncias da guerra, aquela de que vinte e um homens da aldeia não haviam retornado, e pela qual havia um monumento defronte da prefeitura e da igreja, fora outrora até muito longe no território que chamavam de Europa — e que não tinha outra localização, no espírito dos salvadores, senão a das manchas rosa, azuis, verdes e vermelhas do mapa da sala da prefeitura, pois o que é a Europa quando fronteiras rígidas separam aldeias que só se cruzam com outras a três léguas?

Ora, o Jeannot, que acabava de chegar todo coberto de flocos e a quem a mãe tinha servido um café com um copázio de pinga, olhou para a inscrição bordada com linha de algodão acetinado e disse:

— Santo Deus, é espanhol.

— Tem certeza? — perguntou o pai.

O rapagão balançou vigorosamente um nariz todo embrumado de aguardente.

— E quer dizer o quê? — perguntou também o pai.

— Sei lá! — respondeu o Jeannot, que não falava estrangeiro.

Todos balançaram a cabeça e digeriram a notícia com a ajuda de mais uma dose de pinga. Então era uma menina que vinha das Espanhas? Essa não.

Enquanto isso, as mulheres, que não bebiam, tinham ido buscar a Lucette, que acabava de sair do parto e no momento dava seu leite a dois pequenotes aninhados contra dois seios tão brancos como a neve lá fora, e todos olhavam sem um pingo de malícia para aqueles dois seios belos como pães de açúcar e que a gente tinha vontade de chupar, igualzinho, sentindo que uma espécie de paz se fazia no mundo porque havia ali dois bebês pendurados em tetas nutrizes. Depois de ter mamado bastante, a menina deu um lindo arrotinho, redondo como uma bola e tão sonoro como um campanário, e todos caíram na risada e se deram fraternalmente tapinhas no ombro. Relaxaram, a Lucette ajeitou seu corpete e as mulheres serviram patê de lebre sobre grossas fatias de pão torradas na banha de ganso, porque sabiam que era este o pecado do senhor padre e tinham em mente manter a senhorita numa casa cristã. Aliás, aquilo não causou os problemas que causaria em outro lugar se uma menina hispânica fosse dar as caras assim, na soleira da porta de um fulano qualquer.

— Pois é — disse o pai —, tenho cá por mim que a menina está se sentindo em casa — e olhou para a mãe, que lhe sorriu, e olhou para cada um dos convivas cujo olhar saciado se detinha nos recém-nascidos instalados sobre um cobertor ao lado da grande estufa, e olhou enfim para o senhor padre que, aureolado de patê de lebre e banha de ganso, se levantou e se aproximou da estufa.

Todos se levantaram.

Não repetiremos aqui uma bênção de padre do interior; todo aquele latim, quando na verdade gostaríamos muito de saber um pouco de espanhol, nos deixaria muito atrapalhados. Mas se levantaram, o padre benzeu a menina e todos souberam que a noite de neve era uma noite de graças. Lembravam-se do relato de um antepassado que lhes falara de uma geada de morrer de pavor, tanto quanto de frio, quando estavam na última campanha, aquela que os tornaria vitoriosos e condenados para sempre à lembrança de seus mortos — a última campanha, quando as colunas avançavam num crepúsculo lunar no qual esse antepassado já não sabia se os caminhos de sua infância tinham algum dia existido, e aquela avelaneira da curva, e os enxames do dia de são João, não, ele já não sabia nada, e todos os homens como ele, pois fazia tanto frio por lá, tanto frio... não é possível imaginar o que foi aquele destino. Mas na aurora, depois de uma noite de desgraça em que o frio derrubava os bravos que o inimigo não conseguira matar, começara de repente a nevar, e aquela neve... aquela neve era a redenção do mundo, pois já não gelaria sobre as divisões e breve todos sentiriam na fronte a tepidez insigne e milagrosa dos flocos de um tempo mais clemente.

A menina não sentia frio, tampouco os soldados da última campanha ou os homens que tinham chegado à clareira e, quietos como cães à espreita, contemplavam a cena. Mais tarde, não se lembrarão claramente daquilo que veem tão nitidamente em pleno dia, e a todas as perguntas responderão no tom vago de quem busca dentro de si uma lembrança embaralhada. Quase o tempo todo dirão apenas:

— Tinha a pequerrucha no meio de um vento desgraçado de tempestade de neve mas ela estava viva e bem quentinha, e conversava com um bicho que depois foi embora.

— Que bicho? — perguntarão as mulheres.

— Ah, um bicho — responderão.

E como estão na terra onde o bom Deus e a lenda etc., se limitarão a essa resposta e apenas continuarão a vigiar a criança como o próprio Santo Sepulcro.

Era um bicho singularmente humano, como todos sentiam ao observar ondas tão visíveis como a matéria rodopiarem em torno da menina, e era um espetáculo desconhecido que provocava um curioso arrepio, como se de repente a vida se abrisse ao meio e fosse possível enfim olhar lá dentro. Mas o que se vê dentro da vida? Veem-se árvores, bosque, neve, uma ponte talvez, e paisagens que passam sem que o olho consiga detê-las. Veem-se a labuta e a brisa, as estações do ano e as fainas, e todos veem um quadro que só pertence a seu coração, uma correia de couro dentro de uma lata de folha de flandres, um pedacinho de campo onde há legiões de espinheiros, o rosto enrugado da mulher amada e o sorriso da menina que conta uma história de rãs-das-moitas. Depois, não veem mais nada. Os homens se lembrarão de que o mundo tornou a cair abruptamente a seus pés numa deflagração que deixou todos eles vacilantes — em seguida, viram que a clareira estava limpa de brumas, que ali nevava a ponto de a gente se afogar e que a menina permanecia sozinha no meio do círculo onde não havia outros vestígios além dos seus. Então todos tornaram a descer até a granja onde instalaram a criança diante de uma tigela de leite escaldante e onde os homens se livraram às pressas de suas espingardas, porque havia um ensopado de boletos com patê de cabeça de porco e dez garrafas de vinho de reserva.

Eis a história da menina que segurava bem apertada uma pata de javali gigante. Na verdade, ninguém saberia explicar totalmente seu significado. Mas é preciso dizer mais uma coisa, quais eram as duas palavras que estavam bordadas no avesso da cambraia branca, num belo espanhol sem complemento nem lógica, e que a menina aprenderá quando já tiver abandonado a aldeia e desencadeado as manobras do destino — e antes disso também é preciso dizer outra coisa: todo homem tem o direito de conhecer o segredo de seu nascimento. É assim que se reza em nossas igrejas e em nossos bosques e alguém vai correr o mundo porque nasceu na noite de neve e herdou duas palavras que vêm das Espanhas.

*Mantendré siempre.**

---

* Manterei sempre. [Esta e as demais notas são da autora.]

A menina das Itálias

Os que não sabem ler nas entrelinhas da existência lembrarão apenas que a menina crescera numa aldeia perdida dos Abruzos, entre um padre do interior e sua velha criada analfabeta.

A residência do padre Centi era uma construção alta que tinha, mais abaixo dos porões, um pomar de ameixeiras onde se pendurava a roupa nas horas frescas para que secasse por muito tempo ao vento das montanhas. Ficava à meia altura do vilarejo que subia íngreme para o céu, de modo que as ruas se retorciam em torno da colina como os fios de um novelo apertado onde se tivessem colocado uma igreja, um albergue e o necessário em pedras para abrigar sessenta almas. Depois de ter corrido o dia todo lá fora, Clara nunca voltava para casa sem atravessar o pomar, onde pedia aos espíritos do recinto que a preparassem para o retorno ao lar, entre as paredes da casa. Depois, ia até a cozinha, uma sala comprida e baixa, acrescida de uma despensa que tinha cheiro de ameixa, de velha compoteira e de poeira nobre dos porões.

Ali, da aurora ao pôr do sol, a velha criada contava suas histórias. Para o padre, dissera que quem as transmitira fora sua avó, mas para Clara, que os espíritos do Sasso as haviam soprado durante seu sono, e a menina sabia como era verídica essa confidência por ter ouvido os relatos de Paolo, que os recolhia pessoalmente junto aos gênios das pastagens de alta montanha. Mas ela só apreciava as imagens e os truques da contadora pelo veludo e pelo canto de sua voz, pois aquela mulher rude, que apenas duas palavras salvavam do analfabetismo — só sabia escrever o seu nome e o de sua aldeia, e na missa não lia as orações mas as recitava de cor —, tinha uma dicção que contrastava com a modéstia daquela paróquia recuada nos contrafortes do Sasso, e na verdade convém imaginar o que eram os Abruzos da época, na parte montanhosa onde viviam os protetores de Clara: oito meses de neve entrecortados de tempestades sobre os maciços apertados entre dois mares, onde não raro se viam alguns flocos durante o verão. E com tudo isso uma verdadeira pobreza, a dessas regiões onde não se faz outra coisa senão cultivar a terra e criar rebanhos que são levados na primavera até o ponto mais alto das vertentes. Pouca gente, portanto, e menos ainda sob a neve, quando todos foram acompanhar os animais sob o sol da Puglia. Ficam na aldeia camponeses resistentes à lavoura, que cultivam essas lentilhas escuras que só crescem em solo pobre, e mulheres valorosas que, no frio, tomam conta das crianças, das devoções e das granjas. Mas se vento e neve esculpem as pessoas dessas terras em forma de arestas de rocha dura, elas também são moldadas pela poesia de suas paisagens, que faz os pastores comporem rimas nos nevoeiros gélidos das pastagens montanhosas e produz as tempestades em lugarejos suspensos à tela do céu.

Assim, a velha senhora, cuja vida se passara entre os muros de uma aldeia atrasada, possuía na voz uma seda que lhe vinha dos faustos de suas paisagens. A menina tinha certeza disso: era o timbre daquela voz que a despertara para o mundo, embora lhe garantissem que, na época, ela não passava de um bebê faminto no degrau mais alto da escadaria da igreja. Mas Clara não duvidava de sua fé. Havia um grande vazio de sensações, uma ausência debruada de brancura e de vento; e havia a cascata melodiosa que transpassava o nada e que ela encontrava toda manhã quando a velha criada lhe desejava bom-dia. Na verdade, a menina aprendera italiano na velocidade do milagre, mas o que deixava em seu rastro um perfume de prodígio, Paolo, o pastor, compreendera de outra maneira, e numa noite de serão, bem baixinho, lhe sussurrara: *é a música, hein, menina, é a música que você ouve?* Ao que, levantando para ele seus olhos tão azuis como as torrentes da geleira, ela respondera com um olhar no qual cantavam os anjos do mistério. E a vida corria sobre as ladeiras do Sasso com a lentidão e a intensidade das paragens onde tudo exige sofrimento e, da mesma maneira, se arrasta na calma, no curso desse sonho que se foi e em que os homens conheceram entrelaçadas a languidez e a aspereza do mundo. Trabalhava-se muito, rezava-se muito também, e protegia-se uma menina que falava como se canta e sabia conversar com os espíritos dos rochedos e das várzeas.

Num fim de tarde de junho bateram à porta da casa da paróquia e dois homens entraram na cozinha enxugando a testa. Um deles era o irmão caçula do padre, o outro, o carroceiro que conduzira desde Aquila o grande reboque de dois cavalos onde se via uma forma maciça aparelhada de cobertores e correias. Clara seguira com os olhos o comboio que avançava pela estrada do norte; era depois do almoço, e ela estava no morro acima da aldeia, de onde se podia abarcar a visão dos dois vales, e também, em dia claro, Pescara e o mar. Quando o comboio estava prestes a alcançar a última subida, ela desabalara pelas ladeiras e chegara à casa paroquial com o rosto iluminado de amor. Os dois homens deixaram a carroça defronte ao pórtico da igreja e galgaram até o jardim das ameixeiras onde todos se beijaram e tomaram um copo do vinho branco fresco e doce que se servia nos dias quentes, e ao qual se tinham acrescentado algumas vitualhas reconstituintes — e depois, adiando a ceia, enxugaram a boca com o pano de suas mangas e foram para a igreja, onde esperava o padre Centi. Foi preciso o reforço de mais dois homens para instalar na nave a grande forma e empreender a soltura de seus laços, enquanto a aldeia começava a se espalhar entre os bancos da igrejinha e sentia-se no ar uma doçura que coincidia com a chegada desse legado inesperado vindo da cidade. Mas Clara se afastara, imóvel e muda, para a sombra de uma coluna. Essa hora era sua hora, como ela sabia pelo que sentira no momento em que descobrira o ponto movente na estrada do norte, e se a velha criada percebera em seu rosto uma exaltação de noiva, era porque ela se sentia no limiar de núpcias familiares e estranhas. Quando a última correia foi solta e se conseguiu enfim ver o objeto, houve um murmúrio de satisfação seguido de uma salva de palmas, pois era um belo piano, preto e tão brilhante como um seixo, e quase sem arranhões embora já muito tivesse viajado e vivido.

Eis a sua história. O padre Centi vinha de uma família abastada de Aquila cuja descendência se estiolava pois ele se ordenara padre, dois irmãos seus tinham morrido precocemente e o terceiro, Alessandro, que expiava na casa da tia os abusos de uma vida romana dissoluta, jamais se decidira a se casar. O pai dos dois irmãos morrera antes da guerra, deixando para a viúva um inesperado contingente de dívidas e uma casa luxuosa demais para a mulher pobre que ela se tornara em um só dia. Quando os credores terminaram de bater à sua porta, depois de vender todos os bens ela se retirou para o mesmo convento onde morreria alguns anos mais tarde, antes que Clara chegasse à aldeia. Ora, no momento de trocar a vida secular pela reclusão definitiva no convento, ela mandara entregar na casa da irmã, uma solteirona que vivia perto das muralhas, o único vestígio de sua glória passada, que ela conservara apesar dos abutres, e lhe pedira que cuidasse dele, para os netos que lhe viriam talvez nesta terra. *Não vou conhecê-los mas eles o receberão de mim, e agora me vou, e lhe desejo boa vida*, retranscrevera fielmente a tia em seu testamento, legando o piano, no dia em que morresse, àquele de seus sobrinhos que tivesse descendência, e acrescentando: *faça como ela desejava*. E foi o que o tabelião, que ouvira falar da chegada de uma órfã à paróquia, pensou realizar ao pedir a Alessandro que escoltasse a herança até a residência de seu irmão. Como o piano ficara no sótão durante a guerra, sem que ninguém pensasse em descê-lo novamente de lá, o mesmo tabelião avisou por carta que seria preciso afiná-lo quando ele chegasse, ao que o padre respondeu que o afinador que fazia uma vez por ano a ronda dos burgos da vizinhança fora convocado para um desvio pela aldeia nos primeiros dias do verão.

E contemplavam o belo piano que brilhava sob os vitrais, e riam, comentavam e se deixavam levar pela alegria daquela linda tarde de fim de primavera. Mas Clara se calava. Já ouvira tocarem o órgão nos serviços fúnebres da igreja vizinha, onde a velha beata que executava as peças litúrgicas era tão dura de ouvido como péssima instrumentista — e é preciso dizer que os acordes que ela sustentava com força sem ouvi-los provavelmente não seriam, eles mesmos, memoráveis. Clara preferia cem vezes a melopeia que Paolo arrancava de sua flauta das montanhas e que ela achava mais afinada e poderosa que os estrondos do órgão dedicados à glória do Altíssimo. Ora, quando avistara a carroça lá embaixo nos zigue-zagues da longa estrada, seu coração pulara de um jeito que anunciava um acontecimento extraordinário. Agora que o objeto se exibia diante dela, a sensação crescia vertiginosamente e Clara matutava como conseguiria suportar a espera, já que tinham dito, para tristeza dos que apreciariam ter um primeiro gostinho dos prazeres, que ninguém encostaria no instrumento até que fosse afinado. Mas respeitavam o decreto do pastor das consciências e se preparavam, de preferência, para uma bela noite saboreando o vinho sob a clemência das estrelas.

Pensando bem, foi uma noite esplêndida. Tinham arrumado a mesa sob as ameixeiras do pomar e convidado para a ceia os velhos amigos de Alessandro. No passado ele fora muito bonito, e ainda se viam sob as marcas do tempo e dos excessos de outrora a fineza das feições e o modelado altivo do rosto. Mais ainda, falava italiano com uma igualdade de tom que não diminuía sua melodia, e sempre contava histórias com mulheres lindíssimas e tardes sem fim em que todos fumavam sob o alpendre conversando com poetas e sábios. Naquela noite ele iniciara um relato que se passava em salões perfumados onde se ofereciam charutos finos e licores dourados, e cujo sentido Clara não entendia, de tal maneira lhe eram desconhecidos os cenários e os costumes. Mas quando ele ia iniciar o relato de uma coisa misteriosa cujo nome era concerto, a velha criada o interrompeu dizendo: *Sandro, al vino ci pensi tu?* E o homem afável, uma vida inteira queimada em poucos anos de juventude incandescente e faustuosa, foi para a adega buscar umas garrafas, que ele abriu com a mesma elegância que empregara em saquear a própria vida, e nos lábios, o mesmo sorriso que sempre opusera ao desastre. Então, sob os raios com que uma lua quente incendiava a mesa de jantar na casa da paróquia, em pedaços roubados da escuridão, ele foi por um instante o jovem rapaz flamejante do passado. Depois, as cinzas da noite voltaram a cobrir a expressão que impressionara a todos. Ao longe, viam-se luzes pregadas no vazio e sabia-se que outros serviam o vinho do verão, agradecendo ao Senhor pela oferenda do crepúsculo tépido. Havia papoulas novas em toda a montanha, e uma menina mais loura que a relva, a quem o padre brevemente ensinaria piano como se faz com as senhoritas da cidade. Ah... pausa e respiração na roda incessante dos labores... essa noite era uma grande noite e todos ali sabiam disso.

Alessandro Centi ficou na casa paroquial nos dias que se seguiram à chegada do piano e foi quem recebeu o afinador nos primeiros calores de julho. Clara seguiu os dois homens até a igreja e olhou calada para o homem que desembalava as ferramentas. As primeiras batidas nas teclas desafinadas lhe deram a sensação conjunta de uma lâmina afiada e de um desmaio voluptuoso, e Alessandro e o afinador conversavam e brincavam, enquanto sua vida caía nos tateios do marfim e do feltro. Depois Alessandro sentou-se diante do teclado, pôs diante de si uma partitura e tocou bastante bem, apesar dos anos de abstinência. No final da música, Clara foi para o lado dele e, apontando-lhe a partitura, fez sinal para que virasse as páginas. Ele sorriu, achando graça, mas alguma coisa no olhar dela o impressionou e ele virou as páginas como ela pedira. Virou-as devagar, uma depois da outra, e recomeçou do início. Quando terminou, ela disse: *toque mais*, e ele tocou de novo a melodia. Depois disso, ninguém falou. Alessandro se levantou e foi buscar na sacristia uma almofada grande e vermelha, que instalou sobre o banquinho de veludo. *Quer tocar?*, perguntou, e sua voz estava rouca.

As mãos da menina eram finas e graciosas, grandes para uma criança que tinha acabado de festejar os dez anos em novembro, e extremamente soltas. Ela as manteve sobre as teclas como é necessário para iniciar a música mas deixou-as em suspenso por um instante em que os dois homens tiveram a sensação de que um vento inefável soprava no espaço da nave. Depois, pousou-as. Então uma tempestade varreu a igreja, uma verdadeira tempestade que fez as folhas voarem e rugiu como uma onda que sobe e torna a cair sobre os rochedos no mar. Por fim, a onda passou e a menina tocou.

Tocou lentamente, sem olhar para as mãos e sem errar uma só vez. Alessandro virou para ela as páginas da partitura e ela continuou tocando com a mesma inexorável perfeição, na mesma velocidade e com o mesmo acerto, até que se fizesse silêncio na igreja transfigurada.

— Você está lendo o que toca? — perguntou Alessandro depois de um longo momento.
Ela respondeu:
— Eu olho.
— Consegue tocar sem olhar?
Ela balançou a cabeça.
— Olha apenas para aprender?
Ela balançou de novo a cabeça e eles se olharam com indecisão, como se alguém tivesse lhes dado um cristal tão delicado que não soubessem de que jeito colocá-lo na palma da mão. Alessandro Centi frequentara outrora as transparências e as ver-

tiginosas purezas do cristal, e conhecia tanto suas fruições como seus esgotamentos. Mas a vida que agora levava só lhe refletia o eco de suas embriaguezes passadas pelos trinados dos pássaros da aurora ou pelas grandes caligrafias das nuvens. Assim, quando a menina começara a tocar, a dor que ele sentira cortejou uma tristeza que ele nem mais sabia que ainda vivia dentro de si... breve reminiscência da crueldade dos prazeres... quando Alessandro perguntou: *você olha para aprender*, soube a resposta que Clara lhe daria.

Mandaram chamar o padre Centi e sua criada, e pegaram todas as partituras que Alessandro trouxera da cidade. O padre e a senhora se sentaram no primeiro banco dos fiéis e Alessandro pediu a Clara que tocasse de novo, de cor, aquela música. Quando ela começou a tocar, a comoção prostrou, como uma martelada, os dois recém-chegados sobre si mesmos. Depois a velha criada se benzeu uma centena de vezes, enquanto Clara avançava na música, num ritmo duas vezes mais acelerado pois agora se celebravam as verdadeiras núpcias e ela lia, umas após outras, as partituras que Alessandro lhe dava. Mais tarde, será contado de que maneira Clara tocava, e em que medida o rigor da execução não era o verdadeiro milagre desses esponsais de julho. Que apenas se saiba que, no instante de atacar uma partitura azul que Alessandro pusera diante dela com solenidade, Clara tomou ar de tal forma que deu aos presentes a sensação de uma brisa de montanha perdida sob os cimbres dos grandes arcos. Depois, tocou. As lágrimas corriam pelas faces de Alessandro sem que ele tentasse contê-las. Uma imagem passou, tão preciosa que podia atravessá-lo sem que ele nunca mais a esquecesse, e na visão fugaz daquele rosto com um quadro ao fundo em que soluçava uma mulher segurando Cristo contra seu seio, ele se deu conta de que fazia dez anos que não chorava.

* * *

No dia seguinte, foi embora, dizendo que voltaria nos primeiros dias de agosto. Foi e voltou como dissera. Uma semana depois de seu retorno, um homem alto e meio curvado bateu à porta da casa do padre. Alessandro desceu para recebê-lo na cozinha e se abraçaram como irmãos.

— Sandro, finalmente — disse o homem.

Clara ficara imóvel na soleira da porta dos fundos. Alessandro a pegou pela mão e a levou até o homem alto e curvado.

— Apresento-lhe Pietro — ele lhe disse.

Olharam-se com uma curiosidade mútua pela razão oposta de que ele ouvira falar dela e ela nada sabia dele. Depois, sem tirar os olhos de Clara, Pietro disse a Alessandro:

— Agora você me explicará?

Era um belo fim de tarde e havia gente na soleira das casas, enquanto o trio descia a rua da igreja. Todos olhavam para os dois homens pois, embora conhecessem um deles, eram, mesmo assim, singulares, tanto na aparência como nas maneiras, e quando eles passavam todos se levantavam para segui-los com o olhar, pensativamente. Depois Clara tocou e Pietro entendeu o longo caminho que o levara de Roma até aquelas escarpas desvalidas do Sasso. No instante em que ela tocou a última nota, ele sentiu uma vertigem de prodigiosa intensidade que o fez cambalear e depois explodiu num buquê de imagens que desapareceu quase de imediato — mas a última ficou gravada dentro dele muito depois de Pietro partir da aldeia, e ele olhou com deferência para a menina tão frágil por onde o milagre desse renascimento ocorrera, e em cujo rosto se sobrepunha o de uma mulher que ria no claro-escuro de um jardim esquecido.

Ela tocou até o cair da tarde. Então, um grande silêncio envolveu as abóbadas da igreja na qual um piano náufrago chegara até Clara no verão que precedia seus onze anos. Como veem, é um conto, obviamente, mas também é a verdade. Quem é capaz de destrinchar essas coisas? Em todo caso, ninguém entre os que ouviram a história dessa menina encontrada numa aldeia perdida dos Abruzos entre um padre do interior e sua velha criada ignorante. A única coisa que se sabe é que ela se chamava Clara Centi e que a história não parou ali, porque Pietro não tinha vindo de tão longe ouvir uma menina meio selvagem tocar para, em seguida, partir com indiferença para Roma. Assim, diremos uma última coisa antes de os seguirmos até a cidade grande onde agora se prepara a guerra: aquilo que o próprio Pietro disse à Clara no segredo da igreja depois que ela tocou a última partitura.

*Alle orfane la grazia.**

---

* Às órfãs, a graça.

ARQUEIROS

sem raízes a última aliança

Angèle
As flechas pretas

A menina, a quem tinham dado o nome de Maria para prestar uma dupla homenagem, à Santa Virgem primeiro, às palavras que vinham das Espanhas em seguida, crescia na granja sob a proteção de quatro velhas temíveis que tinham o terço fácil e também o olho do Senhor, como se diz das vovozinhas a quem nada escapa a vinte léguas ao redor, embora só saiam de seus lares para o enterro de um primo ou para o casamento de uma afilhadinha que, até onde a memória alcança, nunca realmente ultrapassaram as fronteiras da região.

O certo é que aquelas eram mulheres. A mais moça curtia seus oitenta e um anos recém-feitos e se calava respeitosamente quando as mais velhas estatuíam sobre a salga do porco ou o cozimento das folhas de sálvia. A chegada da menina não mudara muita coisa nos dias dedicados às atividades devotas e laboriosas que, em terra cristã, são o quinhão das mulheres de bem; apenas se ocupavam de tirar cedo o primeiro leite para ela e de lhe ler a

História Sagrada, quando não faziam secar as grandes artemísias ensinando-lhe as símplices cujas propriedades medicinais e morais era preciso enumerar, e na ordem, por favor. Não, aparentemente a chegada da menina não modificara a configuração de meses e anos empanturrados até dizer chega dos quatro gêneros alimentícios de que se nutriam as pessoas daquelas terras, quais sejam a devoção, o trabalho manual, a caça e, portanto, a carne: mas, na verdade, ela transfigurara suas horas, e se não tinham se dado conta disso imediatamente era porque sua ação levou tempo para se manifestar, assim como seus poderes próprios se desenvolviam e se fortaleciam sem que ela mesma soubesse. Mas houve muitas primaveras fecundas e muitos invernos suntuosos que ninguém imaginou que pudessem ter ligação com a primeira noite de neve, assim como a amplificação dos dons das velhinhas não foi comentada senão como uma bênção das terras onde as mulheres rezam copiosamente, sem que viesse ao espírito de ninguém que aquelas velhas e maravilhosas matronas deviam seu acréscimo de talento a duas palavras em espanhol.

A mais desconfiada das quatro velhas era a tia Angèle, irmã da tia-avó paterna, uma linhagem famosa por suas mulheres miúdas como camundongos mas mais teimosas em matéria de vontade do que javalis sendo desentocados. Angèle vinha dessa linhagem, e tinha até lhe acrescentado um algo mais, cultivando uma forma especial de obstinação que, sem inteligência, teria sido absconsa, mas que, como ela era esperta como a correnteza, liberava uma sagacidade extra que ela empregava em entender o mundo sem nele pôr os pés. Desde o início, sabe-se, Angèle farejava que a menina era, de certa maneira, mágica. Depois do episódio do bicho que os homens eram incapazes de dizer com quem parecia, mas que ela teria jurado que não era um bicho, já não duvidou, e como se não bastasse forjou para si mesma a certeza, alimentada todo dia por novos enxertos de prova, de que a menina além de ser mágica também era muito poderosa. E como sabem com toda certeza as velhas que, porém, deste mundo só conhecem três colinas e dois bosques, ela tremia ao pressentir que isso fazia da criança uma presa nata; assim, recitava por ela, todo dia antes das matinas, duas ave-marias e a mesma conta de padre-nossos, e vigiava com o canto de seu olho do Senhor cada uma de suas idas e vindas, nem que o leite tivesse de talhar dez vezes em cima de um fogo mal regulado.

Passara-se um ano desde a clareira do bosque do leste, e esse ano se fora como em sonho, entre as calmas ondas da felicidade. Ora, numa manhã do fim de novembro, Angèle lançou seu olho do Senhor em busca da criança que tinham visto de manhãzinha se servir no celeiro de um pedaço de queijo e partir rodopiando para as suas árvores e suas lições. Alguns, que esqueceram a vida que se leva em contato com uma natureza primitiva, pensarão numa metáfora, e que se trata apenas de ir conversar com a vizinha, e na verdade essa rede de nossos campos, mais cerrada que favos de um colmeal, sempre existiu. Mas o olho do Senhor vai bem além das gazetas aldeãs e mais se parece com uma sonda que permite distinguir, como na penumbra, seres ou coisas fora do alcance imediato da vista. Claro, nada disso a tia Angèle pensava em seu foro íntimo, e tivessem interrogado as vovozinhas sobre o olho de cada uma, elas teriam desfiado o terço e resmungado alguma coisa vaga sobre a clarividência das mães — pois a magia é o diabo, de quem queriam distância, à custa de negar aptidões que, mesmo sendo demonstradas, eram, de qualquer maneira, pouco cristãs.

Naquela manhã o campo estava deslumbrante. O frio tinha sido intenso nas primeiras horas do dia e a geada crepitava de um lado a outro da região; então o sol se levantara de repente sobre a terra coberta por uma toalha que cintilava como um mar de luz. Assim, quando Angèle lançou seu olhar para os campos revestidos de orvalho congelado e encontrou quase de imediato a menina na beira de uma mata a leste da granja, não se surpreendeu com a clareza de sua visão e por instantes se abandonou na contemplação da cena, na verdade muito bonita, porque Maria se destacava contra um fundo de árvores envoltas de branco e arqueadas acima de sua cabeça como ogivas de diamante. Ora, contemplar aquilo não é pecar, pois não é ócio mas louvação às obras do Senhor — é preciso dizer que havia nesse tempo, nesses campos onde se levava uma vida muito simples, uma facilidade de roçar com o dedo a face do divino, vinda do trato diário com as nuvens e pedras e as grandes auroras molhadas que lançavam para a terra transparências, por meio de salvas. Assim, em sua cozinha, Angèle, com os olhos no vazio, sorria diante da visão da menina na entrada daquele lindo pequeno bosque, qual uma homília de gelo fresco, quando de súbito tomou consciência de algo que a fez estremecer violentamente. Como conseguiu não perceber aquilo? Abruptamente observou que aquela claridade não era habitual e que os arcos luminosos e as catedrais de diamantes tinham dissimulado que a menina não estava sozinha e, por isso, provavelmente estava em perigo. Não hesitou nem sequer o tempo de um suspiro. A mãe e as outras velhinhas tinham saído cedo para um enterro do qual não voltariam antes de duas boas horas. Na granja vizinha, ela só encontraria a Marcelotte, pois todos os homens da aldeia tinham ido, naquela manhã, para a primeira grande caçada do inverno. Quanto ao padre, que ela poderia ir correndo chamar no presbitério, ele lhe apareceu em todo o esplendor de sua bela pança repleta de banha de ganso e (ela fez a promessa de expiar mais tarde esse pensamento ímpio) radicalmente inapto a lutar contra as forças obscuras do universo.

Nesses tempos que desconheciam o calorzinho culpado dos lares do progresso, Angèle usava três corpetes e sete saias e anáguas, ao que acrescentava uma pelerina pesada de lã antes de sair assim encouraçada, com a touca bem apertada em cima dos três cabelos que lhe restavam, na luz traiçoeira daquele dia de perigo. O conjunto, quer dizer, a vovozinha somada às suas oito camadas de inverno, a seus tamancos, aos três terços e um crucifixo de prata na ponta de uma correntinha, sem esquecer a touca de fitas sobre a qual ela jogara uma mantilha de feltro grosso, não devia pesar quarenta quilos, e por isso suas noventa e quatro primaveras pareciam voar por cima dos caminhos de terra, a ponto de não se ouvir o rangido que fazem em geral as solas sobre as folhas na geada por onde ela desceu em disparada, quase em silêncio, com o fôlego curto e o nariz vermelho, chegando ao pedacinho de campo que antes varrera com o olhar. Mal teve tempo de avistar a menina que gritava alguma coisa para um grande cavalo cinza de reflexos de prata fosca, e de exalar um som que gostaria de ter dito *por todos os Santos e pela grande mansuetude da Virgem Maria!*, mas que, no final, se resumiu elegantemente em um *oh oh oh!* — e as trevas desabaram sobre o campo. Sim, um furacão caiu sobre a menina e o intruso, e teria derrubado Angèle, de traseiro no chão, se ela não tivesse se agarrado a um de seus terços que, acreditem ou não, se transformou instantaneamente num cajado. Um milagre.

Assim a tia brandia seu terço no temporal e amaldiçoava a barreira de turbilhões opacos que a separava de Maria. Perdera a mantilha e a touca de fitas, e suas duas tranças brancas de fios tão finos como os de uma teia de aranha se levantavam retinhas num crânio que ela balançava de frustração em meio à adversidade dos ventos. *Oh oh! Oh oh!*, repetia, e, desta vez, isso queria dizer: *não venha nos tomar a pequerrucha ou eu arrebento essas suas caras de gente má.* Todos saberão que um tamanco lançado com força por uma vovozinha indignada é passível de abrir caminho nas trombas-d'água, um pouco à maneira de Moisés que, talvez, também tenha arregaçado todas as suas anáguas, até a última, que era tão vermelha quanto o mar do grande livro. Quando Angèle viu a brecha aberta por seu tamanco, pulou ali dentro como um cabrito e aterrissou, com todos os panos por cima do traseiro, num furioso turbilhão cujas correntes estalavam ao seu redor. Mas as trombas-d'água que ocultavam sua visão e a impediam de ir encontrar a menina agora evoluíam em torno daquele magma de energia e (ela então entendeu, num rasgo de consciência que jamais se traduziria em palavras) o mantinham como numa panela a vapor. Arregalou seus olhos de míope e, servindo-se do terço transformado em cajado, tentou se levantar e juntar as saias. As roupas de Maria corrupiavam no fluxo uivante e ela gritava alguma coisa para o cavalo cinza que recuara até a entrada das árvores, pois havia entre eles uma linha negra feita de fumaças que roncavam como a trovoada e se adensavam rodopiando. Mas o cavalo também estava cercado por brumas que palpitavam delicadamente diante de sua nobre cabeça de ventas envernizadas; e ele era muito bonito, com um pelame de mercúrio cintilante na crina estriada de finos fios de prata que a tia, embora míope como uma toupeira, não se espantou de ter distinguido a vinte passos (o que, depois do terço, era uma moleza). A menina continuava a gritar alguma coisa que ela não ouvia mas as fumaças pretas eram mais fortes que o desejo do cavalo de ir ao encontro de Maria, e no gesto que ele fez em direção dela, de cabeça arqueada e cheio de compaixão para expressar sua serenidade, ao mesmo tempo que um adeus, ela leu a tristeza mas igualmente a esperança, algo que dizia: *nós nos reveremos* — e estupidamente sentiu (estamos, afinal de contas, no meio de relâmpagos) vontade de chorar e de se assoar demoradamente.

E ele desapareceu.

Por alguns segundos o destino pareceu incerto para as duas almas capturadas pelo turbilhão sombrio. Depois ouviu-se um tenebroso assobio, as nuvens se desfizeram, as fumaças negras subiram para o céu como flechas da morte e lá se dissiparam, num salpicar furioso, e o campo retomou seus adereços de gemas e de sal num silêncio petrificado, até que a tia recuperasse os ânimos e apertasse a menina, a ponto de sufocá-la, contra a pelerina de lã grossa.

Nessa noite chamaram os homens à granja. As mulheres preparavam o jantar e esperavam o padre que fizera mais cedo uma curta aparição (acrescida de duas lebres e da promessa de belos pedaços de porco), durante a qual lhe contaram as estranhezas do dia, e por causa disso ele saíra de novo para bater em certas portas enquanto as mulheres punham a mesa para quinze. Normalmente, teriam jantado sopa, toucinho, um meio queijo por par de pés e um pouco de marmelada da Eugénie — em vez disso, esmeravam-se em torno de um guisado de lebre e de uma torta de cogumelos dos quais acabavam de abrir três vidros datados daquele ano. Maria, sentada diante de uma bela pera com calda de mel que cheirava ao tomilho de onde as abelhas tinham colhido o pólen durante todo o verão, se calava. Tentaram algumas perguntas mas desistiram, preocupando-se com o brilho meio febril de suas pupilas pretas e indagando o que ela gritara para o cavalo cinza das brumas. Mas não duvidavam do relato de Angèle, e assim o jantar enveredou por uma grande balbúrdia que falava de terços, de tempestade e dos dias do final de novembro, e diante da qual Angèle teve de repetir uma meia dúzia de vezes um relato detalhado que, para ela, era questão de honra não deturpar em nem uma vírgula.

Um relato detalhado mas que não era dos mais completos, como observava Maria que, sentada diante da pera, se calava e cismava. Cismava que Angèle olhara para ela de soslaio na hora de abordar certa parte da história, aquela em que as fumaças pretas assumiam a aparência de flechas pontudas das quais se sabia, olhando-as, que eram mortais. Olhava-se para elas, sabia-se, e mais nada. E Maria viu que a tia calava o horror que a visão funesta gravara em seu seio, por uma série de razões que torturavam seu amor à verdade. Ela dissera apenas: *e as fumaças partiram para o céu, assim, e explodiram de repente lá em cima, e o céu tornou a ficar azul* — e depois se calou. Maria cismava. Cismava que sabia muitas coisas que aquela brava gente ignorava, e que ela gostava daquelas pessoas com toda a força que uma criança de onze anos pode lançar num amor que já não nasce apenas das ligações precoces mas também da compreensão do outro em suas grandezas e indizíveis misérias. Se Angèle não falara da força mortal das flechas pretas, era em parte porque temia que as palavras pronunciadas se tornassem predição, em parte porque não queria assustar a menina pois não sabia se ela também sabia, e em parte, enfim, porque fora outrora uma mulher ardente. Embora sua tia hoje lembrasse uma noz ressecada nutrida de prece imaterial, Maria podia ver, porque aos dez anos adquirira o dom de conhecer o passado em imagens, que antigamente ela fora um lindo pirilampo que a carne e o espírito destinavam aos ventos da liberdade. Podia ver que ela costumava cruzar o riacho com os pés descalços e sonhar observando o céu; mas também via o tempo e o destino, as linhas de fuga que não fogem jamais, e sabia que o fogo de Angèle pouco a pouco entrara nela mesma e se concentrara num ponto dali em diante esquecido. Porém, a descoberta da menina das Espanhas na escadaria da granja revivificara a lembrança de um calor que outrora correra em suas veias e cuja segunda vida ordenava que Maria fosse livre e ardente. Assim, Angèle temia, se falasse das flechas da morte, que todos julgassem sensato tolher o cotidiano da menina, e ela pensava poder protegê-la — ou pelo menos assim esperava, em vez de deixar que pusessem nos ferros uma criança que uma tarde passada entre quatro paredes teria matado mais seguramente que todas as flechas que um simples terço conseguira espantar.

Maria cismava e os adultos conversavam. O vinho do interior das terras amolecera os homens, para quem os bichos fantásticos e as fumaças pretas já não pareciam tão ameaçadores, mas mesmo assim eles conversavam para resolver se era preciso mobilizar a gendarmaria ou os exorcistas, ou se o melhor era se entregar à ancestral sabedoria que diz que o campo protege do mal se o coração é puro. Bastava aos homens olharem para a tia Angèle na cadeira de balanço onde as mulheres a haviam instalado à força, Angèle cujo velho rosto reaquecido com o guisado e o vinho parecia, debaixo de sua nova touca de fitas miosótis, esculpido numa bela madeira fosca de veios nobres, sim, bastava aos homens dar uma olhadela na querida vovozinha para contemplar a coragem que abençoa as nossas paragens — e havia entre eles até mesmo quem pensasse que eram elas, as terras baixas daquela região, que tinham moldado as mulheres tal como eram vistas em suas cadeiras de velhice, mulheres que, apesar do forno, da horta, das galinhas, das vacas, dos símplices e das orações, pegavam sem hesitar mantilha e terço e iam prestar socorro aos inocentes em perigo. São companheiras muito boas que nós temos, pensavam os homens bebericando o vinho, e é uma terra muito bonita esta nossa. E que a torta de cogumelos entrasse parcialmente nessa assertiva não contradizia sua profunda sinceridade, pois os homens das terras baixas gostavam de suas terras e de suas mulheres e sabiam que umas estavam entrelaçadas nas outras tão certamente como eles pertenciam às próprias jeiras e concebiam o labor das colheitas e das batidas de caça como um tributo que se paga à magnanimidade do destino.

O padre, que não aprovava que se falasse de exorcistas e, em geral, não perdia nenhuma ocasião de repreender suas ovelhas, sentia que o combate contra a superstição se afundava na pera ao mel que lhe serviram com um copo cheio de bom vinho. Mas era um homem honrado, que gostava da boa mesa porque era benevolente (ao contrário de outros que só são tolerantes porque pecam sem parar, pecado de carne) e aprendera desde a saída do seminário, ao chegar à aldeia, que a gente da terra raramente se desviava da fé, e que ele precisava escolher seus combates caso quisesse estar entre ela. Ora, era exatamente assim que concebia seu ministério: queria estar entre, e não contra, e isso lhe valia, além da consideração de seus administrados, as generosidades seculares na forma de patês de lebre e compotas de marmelo que Eugénie sabia transformar em provisão principesca.

Foi nessa atmosfera serena, com todos bem impregnados da doçura do mel de tomilho e dos taninos de nossas vinhas, que o Marcelot abordou um assunto que lhe pareceu perfeitamente a propósito:

— Desde que a pequenina está aqui, tivemos as mais belas estações do ano, não foi?

Houve na sala bem aquecida onde as vovozinhas adormeciam, onde os homens recuavam o espaldar das cadeiras enquanto saboreavam a pinga da boa-noite, onde Maria cismava e não olhava para ninguém mas observava tudo, um longo suspiro como se a própria granja inspirasse e depois exalasse um lufada de ar noturno antes de prender a respiração e esperar. Fez-se um grande silêncio, repleto da barulheira que fazem quinze corpos que propagam no ar ao redor um alto fluxo de espreita e concentração. No entanto, sentia-se correr nessa súbita petrificação uma poderosa onda de desejo e sabia-se que ali cada um só se imobilizava na expectativa de uma floração por muito tempo esperada. Apenas Maria parecia alheia aos acontecimentos da sala, mas os outros estavam retesados como os arcos dos Cheyennes (conforme a imagem que veio ao espírito do padre, que naquela altura lia o livro de um missionário que partira para se instalar entre os índios) e ninguém saberia dizer, nesse instante de total contração, qual seria o desfecho.

Finalmente, o Marcelot, que não esperava tanto, pigarreou e olhou para o padre com um pouco mais de insistência. Foi o sinal da descontração e todos começaram a falar numa bela desordem febril.

— Onze verões que a gente tem colheitas tão douradas — disse o prefeito.

— A neve sempre providencial, e junto com isso, chovem bichos para a caça! — exclamou o Jeannot.

E era verdade que as florestas do vale eram as mais ricas da região em caça, a ponto de ser difícil mantê-las só para nós, porque os homens das terras vizinhas, privados da mesma abundância, iam até lá regularmente saciar sua frustração.

— E nossos pomares andam tão bonitos — especulava Eugénie —, pêssegos e peras como no paraíso!

Nessa altura, ela lançou um olhar inquieto para o padre, mas era assim que imaginava o jardim do Éden, com pêssegos dourados e aveludados como o beijo de um inocente e peras tão suculentas que só se acrescentava vinho ao cozimento por fraqueza culpada (o verdadeiro pecado da coisa). O padre, porém, tinha preocupações alheias ao aspecto dos pêssegos do paraíso segundo a visão de uma velhinha, ainda que tão devota que poderia muito bem imaginá-los azuis ou dotados de palavra: para ele seria rigorosamente igual. Via, acima de tudo, que suas ovelhas tinham conservado em sua presença raciocínios que resvalavam francamente para a magia. No entanto, estava perturbado. Por mais padre do interior que fosse, era inabitualmente culto para um homem com uma missão tão modesta. Tinha a paixão dos relatos de exploradores e acontecia-lhe soluçar sob a lamparina ao ouvir a narrativa dos sofrimentos suportados pelos frades que tinham ido levar a boa palavra às Américas. Mas era, antes de mais nada, apaixonado pelas plantas medicinais e aromáticas e toda noite escrevia, com sua bela letra de seminarista, observações sobre a dessecação ou o uso terapêutico dos símplices, a respeito dos quais possuía uma impressionante coleção de gravuras preciosas e obras eruditas. E por ser bom e curioso, essa cultura o tornava um homem capaz de duvidar, que não brandia o missal a cada acontecimento inabitual, antes abordando-o com uma circunspecção sensata. Ora, a respeito da prosperidade da várzea há exatos onze anos, ele devia reconhecer que era real, e mais que real, encantada. Bastava percorrer os caminhos vicinais, notar como as árvores eram bonitas e profundos os amanhos das terras, a abundância de insetos que colhiam o néctar e polinizavam, e até um número crescente de libélulas cujos enxames vibrantes e compactos, que não se encontravam em outros lugares, Maria olhava no céu do verão: pois essa nebulosa de benefícios, essa profusão de frutas ambreadas e colheitas fantásticas se concentrava na aldeia, em suas passagens e seus bosques comunais, e cessava nitidamente numa fronteira invisível, mais tangível para os habitantes daqueles lugares do que as dos grandes tratados da Europa. Naquela noite lembraram-se de uma manhã de primavera, fazia dois anos, em que todos tinham ido até a entrada de casa e soltaram exclamações de surpresa e encantamento diante de um imenso tapete de violetas que paramentava os campos e as rampas com sua inundação vaporosa; ou então de uma alvorada de caça, quatro invernos antes, em que os homens, saindo para o ar gélido com seus cachecóis grossos e bonés de orelhas, tiveram o assombro de ver as ruas da aldeia negras de lebres que se dirigiam para os bosques. Isso só tinha acontecido uma vez, mas que vez foi aquela! Os homens haviam seguido as lebres até o bosque sem que ninguém imaginasse atirar, no caminho, numa só delas, e depois os animais se dispersaram e a caçada começou normalmente. Mas era como se os bichos tivessem representado sua própria abundância antes que as coisas entrassem na ordem conhecida.

Assim, o padre estava perturbado. A voz primitiva dentro dele sentia, como um cão fareja um bicho, que Maria era uma anomalia do mundo que não devia nada a Deus, e essa parte secreta que, no homem de Igreja, só pode se expressar nas páginas sobre a decocção curativa das artemísias ou a aplicação das urtigas em unguento, sentia igualmente o elo entre o surgimento da recém-nascida na neve e a surpreendente doçura que acariciava aquela terra. Olhou para a menina, que parecia cochilar, mas percebeu nela uma vigilância palpável, e compreendeu que ela ouvia e via tudo o que a cercava, e que sua distração aparente vinha de um desses estados que experimentamos no transe da oração, quando o espírito é separado do corpo mas registra o mundo com uma acuidade multiplicada.

Inspirou profundamente.

— Há aqui um mistério que seria preciso esclarecer — ele disse levantando o copinho de aguardente que uma mão caridosa calçara ao lado de seus restos de pera ao mel. — A menina é abençoada e descobriremos como.

E depois da resolução de não repreender boas pessoas que queriam ver animais fantásticos espalharem brumas até o grande Morvan, também tomou a decisão de falar com Maria na próxima ocasião. Suas palavras produziram o exato efeito esperado: todos ficaram bastante satisfeitos com o reconhecimento do mistério pela autoridade espiritual, a qual eles gostavam de empanturrar de focinho de porco mas que, mesmo assim, continuava a ser uma autoridade distinta e acima do seu rebanho, e satisfeitos também que a isso se somasse uma sensação de segurança porque mais dia menos dia iria se saber, e pelo próprio bom Deus, o que se tramava no meio de tudo isso. Portanto, ficaram bastante satisfeitos com essa conclusão que o padre acrescentava a uma constatação que para alívio de todos tinha sido expressa, mas ninguém ficou profundamente satisfeito, e o padre em primeiro lugar: fazia-se ali uma pausa aceitável no esclarecimento dos enigmas, podia-se retomar fôlego e ver as coisas chegarem em meio à quietude, mas todos sabiam que um dia seria preciso penetrar num círculo de vida que reservaria muitos tumultos e surpresas. A verdadeira fé, sabe-se, preocupa-se pouco com capelas, ela crê na colusão dos mistérios e esmaga com seu cândido sincretismo as tentações sectárias demais.

Gustavo
Uma voz de morte

No início de setembro, dois meses antes dos acontecimentos da granja francesa, Clara chegou a Roma sob a escolta de Pietro.

Ir embora de suas montanhas foi uma dor que a glória das paisagens cruzadas não conseguiu apaziguar. Até onde iam suas lembranças, ela sempre sofrera quando tinha de voltar para a casa da paróquia; toda vez passava pela horta fechada, antes de empurrar a porta da cozinha; e como aquele cantinho plantado de belas árvores lhe era tão necessário como o ar, temia os muros da cidade mais que qualquer outro flagelo de seus sonhos. Na verdade, era evidente que, até ali, nenhum humano soubera tocar sua alma como a montanha, de modo que a neve e as tempestades viviam dentro de um coração ainda igualmente aberto à felicidade e aos sortilégios da desgraça. Ora, à medida que eles iam avançando rumo à cidade, esse coração sangrava. Ela não descobria apenas uma terra que capitulara sob o sepultamento das pedras, mas também o que tinham feito com aquelas próprias pedras, que subiam rumo ao céu como massas lisas e retilíneas e tinham parado de respirar sob a investida que as mutilara para sempre. Assim, na escuridão nascente que punha para fora uma humanidade alegre inebriada com o retorno das brisas mornas, Clara contemplava apenas um amontoado de pedras mortas e um cemitério onde se enterravam voluntariamente os vivos.

O comboio ia avançando para o alto de uma colina onde se cruzava pouca gente e onde ela podia respirar um pouco melhor. Ao longo de toda a estrada, Pietro cuidara de seu conforto mas não procurara lhe falar de outra maneira, e ela se calara, como assim fazia todos os dias, com o espírito concentrado nas encostas, pautas de música e notas. Fizeram enfim uma parada diante de uma grande residência de muros marrons muito altos, depois de pinheiros esguios que brotavam das alamedas de um pátio interno e ultrapassavam o muro, como uma fonte imóvel. No alto dos muros havia madressilvas, que caíam em crepitações perfumadas sobre os paralelepípedos da rua, e as janelas lançavam ao crepúsculo suas longas cortinas transparentes. Fizeram-nos entrar num imenso vestíbulo onde Pietro a deixou, antes que a guiassem por aposentos gigantescos de paredes e superfícies submersas por quadros e esculturas, para os quais ela olhou com um espanto logo transformado em esperança, quando ela compreendeu que aquela estranheza a consolaria talvez do luto de suas montanhas. Finalmente, abriram uma porta que dava para um quarto branco e nu, com um único quadro na parede. Deixaram-na sozinha dizendo-lhe que logo iriam preparar seu banho e trazer seu jantar, que todos dormiriam cedo por causa do cansaço da viagem e que iriam buscá-la bem cedinho para levá-la ao Maestro. Ela se aproximou do quadro, em meio a uma curiosa desordem de reverência e receio. *Eu te conheço mas não sei como.* Passou-se um longo momento. Depois, alguma coisa mudou no éter do quarto e um leve transe assaltou Clara, que se concentrava nos estratos da pintura que agora ela já não via nas duas dimensões do plano mas numa profundidade nova que lhe abria a porta das quadras do sonho. Já não sabia se dormia ou se estava acordada, enquanto o tempo passava no mesmo ritmo que as nuvens muito altas num azul de tinta preta e de prata. Talvez tenha dormido, pois a cena mudou e ela entreviu uma mulher rindo na noite de um jardim estival. Não conseguia distinguir seu rosto mas a mulher era jovem, certamente, e muito alegre — depois desapareceu e Clara não viu mais que as ondas de tinta movente, até mergulhar num último sono sem visões.

— Vamos ver o Maestro — disse-lhe Pietro no dia seguinte. — Não é um homem fácil mas você tocará e isso bastará.

O gabinete de ensaios do Maestro Gustavo Acciavatti ficava no último andar de um belo prédio com janelas grandes por onde se espalhava um dia que transformava o soalho em lago de luz líquida. O homem sentado diante do teclado do piano parecia a um só tempo muito jovem e muito velho, e Clara, cruzando seu olhar, pensou numa árvore até a qual ela ia quando se sentia triste. Suas raízes mergulhavam fundo na terra mas seus galhos eram tão vigorosos quanto ramos jovens, e a árvore era muito vigilante, observando e se refletindo nos arredores, a ponto de escutá-la sem que ela precisasse falar. Ela poderia descrever a forma de cada pedra de seus caminhos e desenhar de memória todos os galhos de suas árvores, mas os rostos passavam diante dela como num sonho, antes de se fundirem numa confusão universal. Ora, aquele homem que a olhava em silêncio era tão presente e intenso para ela quanto suas árvores, e ela conseguia distinguir o grão de sua pele e as irisações de seus olhos num deslumbramento que quase doeu. Ficou em pé diante dele. *Eu te conheço mas não sei como.* A revelação de que ele sabia quem ela era dilacerou o espaço de sua consciência e depois se dissipou, no mesmo instante. De repente, ela observou num canto da sala uma forma amassada numa cadeira. Seu olhar fora atraído por um gesto e ela teve a impressão de ver um homem, pequeno, e, pelo que podia julgar, levemente barrigudo. Ele tinha cabelos ruivos e roncava, com a cabeça inclinada sobre o ombro. Mas como ninguém prestava atenção nele, ela também o ignorou.

Depois o Maestro falou.

— Quem te ensinou música? — perguntou.

— Alessandro — ela respondeu.

— Ele alega que você aprendeu sozinha — ele disse. — Mas ninguém aprende em um dia. Foi o padre que te deu aulas?

Ela fez que não com a cabeça.

— Alguma outra pessoa da aldeia?

— Não minto — ela disse.

— Os adultos mentem — ele respondeu — e as crianças acreditam neles.

— Então o senhor também pode mentir — ela disse.

— Sabe quem eu sou?

— O Maestro.

— O que você quer tocar?

— Não sei.

Ele lhe fez sinal para ocupar seu lugar, regulou o banquinho, sentou-se a seu lado e abriu a partitura no cavalete.

— Vamos, toque — disse —, toque, agora. Virarei as páginas.

O olhar de Clara varreu depressa e intensamente as duas páginas abertas da partitura — um piscar de olhos, dois, três — e uma expressão indecifrável passou pelo rosto do Maestro. Depois ela tocou. Tocou tão lentamente, tão dolorosamente, tão perfeitamente, tocou com uma lentidão tão infinita, uma suavidade tão infinita e tamanha perfeição, que ninguém conseguiu falar. Parou de tocar e ninguém conseguiu falar. Não conheciam nenhum adulto que soubesse tocar assim aquele prelúdio, porque aquela criança tocava com uma tristeza e uma dor de criança mas uma lentidão e uma perfeição de homem maduro, quando ninguém, entre os adultos, conseguia mais alcançar o encantamento do que é jovem e velho ao mesmo tempo.

Depois de um longo silêncio, o Maestro lhe pediu para se sentar em seu lugar e tocou o primeiro movimento de uma sonata. No final, introduziu uma ínfima modificação. Ela fixava um ponto cego diante de todas as visões. Ele lhe pediu para tocar de novo o que tinha ouvido. Assim ela fez. Ele foi buscar a partitura. Ela seguiu o que estava escrito, não introduziu nenhuma modificação mas, no momento de atacar o compasso, levantou a cabeça e olhou para ele. Depois trouxeram uma profusão de outras partituras que exibiram para ela. Clara as abriu, umas depois das outras, com um piscar de olhos, dois, três, e todos morriam e renasciam a cada batida, numa avalanche de flocos escapados de um sonho esquecido. Finalmente, tudo pareceu se imobilizar num grande silêncio vibrante. Um único piscar, e Clara fixou as páginas de uma partitura vermelha e velha, tão fremente que todos fremiram com um frêmito que perfurava um abismo em si mesmo. Foi para o grande piano e tocou a sonata russa que a arrebatara na vertigem dos cumes; e souberam que era assim que os homens deviam viver e amar, nesse furor e nessa paz, com essa intensidade e essa fúria, num mundo varrido de cores de terra e de tempestade, num mundo que se torna azul com a aurora e escurece sob o temporal.

Passou-se um instante. *Eu te conheço mas não sei como.*

Bateram discretamente à porta.

— Sim? — disse o Maestro.

— O Governador Santangelo — responderam.

Clara ficou sozinha na sala, em companhia do gordinho de cabelo ruivo que não se mexera e não parecia dar sinal de acordar. Foram lhe levar chá e frutas desconhecidas com uma casca como um veludo alaranjado, e lhe deram outras partituras insistindo que o Maestro pedira para ela tocar só uma. A primeira lhe causou o efeito de uma profanação e ela logo a fechou, repugnada por pautas de música que pareciam as efusões roncantes do órgão nos ofícios dos mortos. Nenhuma outra lhe causou o mesmo efeito mortífero, mas ela abriu muitas sem encontrar o que a transtornara tanto como a sonata russa e, em Santo Stefano, como o último trecho que Sandro colocara diante dela na igreja. Afinal, chegou a um libreto fino cuja primeira página rodopiou no ar arabescos de um gênero desconhecido. Ali podia seguir curvas que voavam como plumas e tinham a mesma textura da casca aveludada das belas frutas. Antes, quando tocara a sonata russa, tinha sido um fausto de árvores com folhas de prata, a que se haviam misturado grandes pradarias secas cruzadas por rios e, bem no final, ela tivera a visão de uma ventania num campo de trigo cujos colmos eram esmagados sob as borrascas antes de renascerem num movimento que gritava como um animal. Mas essa música nova fazia entrar na equação das paisagens uma amabilidade de cintilação idêntica à dos relatos de Alessandro, e ela sentia que só mesmo raízes profundas para que tamanha leveza fosse possível, perguntando-se se algum dia conheceria os alpendres sorridentes em que aquela afabilidade nascera — pelo menos agora sabia que existiam terras onde a beleza nascia em meio à doçura, quando na verdade sempre conhecera apenas a aspereza e a grandeza, e amou tudo isso no momento em que descobria o gosto da fruta desconhecida pelo encontro de uma música que contava a terra dessa fruta. Quando terminou a peça, ficou um instante a sonhar com continentes estranhos e viu-se sorrindo na solidão de meio-dia.

Uma hora se passara nesse devaneio luminoso quando sons abafados lhe chegaram da sala ao lado. Houve uma efervescência na qual reconheceu a voz do Maestro que acompanhava o visitante, depois ouviu uma voz estrangeira e, embora suas palavras fossem inaudíveis, ela se levantou com o coração disparado, pois era uma voz de morte fazendo advertências que ela entendeu como dobres — e para onde quer que olhasse nesse quadro de desordem, ficava paralisada diante da visão de uma sombra em forma de biombo sobre uma extensão de terror e de caos. Em suma, aquela voz era duplamente assustadora porque também era bela, e aquela beleza vinha de uma energia antiga atualmente extraviada. *Eu te conheço mas não sei como.*

— É preciso reconhecer que você não é maneta — disse uma voz atrás dela.

O ruivinho se levantara, pelo visto a duras penas, pois cambaleava ao se aproximar e passava uma mão insegura pelos cabelos. Tinha o rosto redondo, um queixo duplo que lhe dava um ar infantil, além de olhos vivos e brilhantes que, naquele momento, pareciam meio estrábicos.

— Eu me chamo Petrus — disse inclinando-se diante dela e, em seguida, se largando no soalho.

Ela o olhou, estarrecida, enquanto ele se levantava com dificuldade e, ato contínuo, reiterava a saudação.

— O Maestro não é fácil, mas essa corja é maléfica — ele disse quando se recompôs.

Ela entendeu que ele falava da voz de morte.

— Conhece o Governador? — ela perguntou.

— Todo mundo conhece o Governador — ele respondeu perplexo.

Depois, sorrindo para ela:

— Sinto muito por estar tão pouco apresentável. Nós não toleramos muito bem o álcool, é uma questão de constituição. Mas o moscatel do jantar estava divino.

— Quem é você? — ela perguntou.

— Ah, é verdade — ele disse —, não nos apresentaram.

E inclinou-se pela terceira vez.

— Petrus, para servi-la — disse. — Sou uma espécie de secretário do Maestro. Mas desde hoje de manhã sou, sobretudo, seu acompanhante.

Depois, sorrindo contrito:

— Concordo com você que estar de ressaca não traz o melhor augúrio para um primeiro encontro. Mas farei o possível para me tornar agradável, tanto mais que você toca muito bem.

Assim passaram-se os primeiros dias em Roma. Ela não esqueceu a voz de morte, embora estudasse sem descanso e sem se preocupar com o exterior. Acciavatti lhe dissera para ir de manhã cedinho ao gabinete deserto para que ninguém ficasse sabendo da existência de uma menina prodígio que ele pegara como aluna.

— Roma gosta dos monstros — dissera-lhe — e não quero que faça um de você.

Todo amanhecer, Petrus ia buscá-la em seu quarto e a levava pelas ruas silenciosas. Em seguida, ia embora para a Vila Volpe, onde ela o encontrava no almoço: depois, a deixava na sala do pátio onde havia um piano para o estudo e onde ela se exercitava até o jantar, que se dava em sua companhia e na de Pietro. Às vezes o Maestro ia encontrá-los depois da ceia e estudavam mais ainda, antes de se deitarem. Clara estava surpresa com a indulgência que Acciavatti e Pietro demonstravam com Petrus. Eles o cumprimentavam com amizade e não prestavam atenção em seu comportamento estranho. No entanto, não se podia dizer que ele desse provas de muita correção; quando ia acordá-la de manhã, estava sem fôlego, de cabelo desgrenhado e olhos embaçados; ela já não acreditava que o moscatel do primeiro dia tivesse sido uma exceção, pois era comum ele tropeçar nos tapetes, e nas horas de estudo se afundava numa poltrona e dormia babando ligeiramente; de vez em quando soltava uns grunhidos indistintos; quando acordava, parecia surpreso de estar ali. Depois, tentava repor o mundo nos trilhos, puxando com convicção o paletó ou as calças, mas em geral não conseguia nada de conclusivo e acabava desistindo, com o nariz pendendo para o chão. Por fim, quando se lembrava de que ela estava ali e queria lhe falar, devia recomeçar duas vezes pois o que saía primeiro vinha sem vogais. Ainda assim, ela gostava bastante dele, sem entender realmente o que ele fazia a seu lado, mas a nova vida de pianista absorvia tão completamente sua energia que pouco sobrava para os outros aspectos de sua existência romana.

As aulas com o Maestro não lembravam nada do que ela imaginara. Quase o tempo todo, ele falava com ela. Se dava partituras, nunca lhe dizia como tocá-las. Mas em seguida lhe fazia perguntas às quais ela sempre sabia responder, pois ele não queria saber o que ela pensara, mas o que tinha visto. Como ela havia dito a ele que a sonata russa lhe despertara imagens de planícies secas e rios de prata, ele lhe falara das estepes do Norte e da imensidão daquelas paragens de salgueiros e gelo.

— Mas a energia de um gigante desses é tão grande quanto sua lentidão, e é por isso que você tocou tão lentamente.

Também a interrogava sobre sua aldeia natal, e ela descrevia as escapadas entre dois tetos de telhas por onde se viam os cumes que ela conhecia de cor, em cada recorte e cada pico. Gostava dessas horas com ele, a tal ponto que, no início de novembro, dois meses depois de sua chegada a Roma, o sofrimento por suas montanhas perdidas já não era insuportável. No entanto, o Maestro não lhe manifestava nenhum afeto especial, e ela tinha a sensação de que suas perguntas não visavam o aprendizado, mas a preparavam para algo cuja compreensão só ele possuía, assim como ela formava por intermitência a intuição de que ele já a conhecia, embora só tivessem se encontrado naquele setembro. Um dia, quando estudavam uma partitura terrível de tão maçante e ela demonstrou seu estado de espírito acelerando absurdamente a interpretação, ele lhe disse, irritado:

— Ah, agora te reconheço.

Ela perguntou o nome das frutas do primeiro dia e disse:

— Então prefiro que me dê uns pêssegos.

Ele olhou para ela mais irritado ainda, mas pôs diante dela uma partitura dizendo estas palavras:

— Para desgraça dele, este homem era alemão, mas ainda assim entendia de pêssegos.

Tocando e tocando de novo com as volutas aéreas do prazer, ela meditara sobre o que percebera por trás da irritação do Maestro, um ímpeto que se dirigia a alguém cuja silhueta vaporosa pairara brevemente na atmosfera da sala. E se os dias seguintes foram semelhantes aos precedentes, traziam a marca nova dessa interpelação a um fantasma.

Também era muito frequente que ele fosse encontrá-la junto a Pietro, depois do jantar. O piano ficava na grande sala do pátio e enquanto estudavam deixavam as janelas abertas para o ar fresco das noites. Pietro os ouvia, fumando e bebendo licores, mas não falava antes do fim da aula. Da mesma maneira, Petrus cochilava ou roncava numa grande bergère até que o piano se calasse e o silêncio o acordasse. Então, ela os ouvia conversando, lendo ou devaneando, e depois a levavam de volta para o quarto, enquanto ficavam confabulando na noite, e através do pátio adormecido o timbre de suas vozes ninava por muito tempo seu sono. Assim, numa noite de meados de novembro em que tinham deixado fechadas as portas-janelas, pois chovia muito, Clara os ouvia conversarem, enquanto folheava partituras que tinham levado para o estudo. Ela ouviu Acciavatti dizer: *mas eles acabarão por tocá-la no ritmo certo*, e depois ela abriu uma velha partitura amassada.

Com tinta preta alguém escrevera duas linhas na margem das primeiras pautas.

la lepre et il cinghiale vegliano su di voi quando camminate sotto gli alberi
i vostri padri attraversano il ponte per abbracciarvi quando dormite*

---

* a lebre e o javali cuidam de vocês enquanto vocês andam sob as árvores/ seus pais atravessam a ponte para beijar vocês enquanto vocês dormem.

Passou-se um instante num grande vazio de sensações, e Clara viu uma bolha de silêncio propagar-se na velocidade das ondas antes de explodir numa apoteose muda. Releu o poema e já não se produziu deflagração, mas algo mudara, como se o espaço tivesse se multiplicado e além de uma fronteira invisível houvesse um país a que ela desejasse ir. Embora desconfiasse de que a partitura não tinha ligação nenhuma com essa magia, mesmo assim foi até o piano e tocou o trecho, que apenas lançou no ar um perfume de correntezas e terra molhada e um mistério em forma de rastros arborizados e emoções roubadas.

Quando levantou os olhos depois da última nota, viu diante de si um homem que não reconheceu.

— De onde vem essa partitura? — perguntou-lhe o Maestro.

Ela apontou para a coleção que tinham lhe trazido mais cedo, por ordem dele.

— Por que você a tocou?

— Li o poema — ela disse.

Ele contornou o piano e foi olhar por cima de seu ombro. Ela sentiu o sopro de sua respiração e as ondas de emoções mescladas. Ao vê-lo na luz abrupta que essa surpresa jogava sobre o palco de seus sentimentos, foi atingida pelas imagens que desfilavam em transparência a partir de sua silhueta alta — primeiro uma companhia de cavalos selvagens cujo rumor ela ouviu muito tempo depois que eles se afastaram, depois, nas sombras de um matagal rasteiro com alamedas douradas pelos raios de sol, uma grande pedra colocada sobre o musgo, cujos ângulos e concavidades e todas as fissuras nobres tinham nascido da obra conjunta dos dilúvios e dos séculos, e ela sabia que aquela pedra magnífica e viva era o próprio Maestro, pois o homem e a rocha, numa inexplicável alquimia, se sobrepunham perfeitamente. Por fim, as imagens se esvaneceram e ela se viu de novo diante de um homem de carne e de sangue, que olhava para ela com gravidade.

— Sabe o que é a guerra? — ele perguntou. — Sim, claro, sabe... Infelizmente, há uma guerra chegando, uma guerra mais longa e ainda mais terrível que as anteriores, desejada por homens mais fortes e mais terríveis ainda que no passado.

— O Governador — disse Clara.

— O Governador — ele disse — e outros mais.

— É o diabo? — ela perguntou.

— De certa forma, sim — ele disse —, você pode dizer que é o diabo, mas o nome não é o mais importante.

Uma órfã que fora criada na casa da paróquia de uma aldeia de montanha já tinha ouvido falar do diabo, e não havia ninguém em todos os Apeninos que não conhecesse as batalhas que ali tinham sido travadas e não fizesse o sinal da cruz diante da evocação dos que lá morreram. Mas além dos relatos de sua infância, Clara acreditava entender de onde vinha o desejo de guerra do diabo. Que se vivesse em túmulos enfileirados uns ao lado dos outros lhe parecia suficiente para explicar as manobras da voz de morte, e ela cogitava se a pedra viva que era o Maestro pensava o mesmo.

— As guerras se passam nos campos de batalha, mas se decidem nas salas dos governadores, que são homens especialistas no manejo das ficções. Entretanto, há também outros lugares, e outras ficções... Quero que você me fale do que vê e do que ouve, dos poemas que lê e dos sonhos que tem.

— Mesmo se eu não sei por quê? — ela perguntou.

— É preciso ter confiança nas músicas e nos poemas — ele respondeu.

— Quem escreveu o poema? — ela também perguntou.

— Um membro da nossa aliança.

E, depois de um longo silêncio:

— Posso apenas te dizer que ele está destinado a você. Mas eu não pensava que você pudesse lê-lo tão cedo.

Nesse instante, ela viu que Pietro procurava o poema na partitura, e pela maneira como ele os olhou, entendeu que não tinha encontrado.

Então Gustavo Acciavatti, à sua frente, sorriu para ela.

Logo Petrus a levou de novo para o quarto, cujas janelas tinham sido fechadas pois as lanças de água continuavam a fazer um concerto com sua barulheira obstinada.

— Não me deixam fazer meu trabalho — ele lhe disse na hora de se despedir.

— Seu trabalho? — ela perguntou.

— Meu trabalho — disse Petrus. — Eles todos são tão sérios e tão frios. Estou aqui porque sou sentimental e tagarela. Simplesmente te fazem tocar o dia inteiro e à noite te chateiam com guerras e alianças.

Coçou graciosamente o crânio.

— Eu sou dado à bebida e talvez não seja muito esperto. Mas eu, pelo menos, sei contar uma história.

Foi-se embora e ela dormiu, ou pelo menos pensou que tinha dormido, até que, com uma clareza que não se preocupava com as paredes e as persianas fechadas, ouviu Pietro dizer do outro lado do pátio:

— A menina tem razão, é o diabo.

E a voz do Maestro que lhe respondeu:

— Mas o próprio diabo, quem então o enganou?

Depois ela pegou no sono, de vez.

Foi uma noite estranha e um sono estranho. Os sonhos tinham uma acuidade desconhecida que os tornava visões mais do que quimeras da noite. Ela conseguia percorrer as paisagens com o olhar, assim como abarcamos uma terra que está diante de nós, e se viu explorando os caminhos de um campo desconhecido como se estivesse seguindo pelas passagens de suas ladeiras. Embora não se vissem montanhas, havia naquela região um encanto penetrante; ela sentia a força de terrenos prósperos e saboreava a diversidade de suas árvores. Se sua amenidade não lembrava a dos belos pêssegos, tinha uma forma de leveza que se ignora na montanha, e isso dava, no final, um equilíbrio que transtornava Clara, um vigor sem aspereza, uma exigência que, bem no fundo, sorria, tanto assim que em dois meses ela vira todo o espectro das geografias, as belas terras de lavoura, os pêssegos aveludados do prazer e, no extremo oposto, suas montanhas rudes e altivamente erguidas. Mais ainda, ao admirar o arranjo cuidado dos terrenos cercados, tomou consciência de um encantamento invisível e poderoso, que superava os dotes das regiões de opulência e transformava a paisagem de árvores vigorosas e trilhas sombreadas numa aventura de folhagem e amor. Viu também uma aldeia a meia encosta de uma colina, com uma igreja e casas cujas paredes grossas expressavam a severidade dos invernos. Porém, sentia-se que na primavera começava uma bela estação que durava até as geadas do outono, e talvez fosse a ausência de montanhas, ou a profusão das árvores, mas se sabia que sempre chegava uma hora em que era possível descansar das labutas. Por fim, avistou sombras fugazes; nem silhuetas nem rostos; e elas passavam na indiferença, quando na verdade ela gostaria de ter perguntado qual era aquela aldeia e que frutas carregavam seus pomares.

Foi como uma flecha. Ela não sabia nem de onde surgira nem para onde fora, mas a viu disparar na sua frente e desaparecer na curva do caminho. Por mais fugaz que tivesse sido a aparição, cada traço se gravara nela com uma exatidão dolorosa que a fazia rever o rosto de íris escuras e feições magras e distintas, retesadas por uma pele dourada em que a boca despejava uma mancha de sangue. Procurou o rastro disso e descobriu a menininha na entrada de uma mata por onde avançava um grande cavalo cinza. O panorama inteiro se iluminou e ao campo gelado se sobrepôs uma paisagem de montanhas e brumas. Elas não se intercalavam mas se entrelaçavam como nuvens: viu panoramas que se enrolavam mas também climas que se fundiam, e fez um belo tempo e nevou sob uma tempestade lançada de cima de um céu claro. Então, um furacão abateu-se sobre a cena. Numa visão fulgurante que condensava as ações e os tempos, Clara avistou as grandes deformações da tempestade, os turbilhões perversos e as flechas pretas subindo ao céu no furor, enquanto uma velhinha brandia um cajado por cima de seu crânio descabelado. No instante em que o sonho resvalou para a vigília, viu também outra cena, em que a menina jantava na companhia de seis adultos que a cercavam com um halo furta-cor e sereno, no qual, pela primeira vez em sua vida, se encarnava a materialidade do amor. Por fim, tudo desapareceu e Clara ficou acordada no silêncio do quarto escuro. De manhã, contou ao Maestro o que vira no sonho. No final do relato, acrescentou o nome da pequena estrangeira pois ele lhe vinha num jato de evidência.

Gustavo Acciavatti, pela segunda vez, sorriu para ela.

Mas seu sorriso, desta vez, era triste.

— Todas as guerras têm seus traidores — ele lhe disse. — Desde ontem, Maria não está mais em segurança.

Vila Acciavatti
Conselho élfico restrito

— Quem é o traidor? — perguntou o Maestro.

— Não sei — disse o Chefe do Conselho. — Já não podemos confiar em metade do cenáculo. Pode ser qualquer um dos dez. Não senti que estava sendo seguido e os rastros foram apagados depressa.

— Não vi que você estava sendo seguido. Há outra ponte e outro pavilhão — disse o Guardião do Pavilhão. — É preciso reforçar a proteção de Maria.

— Não — disse o Maestro —, é preciso que seus poderes cresçam, e que Clara consolide o vínculo entre elas.

— Não temos nenhuma ideia do que estamos fazendo — disse o Chefe do Conselho —, e no entanto transformamos nossas filhas em soldados.

— O mínimo que se pode dizer — disse Petrus — é que vocês não lhes deixam tempo para brincar de boneca e também não as ajudam muito.

— Você escreveu o poema logo depois da morte de Teresa — disse o Maestro ao Guardião do Pavilhão — e ela o descobriu hoje. Vou enviá-lo a Maria.

— Um poema aqui, uma partitura acolá, que abundância de explicações — disse Petrus. — Como elas podem entender quem são essa lebre e esse javali?

— Maria me viu no dia de seus dez anos — disse o Guardião do Pavilhão —, o javali falará com ela. E as pessoas em torno dela são talhadas como diamantes. Vão além de nossas esperanças.

— E o que pensa das pessoas de Clara? — perguntou Petrus. — Nada de amigos, nada de família, nada de mãe. Um professor irascível e sibilino, e estudo até dizer chega. Mas Clara é a artista de seu grupo de pequenas guerreiras. É preciso afagar seu coração e sua sensibilidade, e isso não pode ser feito se a treinarmos como uma recruta.

— É preciso que haja uma mulher na vida de Clara — disse o Chefe do Conselho.

— Quando Pietro ficar satisfeito com as condições de segurança dela, elas se encontrarão — disse o Maestro.

Depois, seguindo-se a um momento de silêncio, ele disse ao Guardião do Pavilhão:

— Você a ouviu tocar... sim, eu sei, é sua filha, e você a ouviu antes de mim... que dilaceração... e que deslumbramento...

Maria
A *lebre e o javali*

Depois das emoções do cavalo cinza e dos furacões ofensivos, a vida na granja retomara seu ritmo campestre repleto de caçadas, queijos salgados e corridas pelos bosques. Agora que o fato das belas estações fora validado pelas granjas e pelo campanário, todos podiam apoiar-se nisso mais tranquilamente, contemplando a neve macia que, naquele inverno, cobriu as terras no exato instante em que se pensava no corte de lenha nos bosques, saboreando inúmeras manhãzinhas que estalavam como biscoitos lançando traços rosa nos céus mais transparentes que o amor, salgando e pondo em conserva os belos pedaços de uma caça que parecia jamais se esgotar — e, considerando tudo isso, não deixavam de balançar a cabeça ou trocar um olhar, e depois todos voltavam ao trabalho, sem outros comentários.

A respeito da caça, o pai fez um dia uma observação que levou Maria a franzir o cenho. Estavam jantando toucinho e beterrabas cozidas sob as cinzas, servidas com uma colher de creme misturado com sal grosso.

— Os bichos estão mais fornidos mas a caça é mais reduzida — ele disse.

Maria sorriu e depois tornou a afundar o nariz em seus vapores de beterraba. O pai era um homem dos campos, rude e
pouco falante, que andava devagarzinho e nunca se apressava.
Quando rachava os troncos, era num tal ritmo que toda a aldeia
conseguiria passar à sua frente, mas como viam que a regulari-
dade mesclada de tenacidade era mais notável ainda que a velocidade, era ele que as viúvas da terra solicitavam para cuidar de
seus próprios cortes de lenha, e em troca ele pedia uma quantia
módica, quando na verdade elas gostariam de lhe dar o quín-
tuplo. Ele cultivava a mesma cadência em todos os seus negó-
cios, inclusive os da intimidade. Não manifestava grande tristeza
diante dos sofrimentos e dos lutos que, no entanto, tinham sido
terríveis, pois sua mulher e ele haviam perdido em tenra idade os
dois filhos. E o sofrimento se mantivera cruel durante mais anos
que o necessário. Felizmente, também era a mesma coisa com
as alegrias, e Maria era a bênção de sua vida de homem maduro, embora isso nunca se traduzisse por demonstrações em que
seu amor se concentrasse; em vez disso ele o dividia igualmente, da mesma maneira que capinava sua horta e lavorava sem
pressa nem pausas, e assim desfrutava de tudo isso como de um
presente que banhava uniformemente seus anos. Quando falava
também tomava cuidado para que suas palavras não rompessem
o equilíbrio das emoções mas desposassem naturalmente seus
contornos. Tudo isso Maria sabia, e portanto respondeu apenas
com um sorriso à observação de seu pai, a qual passou sobre o
jantar como um voo de jovens tordos.

Mas ele estava certo: a caça se tornara mais reduzida. Para
quem pudesse ter pensado que a abundância dos animais levaria

ao júbilo de matar à vontade, os fatos tinham respondido com um surpreendente desmentido. Dessa generosidade que inundava seus bosques e lhes oferecia mais belas presas que a seus ancestrais, os homens da aldeia haviam concebido uma moderação que os levava a escolhê-las com cuidado. Nestes últimos invernos, tinham dado fim a certos festins em torno de javalis que desenterravam as batatas, enchido os porões com embutidos de reserva e recolhido seu dízimo de boa carne, mas não mais do que o necessário para reconstituir o corpo pelo custo de sua labuta. Mais ainda, tiveram a sensação de enviar os encarregados dos cães de caça mais como emissários do que como batedores e de mandá-los arrumar as posições com uma suavidade inabitual, que fazia da caça uma nova arte do intercâmbio. Ah, é claro que os homens não iam desentocar os bichos nas matas agitando uma bandeira branca e pedindo educadamente aos coelhos que se postassem diante das espingardas, mas mesmo assim: eles os desemboscavam com respeito e não enfrentavam mais bichos do que seria razoável. Na verdade, a observação do pai vinha do fato de que, naquela manhã mesmo, fora preciso expulsar do território comunal caçadores do cantão vizinho que, em escassez de caça, tinham ido de contrabando zanzar pelos flancos de nossas colinas. Lá haviam encontrado uma abundância de lebres e faisões, e até mesmo algumas camurças nas quais atiraram de emboscada, como uns selvagens, em meio a gargalhadas que deixaram os da aldeia repugnados e prontos para responder com uma chuva de chumbo. Mas o pior foi que desta vez o jogo não provocara a gloríola viril que é seu verdadeiro objetivo, porque nossos homens tiveram a sensação de uma profanação resumida muito bem por um deles (o Marcelot, como era de esperar) quando voltaram para as granjas, depois de terem expulsado todos os mercenários e controlado cada canto do menor bosque: *hereges desgraçados, nenhum respeito pelo trabalho*. Donde a observação do pai; mas Maria podia perceber que dos acontecimentos do dia ele tirara conclusões que iam além da indignação.

Pensando bem, em matéria de demonstrações de afeto Maria não sofria de carência, as mulheres do lugar eram tão pródigas nisso quanto nos padres-nossos e nas doses de leite com que tentavam incansavelmente fortalecer aquela menina muito magricela (mas tão bonita) que não se lembrava de um retorno à granja que não tivesse sido acompanhado de carne de porco desfiada e frita. Mas Maria adorava, sobretudo, os queijos de nossas vacas, e para grande desespero de Jeannette, a melhor cozinheira dos seis cantões, embirrava com os guisados de caça, os ensopados, e em geral com os pratos misturados. Ia até o forno e pegava sua parte da janta na forma de produtos separados: beliscava uma cenoura e grelhavam para ela um pedacinho de carne, que ela comia à parte, com uma pitada de sal e um pinguinho de segurelha. A única exceção que abria para esse regime de coelho selvagem vinha dos prodígios de Eugénie, que naquele recinto era dona das geleias e das decocções das belas flores. Mas quem seria capaz de resistir às suas obras? Levavam sua compota de marmelos para as comunhões solenes e até para os casamentos; todas as suas infusões pareciam infiltradas de magia; e isso era mesmo necessário para explicar os suspiros de satisfação que todos se permitiam dar no final da refeição. De resto, Eugénie era versada, acima de tudo, no conhecimento das plantas medicinais, e o padre costumava consultá-la e a respeitava muito pois ela possuía um saber sobre um número impressionante de símplices e de usos terapêuticos, cuja origem datava das antiguidades que lhe eram esplendidamente desconhecidas. Privilegiava, porém, em primeiro lugar, o que havia em abundância na região e comprovara sua eficácia no correr dos anos, e por isso se fixara numa tríade vitoriosa que parecia, pelo menos na granja, ter demonstrado suas virtudes: tomilho, alho e espinheiro (que ela chamava de no-bre-espinho ou arranha-gato, nomes que o padre verificara e que eram, de fato, os mais populares para designar o arbusto). Maria gostava apaixonadamente do espinheiro. Gostava de sua casca cinza prateada que só fica marrom e granulosa com a idade e das flores leves de um branco tão delicadamente tingido de rosa que qualquer um soluçaria, e gostava de colhê-las com Eugénie nos primeiros dias de maio, tomando cuidado para não amassá-las e pondo-as logo em seguida para secar à sombra de um celeiro en-feitado como uma noiva. Gostava, por fim, das infusões que toda noite eram preparadas despejando uma colher de flores numa xícara de água fervendo. Eugénie jurava que isso fortificava a alma e o coração (o que foi provado pela farmacopeia moder-na) e também proporcionava um suplemento de juventude (o que não ficou demonstrado nos livros). Em suma, se Eugénie não tinha a idade nem o olho de Angèle, era mesmo assim uma velhinha com quem tampouco se podia contar impunemente. E se Angèle desconfiara muito cedo que Maria tinha um estofo mágico, Eugénie também percebia isso com uma intensidade crescente desde os acontecimentos da mata. Certa manhã, cedi-nho, quando ela descia para a cozinha depois de suas primei-ras orações, parou de chofre diante da grande mesa de madeira onde se faziam as refeições. A sala estava em silêncio. As outras velhinhas alimentavam as galinhas e ordenhavam as vacas, o pai fora inspecionar seus pomares e Maria ainda dormia sob o grosso edredom vermelho. Eugénie ficou sozinha diante da mesa sobre a qual só havia um bule de café de barro, um copo de água para quem sentisse sede de noite e três dentes de alho destinados ao jantar. Fez um esforço de concentração que produziu apenas a visão presente da qual queria se livrar, depois relaxou e se con-centrou em esquecer o que estava vendo.

* * *

Agora ela revê a mesa tal como na véspera, quando é a última a ir embora depois de abafar a lamparina; saboreia a quietude da sala ainda morna onde uma família feliz jantou um pouco mais cedo; demora-se nos recantos escuros que a iluminação fraca ornamenta com algumas pérolas de luz; e seu olhar volta para a mesa onde agora só há um copo de água ao lado de um bule de café e de três dentes de alho esquecidos. Então compreende que Maria, que às vezes atravessa a sala nas horas sombrias do sono, veio durante a noite e mudou de lugar os dentes de alho — alguns centímetros — e o copo de água também — milímetros talvez —, e que essa translação ínfima de cinco elementos triviais modificou inteiramente o espaço e, a partir de uma mesa de cozinha, gerou uma pintura viva. Eugénie sabe que não possui as palavras, porque nasceu camponesa; nunca viu um quadro a não ser os que enfeitam a igreja e contam a História Sagrada, e não conhece outra beleza além da dos voos de pássaros e das auroras primaveris, das trilhas dos bosques claros e dos risos das crianças amadas. Mas sabe com uma certeza de aço que aquilo que Maria realizou com seus três dentes de alho e seu copo é um arranjo do olhar que corteja o divino, e então observa que, além das mudanças na disposição das coisas, há algo mais, que a rotação do sol lhe revela neste instante: um pedacinho de hera posto ao lado do copo. Está perfeito. Eugénie talvez não tenha as palavras mas tem o talento. Pode ver, da mesma maneira que vê a ação dos símplices no corpo e a dimensão dos gestos da cura, o equilíbrio em que a menina pôs os elementos, a tensão esplêndida que neste momento os habita e a sucessão de vazios e cheios contra um fundo de escuridão sedosa por onde se esculpe um espaço agora sublimado por uma moldura. Então, ainda sem palavras, mas pela graça da inocência e do dom, Eugénie, sozi-

76

nha em sua cozinha sob as fitas que cobrem oitenta e seis anos de chás de espinheiro, recebe em pleno coração a magnificência da arte.

Naquela manhã, Maria desceu cedo para cortar sua lasquinha de queijo no celeiro. Mas em vez de ir passar um tempo nas árvores, antes da aula, voltou para a cozinha onde, em seu posto de combate, Eugénie mexia, numa panela de cobre, uma mistura de talos secos de aipo, flores de pervinca e folhas de hortelã que destinaria a um cataplasma para uma jovem mãe agoniada com uma obstrução leitosa. Maria se aboletou na grande mesa onde os dentes de alho não tinham mudado de lugar.

— Você pôs o aipo? — perguntou.

— Aipo, pervinca e hortelã — respondeu Eugénie.

— Aipo que se planta? — perguntou Maria.

— Aipo que se planta — respondeu Eugénie.

— Que você pegou na horta?

— Que peguei na horta.

— Que tem cheiro menos ruim que o selvagem?

— Que tem cheiro bem melhor que o selvagem.

— Mas que não é tão eficaz?

— Depende, meu anjo, depende do vento.

— E a pervinca, ela não é melancólica?

— Se madura, é melancólica.

— Não a oferecem para expressar a tristeza?

— Também a oferecem para expressar educadamente a tristeza.

— São mesmo pervincas de nossos bosques?

— São pervincas da rampa atrás das coelheiras.

— Que não são tão eficazes como as dos bosques?

— Depende, minha menina, depende do vento.

— E esta hortelã, titia?

— Esta hortelã, minha menina?

— De onde ela vem a essa hora?

— Vem do vento, meu anjo, como todo o resto, vem do vento que a deposita ali onde Deus pede e onde a colhemos em reconhecimento a Seus favores.

Maria gostava desses diálogos cujos responsórios lhe eram infinitamente mais queridos que os da igreja e que ela provocava por uma razão que se esclarecerá à luz do novo acontecimento que, naquele dia, inundou o mundinho da granja com seus exóticos eflúvios. Lá pelas onze horas, o Jeannot bateu à porta da cozinha onde estavam reunidas as vovozinhas, que oficiavam na mesma tarefa hercúlea, pois o final da Quaresma se aproximava e breve iam dar o grande jantar que recompensaria as privações consentidas. A cozinha cheirava a alho e a caça, e a mesa transbordava de cestas suntuosas, das quais a mais imponente vomitava os primeiros agáricos comestíveis do ano, colhidos em tal profusão que caíam em volta da palha e dariam para um decênio de ensopados perfumados e vidros de conserva cheirosos. Tudo isso já no fim de abril.

Viram de imediato que o Jeannot estava de volta de alguma coisa que tinha a ver com a sua função, já que usava o boné de carteiro e segurava com as duas mãos a sacola de couro de seus trajetos. Mandaram-no entrar para o quentinho e, embora morrendo de curiosidade, o instalaram primeiro diante de uma porção de patê e de um copinho de vinho da região, pois o acontecimento merecia as honras prestadas na nossa terra com um pouco de banha de porco e um bom gole de tinto. Ele mal tocou naquilo. Bem que deu um gole, por cortesia, mas via-se que se concentrava num drama maior cuja responsabilidade agora lhe cabia. O silêncio se estendeu sobre uma sala que apenas embalava o crepitar do fogo sob a panela onde um coelho era cozido.

As mulheres enxugaram as mãos, dobraram os panos de prato, ajeitaram as toucas e, sempre em silêncio, puxaram para si as cadeiras e se sentaram ao mesmo tempo.

Passou-se um instante, fervente como o leite.

Lá fora começou a chover, uma bela pancada, palavra de honra, que vinha de uma nuvem preta que estourara de repente e ia dar de beber o dia todo às violetas e aos bichos, e a sala estava cheia do barulho da água e do cochicho do fogo submersos nesse silêncio grande demais para os cinco humanos sentados à mesa, que ali tomavam o pulso do destino. Porque ninguém duvidava: era de fato o destino que dava ao Jeannot aquele semblante solene que nele só se via quando falava da guerra, que ele fizera como mensageiro, mas que lhe valera, tal como aos outros, farejar a pólvora e sofrer a miséria dos combates. Olhavam-no tomando mais um gole de vinho, mas desta vez para dar coragem, e sabia-se que ele devia recuperar as forças antes de começar. Assim, esperavam.

— Pois então — disse enfim o Jeannot, enxugando a boca com a lapela do casaco —, tenho uma carta para entregar.

E abriu a sacola para pegar um envelope, que pôs no centro da mesa a fim de que todo mundo pudesse olhá-lo à vontade. As velhinhas se levantaram e se debruçaram. Voltou o silêncio, tão vasto e sagrado quanto uma gruta primitiva. O envelope abria na escuridão do temporal um pequeno poço de luz, mas por ora as vovozinhas só se interessavam pelas letras de tinta preta que diziam simplesmente:

Maria
Granja dos Vales

A isso se acrescentava um selo, nunca se tinha visto nada igual.

— É um selo italiano — disse o Jeannot quebrando o silêncio, porque via que as senhorinhas cansavam os olhos em cima do quadradinho misterioso.

Elas caíram com um mesmo corpo sobre a palha das cadeiras. Lá fora a chuva redobrava o vigor e agora estava mais escuro do que às seis horas. O cheirinho do coelho que cozinhava lentamente no vinho misturava-se com o som da água, e o interior da granja era um único salmo cheiroso que envolvia a turminha debruçada sobre o envelope da Itália. Mais um instante se passou nos limbos da circunspecção, e depois o Jeannot pigarreou e retomou a palavra, pois lhe parecia que tinham deixado à observação um lapso decente.

— Pois então, não vamos abri-lo? — ele perguntou com uma voz a um só tempo neutra e encorajadora.

As velhinhas se olharam sob suas toucas de fitas, pensando a mesma coisa, isto é, que um acontecimento desses requeria o conselho de família completo, o qual só poderia se reunir quando o pai tivesse voltado dos labores e a mãe, da cidade, onde estava fazia três dias perto da irmã, cuja filha caçula sofria de doença do peito (ela fora até lá com uma sacola lotada dos unguentos de Eugénie que eram esperados com impaciência, no desespero das medicinas oficiais que tinham pouco efeito, e num momento em que as forças da moça declinavam a olhos vistos). Ou seja, e era o cálculo feito no espírito todo envolto de Itália de nossas quatro velhinhas, dali a dois dias e duas noites. Uma tortura.

O Jeannot, que assistia, como se pudesse ouvi-las, às hesitações dessas senhoras, pigarreou de novo e, num tom que desta vez ele queria que fosse firme e paternal, sugeriu:

— É que talvez haja urgência.

As vias postais que vão da Itália para as terras baixas são enigmáticas, mas pelo menos pode-se dizer que provavelmente não são percorridas em três horas e, portanto, não são privilegiadas nas épocas de perigo. Ainda mais, sem endereço nem sobrenome. Ora, além da chuva e do coelho à caçadora, a sala se matizou de repente de uma inquietante coloração de urgência. Angèle olhou para Eugénie que olhou para Jeannette que olhou para Marie, e assim se cruzaram os olhares até que os queixos, por sua vez, entrassem na dança e começassem a balançar devagarinho com um sentido de ritmo canônico de maravilhar um tarimbado chefe de coro. Sacudiram a cabeça por mais dois ou três minutos, com uma determinação tão crescente que arrastaram o Jeannot, o qual se sentia subitamente em forma para uma porçãozinha de patê mas não queria romper a concórdia daquele admirável ordenamento de queixos. Depois se decidiram.

— Podemos ao menos abri-lo — disse Angèle —, isso não transgride nada.

— De fato — disse Eugénie.

— Apenas o abriremos — disse Marie.

E Jeannette não disse nada mas pensou o mesmo.

Angèle se levantou, foi buscar na gaveta do bufê a faca fina que antigamente abrira tantas cartas de soldados, pegou com a mão esquerda o envelope italiano, com a direita inseriu a ponta afiada e começou a cortar a aba.

Então tudo explodiu; de repente a porta se abriu e a silhueta de Maria se perfilou na moldura contra um fundo de campo sob o temporal; e a chuva, que caía a cântaros já fazia meia hora, se transformou num dilúvio tão poderoso que não se ouvia mais do que o choque das pancadas no pátio. Já tinham visto esses temporais diluvianos que afogam num piscar de olhos uma terra que se tornou submersível — mas aquilo! Aquilo era outra coisa, pois a água não permanecia no chão, mas ali se jogava com uma violência que fazia roncar todo um território transformado num gigantesco tambor, e depois retornava ao céu na forma de gêiseres fumegantes inflados e retumbantes com o estrondo dos impactos. Maria ainda ficou um instante na porta, em meio à perplexidade geral e à barulheira assustadora das águas. Depois fechou o batente, caminhou até as velhinhas e estendeu a mão para Angèle, que, sem entender o que fazia, nela depositou a carta. O mundo se revulsou e de chofre se repôs na direção certa, a chuva parou e, no silêncio reencontrado, um crepitar do coelho que boiava em seu molho fez todos estremecerem. Angèle olhou para Maria que olhou para Angèle. Calavam-se e desfrutavam como nunca da incomparável alegria de estar no silêncio de uma cozinha que cheirava a coelho na panela, e olhavam para Maria que imprimira ao rosto uma gravidade nova, sentindo que algo nela se metabolizara num arcabouço desconhecido da alma.

— E então, minha menina? — Angèle acabou dizendo com voz meio tremelicante.

Maria murmurou:

— Não sei.

E como ninguém dizia uma palavra, acrescentou:

— Soube que a carta era para mim e aqui estou.

Que fazer quando o pulso do destino se acelera desse jeito? O que é bonito com a candura tal como concentrada naquela sala de granja gluglutante de ensopado ao vinho branco é que ela aceita o que não sabe governar. As palavras de Maria convinham à crença secular de que o mundo era mais velho que os homens e, por conseguinte, rebelde ao esgotamento de suas explicações. Tudo o que se queria era que a pequerrucha estivesse bem, e enquanto Eugénie preparava um chá de espinheiro, sentaram-se de novo nas cadeiras de que tinham se levantado de repente na hora do grande ímpeto, e esperaram comportadamente que a própria Maria abrisse uma missiva que, desta vez, não disse uma palavra sob o ultraje da faca. Do envelope aberto Maria retirou uma folha de papel dobrada em quatro, de uma textura tão frágil que a tinta a perpassara e na qual só se viam escritas de um lado as seguintes linhas:

la lepre et il cinghiale vegliano su di voi quando camminate sotto gli alberi
i vostri padri attraversano il ponte per abbracciarvi quando dormite

Maria não sabia italiano mas, assim como gostava das respostas de Eugénie, porque traziam um condensado do mundo que o tornava mais lírico e mais puro, conseguia sentir o sopro de linhas que produziam ao ouvido, só de olhá-las, sem rigorosamente entendê-las, uma vibração de cântico. Até então os mais belos cânticos eram os da violeta e do espinheiro cantados por Eugénie em seus ofícios de colheita, e caso a eles se misturassem coelheiras e aipos da horta ela achava que isso não os desviava do divino mas dava à fé uma forma bem mais intensa que o latim da igreja. Mas aquelas palavras que ela não sabia nem sequer como revirá-las na boca desenhavam uma nova terra de poesia e abriam em seu coração uma fome inédita.

Porém, Maria convivia diariamente com a religião da poesia, quando subia nas árvores e escutava o canto dos galhos e folhas. Compreendera muito cedo que os outros se moviam no campo como cegos e surdos para quem as sinfonias que ela ouvia e os quadros que contemplava não passavam de ruídos da natureza e paisagens mudas. Quando percorria seus campos e bosques, estava em contato permanente com fluxos materiais na forma de traçados impalpáveis mas visíveis que a levavam a conhecer os movimentos e as radiações das coisas, e se gostava de ir no inverno até os carvalhos dos vales do campo vizinho, era porque as três árvores também amavam o inverno e ali faziam esboços de estampas vibrantes cujas pinceladas e curvas ela via à maneira de uma gravura de mestre encarnada nos ares. Além disso, Maria não dialogava apenas com a matéria mas também falava com os animais dessas terras. Nem sempre soubera disso com tanta facilidade. A capacidade de ver o passado em imagens, a de distinguir a disposição adequada das coisas, a de ser avisada de um acontecimento notável como a chegada de uma carta e a iminência de um perigo se não a abrisse pessoalmente, a capacidade, enfim, de conversar com os animais das pastagens, dos buracos e das sombras das árvores, tinham crescido depois da aventura da clareira do leste. Se sempre vira os grandes jorros magnéticos do universo, nunca fora com tamanha nitidez, e não sabia se isso vinha da revelação do javali fantástico ou de algo que ele transformara dentro dela naquela noite. Talvez o impacto de se inteirar do segredo de sua chegada à aldeia lhe permitira reconhecer em si mesma a existência desses dons, ou talvez a magia desse ser sobrenatural a houvesse abençoado com novos talentos e a transformado numa Maria inédita cujo sangue se irrigava de outra forma. O certo é que podia falar com os animais com uma facilidade que aumentava a cada dia, e igualmente com as árvores, e isso passava pela captura das vibrações e dos fluxos que deles emanavam, que ela lia como relatórios topológicos e deformava ligeiramente para fazer ouvir seus próprios pensamentos. É difícil descrever aquilo cuja experiência não se pode ter; é provável que Maria brincasse com as ondas assim como outros dobram, desdobram, juntam, atam e desatam cordas; assim, pela força de seu espírito ela pesava sobre a curvatura das linhas em que sua percepção do mundo era capturada, e isso produzia um viveiro de palavras mudas que autorizava toda a palheta dos diálogos possíveis.

De todos os animais, era com as lebres que preferia falar. O modesto brilho delas se moldava facilmente e suas conversas leves forneciam informações às quais outros bichos mais pretensiosos não prestavam atenção. Foi junto às lebres que ela se informou sobre o cavalo cinza depois do dia das flechas escuras, e junto a elas que começou a desconfiar que dali em diante uma forma de proteção terminara — como e por quê, não saberia dizer, mas as lebres falavam de um refluxo das estações e de uma espécie de sombra que, de vez em quando, ia perambular pelos bosques. Mais que tudo, elas não conseguiram lhe dizer como o cavalo chegara, mas tinham percebido o desespero dele por não poder encontrá-la. E não tinham resposta para aquilo que ela lhe gritara — *qual é seu nome?* — mas pressentiam que ele fora impedido de revelar como se chamava por uma força que não era boa nem, infelizmente, ineficaz. Ora, Maria constatava cada vez mais os estigmas dessa força no belo campo. Uma noite em que estava de bruços na relva de um terreno baldio e deixava o pensamento vagar ao sabor dos cantos que, aqui e ali, explodiam na noite de março, deu um pulo de repente, com uma vivacidade de gato assustado, porque a música das árvores cessara de súbito e dera lugar, brevemente, a um grande silêncio glacial. Ela poderia ter morrido. Mais ainda, tinha certeza de que isso não era natural, de que um poder providenciara aquilo com determinação, de que esse poder estava louco para realizar um desígnio muito mórbido e muito negro e de que aquilo que durara três segundos apenas se reproduziria com mais vigor. Maria também sabia que era jovem demais para entender o jogo de rivalidades das grandes forças mas percebia as consequências de uma agitação que certamente se esperara que fosse mais distante. Não conseguia penetrar na substância dessa intuição que a jogava nos bosques em busca de uma lebre com quem dividir seu desespero, mas tinha a certeza de que um desconcerto no firmamento das potências provocava esses acontecimentos inéditos.

* * *

Foi nessa época, nessa primavera um pouco menos esplêndida que as anteriores (quando não choveu no exato momento
em que se desejaria e quando gelou um pouco mais tarde que o
necessário para os abricoteiros do pomar), que Maria teve um sonho do qual acordou com uma sensação mista de júbilo e pavor.

O poema italiano já havia provocado uma comoção considerável. Não havia ninguém que fosse capaz de traduzi-lo e o
senhor padre o olhara com perplexidade, porque seu latim lhe
permitia adivinhar as palavras mas não entender a intenção do
conjunto, tampouco as circunstâncias de seu encaminhamento
postal. Ele hesitou na decisão de apresentar às autoridades ecle-
siásticas um feixe de fatos que nem a razão nem a fé permitiam
esclarecer satisfatoriamente, mas *in fine* resolveu não lhes escrever e guardar para si, por ora, a lista das coisas surpreendentes
destes tempos. Em vez disso, mandou vir da cidade um belo dicionário de italiano cuja capa vermelha de granulado de pétala
iluminou a austeridade clerical de sua velha pasta já surrada. A
beleza que ele descobria nas sonoridades dessa língua superava
em beatitude todos os transes verbais conhecidos, inclusive os
do latim que, porém, ele amava ternamente. Qualquer que fosse
a maneira de pronunciá-la, havia na boca um idêntico gosto de
água clara e violetas molhadas, e diante dos olhos uma idêntica visão de marolas alegres na superfície de um lago verde. Bem
depois de ter traduzido o poema e meditado sobre sua chegada
à granja, continuou a ler as palavras do dicionário e formou em
poucos meses uma base que lhe permitia entender as citações
que às vezes acompanhavam as definições — tanto mais que, no
final da obra, havia um compêndio das conjugações que, embora lhe dessem uma trabalheira, não conseguiram desencora-
jar seus ardores. Em suma, em seis meses nosso padre falava um
italiano hesitante com expressões talvez inabituais em Roma e

um sotaque que a fonética indicada não conseguia garantir de todo, mas também com essa solidez de conhecimento que se adquire quando se estuda bem o que não se pode praticar de outro jeito. Partilhara o resultado de sua tradução e não se conseguira ir muito mais longe que certas conjecturas e meneios de cabeça: acreditavam que a carta não fora parar lá por acaso e que era mesmo destinada a Maria, e perguntavam-se o que aquela lebre e aquele javali tinham a ver com a paisagem, e se alguém passeava sob as árvores, meu santo... suspiraram. Mas impotência não é quietude, e tudo isso prosseguiu em silêncio nos corações que indagavam qual seria o próximo transtorno e se a menina continuava em segurança. Assim, Maria, que sabia tudo isso, não disse uma palavra sobre seu sonho. Um grande cavalo branco avançava pela bruma, depois ia embora e ela andava sob o arco de árvores desconhecidas ao longo de um caminho de pedras chatas. Então começava a música. Quantos cantores, ela não saberia dizer, nem se eram homens, mulheres, ou até crianças, mas ouvia nitidamente suas palavras, que ela repetiu com fervor na escuridão daquela madrugada. Uma lágrima rolou em sua face.

o renascimento das brumas
sem raízes a última aliança

No final, quando os coristas se calaram, ouviu uma voz que repetia *a última aliança*, depois acordou, no deslumbramento das músicas e na tristeza daquela voz que não era jovem nem velha e trazia em si todas as alegrias e todas as tristezas. Maria ignorava por que antes quisera saber o nome do cavalo de prata, mas por alguns minutos isso lhe parecera a única coisa importante neste mundo. Da mesma maneira, não havia nada que contasse mais naquela manhã do que ouvir de novo essa voz de prata pura. E se a perspectiva de ter um dia de deixar a aldeia a enchia de uma aflição tanto maior na medida em que pressentia que isso aconteceria antes da hora em que as crianças deixam normalmente os lugares onde foram protegidas e amadas, o que essa voz causava em seu desejo lhe ensinava também que ela partiria sem titubear, fossem quais fossem os dilaceramentos e as lágrimas.

Ela esperava.

Leonora
Tanta luz

Depois da descoberta do poema na margem da partitura e da revelação de uma traição obscura que ameaçava uma desconhecida chamada Maria, Clara ficou alguns dias sem rever o Maestro, e pelo visto Pietro o acompanhara, pois ele reapareceu na vila na noite em que foi informada de que as aulas matutinas recomeçariam no dia seguinte. Clara se surpreendeu com a alegria que sentiu em revê-lo, embora eles continuassem fiéis ao contrato lacônico do primeiro dia, quando só trocaram algumas palavras antes de ir cada um para seu quarto. Mas havia na voz e nos gestos do grande homem um pouco curvado alguma coisa de familiar que lhe causou o efeito de um retorno ao lar, e ela se espantou que num intervalo tão curto, entrecortado de tão raras ternuras, os dois únicos homens com quem convivia em Roma tivessem se tornado mais queridos que todos aqueles com quem vivera até então. Não era o reflexo colorido que envolvia os humanos reunidos em torno da mesa da granja, mas os cavalos selvagens e as pedras dos bosques criavam uma afeição sem efusões, cujo campo de ressonância se estendia até Pietro Volpe.

Assim, na manhã seguinte ela foi para o gabinete dos ensaios, onde a aula começou da mesma maneira que as outras. Mas quando ela deveria ir embora, o Maestro mandou que trouxessem o chá.

— Você teve outros sonhos? — ele perguntou.

Ela fez que não.

— As verdadeiras visões não vêm ao acaso — ele disse. — Quem quer ver as controla.

— Você consegue ver Maria?

— Dizem-me onde ela está e o que ela faz. Mas não a vejo como você a viu no seu sonho, nem como você poderia vê-la por uma simples decisão sua.

— Como sabe que eu poderia vê-la?

Pelo rosto do Maestro, passou uma expressão que todas as suas células de carne e de sangue gritavam ser a do amor.

— Eu sei porque conheço o seu pai — ele disse. — Ele tem um imenso poder de visão, e acho que você tem o mesmo.

Uma bolha de silêncio parecida com a da noite do poema rebentou em seu peito e lhe doeu.

— Você conhece meu pai? — ela perguntou.

— Conheço-o há muito tempo — ele disse. — Ele escreveu o poema da partitura para você. Quando você o leu, ele te levou até Maria.

Seguiu-se um longo momento durante o qual a bolha tornou a se fechar e depois rebentou uma dezena de vezes.

— O javali e a lebre são nossos pais? — ela perguntou.

— São.

Faltou-lhe fôlego.

— Mas não sei como fazer — ela disse enfim.

— Você vê quando toca.

— Vejo paisagens.

— A música liga você aos lugares e às criaturas. Essas paisagens existem e Maria é real. Ela vive longe, na França, num lugar onde pensávamos que estaria protegida por muito tempo. Mas agora há pressa e você precisa confiar nos poderes da sua gente e nos da sua arte.

Depois ele se levantou e ela entendeu que a manhã no gabinete de ensaios estava terminada. Mas, à porta, ele ainda lhe disse:

— Esta noite vou te apresentar a uma senhora que se chama Leonora. Ela nos lembrou ontem que você fez onze anos em novembro e me pediu que te convidasse para jantar.

À noite, seguiram pelo caminho que ia para a vertente de outra colina. O próprio Maestro os recebeu à porta de uma bela residência, no final de uma alameda plantada de grandes árvores que até então ela nunca tinha visto em Roma. Naquela hora de escuridão, não se avistava o jardim, mas ouvia-se a correnteza de um riacho cujas pedras compunham um motivo melódico que despertou nela imagens de pirilampos vacilantes e montanhas na bruma. Olhou para o Maestro e teve a impressão de que diante de si estava um outro homem, que não era o professor de música nem aquele a quem os fantasmas davam o rosto das paixões, mas uma alma transpassada de arrebatamentos que subiam como flechas na mesma direção. Então ela a viu, morena e muito alta, dissimulada em sua sombra; os cabelos curtos e os olhos imensos; uma roupa estrita que poderia passar por austera; nenhuma maquiagem e, no dedo anular, um anel de prata de extrema delicadeza. A essa sobriedade magnífica a idade acrescentara rugas que multiplicavam as linhas puras de seu semblante. Era admirável o traçado de seu ombro coberto por uma seda sem prega nem estamparia; a palidez do tecido, o pespontado perfeito e arredondado da gola, a pele nua e meio nacarada e o brilho escuro dos brincos simples eram como essas paisagens de mar em que se correspondem as extensões das praias selvagens e do céu, num requinte de cores desbotadas que só as obras-primas do esboço conseguem ter.

Convém dizer quem era Leonora, além de irmã de Pietro e mulher do Maestro. A casa Volpe era uma velha dinastia de prósperos marchands. Antes que Clara morasse lá, Pietro dava em casa grandes recepções, às quais renunciara a fim de que a menina permanecesse escondida; da mesma maneira, os Acciavatti recebiam os artistas de sua época, que desde as primeiras visitas criaram hábitos na vila, a ponto de irem lá todo dia, para almoçar ou conversar depois da ceia. Assim, Leonora Acciavatti, Volpe em solteira, nunca vivera sozinha. O permanente fluxo dos hóspedes da casa familiar se deslocara para aquela que ela dividia com o Maestro, onde mantivera o mesmo jeito singular de receber que outrora; ninguém a seguia pelas galerias, mas pelo efeito de uma geometria que ignorava as retas todos se adaptavam às trajetórias curvas de seus deslocamentos; da mesma maneira, ninguém se sentava *diante* dela, mas se punham a seu redor, segundo coordenadas geodésicas que desenhavam no espaço íntimo os contornos de uma esfera invisível. Então, quando jantavam, seguiam com os olhos uma rede de linhas curvas cujo arco seus gestos abarcavam, e depois iam embora levando um pouco da graça dessa mulher que não era bela mas que todos achavam sublime, o que, naquele lugar de arte, era insólito pois ela não era musicista, não pintava nem escrevia, e passava os dias conversando com espíritos mais brilhantes que o seu. Porém, embora não viajasse e não tivesse o gosto da mudança, o que, a exemplo de muitas mulheres com o mesmo destino, poderia ter feito dela apenas uma elegante, Leonora Acciavatti, sozinha, era um universo. Da herdeira fadada ao tédio de sua casta, o destino a transformara em alma sonhadora dotada do poder de explorar lugares distantes, tanto assim que ao lado dela todos sentiam nascer janelas para o infinito e entendiam que é cavando em si mesmo que se escapa das prisões.

Mesmo que não tenha sido roçado por carícias, há em cada ser a consciência nativa do amor, e mesmo que ainda não tenha amado ninguém, ele conhece o sentimento por uma memória que atravessa os corpos e as eras. Leonora não caminhava, mas deslizava deixando atrás de si um rastro de barco de rio, e a cada deslizar por onde se deformava e se formava de novo uma atmosfera tão sedosa quanto a areia da praia, o coração de Clara encontrava um pouco mais o saber que sempre tivera do amor. Ela a seguiu até a mesa do jantar e respondeu às perguntas que Leonora lhe fazia sobre o piano e suas aulas; serviram um jantar requintado e festejaram com alegria seus onze anos; por fim, despediram-se na escadaria, em meio à música estranha da água, e Clara retornou, na noite fria, ao quarto solitário do pátio. Mas esse foi o momento em que se sentiu menos só em Roma porque percebera em Leonora a pulsação familiar de suas montanhas dos Abruzos, idêntica à que brotava continuamente de suas terras de rochedos e ladeiras. Por muito tempo não a conhecera de outro jeito. Mas depois da partitura azul da igreja, percebera, ao percorrer seus caminhos ou tocar as belas obras, a mesma vibração, que não vinha apenas dos lugares a que seus olhos ou seu piano a ligavam, mas também de seu espírito e de seu corpo iluminados pela interpretação. Ora, essa frequência conjunta da terra e da arte se reencontrava nos olhos e gestos de Leonora, de tal maneira que, naquela em quem toda Roma via uma elite à qual era natural que o Maestro se ligasse, só Clara compreendia o que ele realmente reconhecera.

* * *

Mas não se reviram durante o inverno. Clara estudou arduamente sob a direção do Maestro, que continuou a lhe pedir para aumentar seu poder de visão. Ela, porém, não via nada, nem nos sonhos nem durante o dia. Nem por isso ele manifestava impaciência, e só se preocupava em vê-la executar partituras que lhe pareciam tão mortas como as pedras da cidade. Ele jamais lhe respondia quando ela perguntava por que escolhia aquelas peças cheias de tédio, mas ela aprendera a distinguir elementos de resposta na pergunta que ele logo lhe fazia. Assim, numa manhã em que ela o interrogava sobre uma melodia que a fazia bocejar o tempo todo, ele franziu o cenho e lhe perguntou o que faz com que uma árvore seja bela na luz. Ela mudou o andamento de sua interpretação e a melodia ganhou uma elegância que de início ela não suspeitara existir. Outra vez em que estava dormindo sobre uma obra tão inutilmente triste que não se conseguia nem mesmo chorar ao tocá-la, ele indagou a respeito do gosto das lágrimas sob a chuva e, tornando seus dedos mais aéreos, ela sentiu uma melancolia branca escondida sob o academicismo dos soluços. Mas o diálogo mais importante ocorreu numa manhã de abril, quando, desesperada por ter de ensaiar uma partitura vazia, ela simplesmente parou de tocar.

— Não vejo nada — disse —, só pessoas que ficam tagarelando e que passam.

Para sua grande surpresa, ele lhe fez sinal para se levantar e ir até ele, na mesa onde tomava chá.

— Você é muito dotada, mas do mundo só conhece suas montanhas e cabras, e o que seu padre lhe disse a esse respeito, mas ele sabe menos ainda que as cabras — ele falou. — No entanto, havia uma velha criada e um pastor que lhe contavam histórias.

— Eu escutava a voz deles — ela disse.

— Esqueça as vozes e lembre-se dos relatos.

E como ela o olhasse sem entender, ele acrescentou:

— Lá de onde venho ninguém se interessa pelas histórias tampouco, contanto que se tenha o canto da terra e do céu.

E depois de uma hesitação:

— Há um quadro no seu quarto, não há? Foi pintado há muito tempo por um homem que vinha da minha terra e que, como eu, se interessava pelos relatos. Esta noite, olhe de novo para o quadro e verá talvez o que a terra e as paisagens ocultam no seu coração, apesar das sagas da velha criada e dos poemas do pastor. Sem terra, a alma é vazia, mas sem relatos a terra é muda. Você deve contar enquanto toca.

Mandou que se sentasse de novo ao piano e ela tornou a tocar a partitura tagarela. Não entendeu o que ele quis dizer mas ouviu uma voz mais profunda, aquém das que peroravam e passavam.

Ergueu os olhos para ele.

— Lembre-se dos relatos — ele lhe disse ao se levantar. — São a inteligência do mundo, deste e de todos os outros.

Na mesma noite ele foi à casa de Pietro, para estudar com ela. Era final de abril, o tempo estava muito ameno para a estação e, no pátio, havia rosas em profusão, bem como lilases já floridos, cujo perfume era sublimado pela chuvinha de antes do jantar. Quando Clara chegou à sala do piano, teve a surpresa de encontrar Leonora.

— Vim e já estou indo — ela lhe disse —, mas queria te dar um beijo antes da sua aula.

E, de fato, estava vestida para sair, com um vestido de crepe preto que lhe caía muito bem e era iluminado por duas lágrimas de cristal, o que escurecia ainda mais seus cabelos e seus olhos. Impossível imaginar um requinte mais absoluto do que a fluidez daquele vestido e daqueles brincos de pérolas que se assemelhavam à água imóvel, e como Leonora também exibia os arabescos que regulavam seus movimentos, já ninguém sabia se olhava para um riacho ou para uma chama que se enrolava sobre si mesma.

— Sei que te contam muito pouco e que te pedem para estudar na solidão — disse Leonora.

Virou-se para Gustavo e Pietro.

— Mas tenho confiança nestes homens. Então, venho dividir com você minha cegueira e minha fé, e perguntar se pode tocar para mim.

E, espalhando na noite sua frequência como um perfume raro e leve, disse também:

— Gostaria de ouvir a partitura que você executou na igreja pela primeira vez, aquela que Alessandro te deu no final e que era azul, acho.

Clara sorriu para ela. Será preciso dizer que em onze anos de uma vida sem percalços nem tormentos ela não tinha sorrido mais que quatro vezes? Embora tivesse sido iniciada, muito tempo antes, nas simpatias naturais, nunca penetrara no terreno das afinidades humanas. Leonora viu aquele sorriso e levou a mão ao peito, enquanto Clara se sentava diante do teclado e os homens se sentavam também. Não tocara a partitura azul desde o dia das grandes núpcias. Lembrou-se do que o Maestro lhe dissera sobre os relatos, e aos lagos silenciosos cantados pela melodia se sobrepôs um fio estranho que ela seguiu como uma pista. Alguma coisa se enrolou no ar e depois se desenrolou dentro dela mesma. Era mais que uma fragrância mas menos que uma lembrança, e ali pairava uma nota de terras e de coração, na forma de uma história de descobertas na noite que seus dedos agora queriam contar. Então tocou a música como no primeiro dia, na mesma velocidade e com a mesma solenidade, mas suas mãos eram levadas por uma magia nova que abria o território do sonho nas horas acordadas. Uma lamparina de querosene iluminava a mesa em torno da qual a família fazia as refeições. Quais eram os cristais por onde passava aquela visão que Clara sabia não ser um devaneio e sim a percepção atual, longe ao norte, do mundo de Maria? À medida que tocava, conectava-se com um imenso caleidoscópio em que seu coração reconhecia irisações familiares e em que seus olhos mergulhavam à maneira das águias, aumentando a cada batimento de asas o detalhe da cena. Conseguia escrutar o rosto daqueles homens e mulheres que só tinha visto de passagem no final do primeiro sonho. Falavam pouco enquanto jantavam, e economizavam gestos regulados pelo mesmo balé da vida corrente, pela mesma ceia tranquila em que se corta o pão em silêncio, em que se atenta para que a menina seja sempre bem servida, e em que, diante de uma observação do pai, todos caem na risada antes de afundarem de novo o nariz na sopa. Quando ia atacar o último compasso, todos riram às gargalhadas, enquanto a mãe se levantava para ir buscar na sombra da sala uma fruteira com maçãs. Depois Clara parou de tocar e a visão desapareceu.

Ergueu os olhos. Leonora pusera a mão sobre a madeira escura e suas faces estavam inundadas de lágrimas. No rosto de Pietro também passara um soluço, e Petrus parecia tão emocionado como desperto. Mas o Maestro não chorara. Leonora foi até ela e, inclinando-se, deu-lhe um beijo na testa.

— Vou embora — disse enxugando as lágrimas —, mas te agradeço pelo que nos ofereceu esta noite.

E virando-se para o Maestro, disse também:

— Agora, haverá muitas outras horas.

Mais tarde, no quarto, Clara não pegou no sono. Sentia em si a brecha que se abrira quando tocara para Leonora e queria encontrar mais uma vez a granja de Maria. Ficou um bom tempo entregue ao silêncio e deixou seu espírito vagar ao sabor dos fios de relatos que sua velha criada lhe fazia antigamente, e algum tempo depois uma nuvem líquida de reminiscências foi banhá-la com toda a grande história que havia nas pequenas histórias do Sasso. Não tentou segui-las, nem verdadeiramente reconstituí-las, mas agora via que tinham um estofo que ela podia transcrever para a música — uma música insólita em que se somava à sonoridade e à tonalidade das formas o mesmo estrato que por vezes nascia de seus diálogos com o Maestro e que ela percebera na primeira noite diante do quadro do quarto, no qual os relatos da imagem se misturavam com a embriaguez das cores. Viu a velha criada cerzindo ao lhe contar uma história de crianças perdidas na montanha ou de pastores extraviados nos vales, e deixou-se levar numa meditação sem rumo nem sequência, cuja melodia ia além das presenças e dos tempos. Então, por uma conflagração nova dos relatos e das terras, o mesmo canal traçado antes pela partitura abriu-se em seu espírito sem que ela tivesse de se esforçar para manter sua luz. Oh, tanta luz. Também é noite no pequeno mundo da granja, e na sala silenciosa morrem as últimas brasas. Sente-se a força das pedras que cercam e protegem os humanos, e a força da madeira que estende seus tentáculos na invisibilidade das paredes. Apesar da escuridão, as vibrações minerais e orgânicas desenham uma rede luminosa cujos traçados Clara se deslumbra ao ver, pois Maria está ali, na estranha claridade, e, imóvel, olha para a mesa onde há um bule de barro, um copo de água cheio pela metade e dentes de alho esquecidos do jantar. Então, na sequência interminável e fulgurante em que a mão da francesinha desloca o copo e acrescenta a seu lado um pedacinho de hera, há uma demonstração da totalidade do universo cujos estalos gigantescos e deslocamentos de banquisa Clara percebe — e depois tudo se acalma e se cala e abraça o gênio da felicidade. Assim como na noite do grande começo, Clara seguiu Maria pelo lar adormecido, até sua cama, onde ela se meteu debaixo de um grosso edredom vermelho. Mas antes de dormir, Maria arregalou os olhos, fixando o teto, e Clara recebeu no coração esse olhar. Seria a magia do vínculo entre as músicas e os relatos? Ficou transtornada como se numa primeira intimidade com um ser que não esperava nada dela em troca, e no silêncio do quarto do pátio, pela segunda vez naquele dia, sorriu. Enfim, logo antes do sono teve a última visão de uma mesa de fazenda em que, pela justa tensão de um copo, um bule de barro e três dentes de alho roçados pela hera, se capturavam a suntuosidade e a nudez do mundo.

— Eu a vi brincando — disse ao Maestro na manhã seguinte —, e a revi de noite.

— Mas ela não pode ver você.

Ele ouviu o que ela lhe descreveu do jantar, dos homens e mulheres de Maria, dos risos partilhados e das pedras protetoras mas vivas. Depois começaram a aula com uma peça que lhe pareceu mais monótona e inexpressiva do que as planícies.

— Concentre-se na história e esqueça as planícies — disse o Maestro. — Você não escuta o que te conta a partitura. Não se viaja apenas no espaço e no tempo, mas sobretudo no coração.

Ela tornou mais delicada e mais lenta sua interpretação, e sentiu se abrir dentro de si um novo canal, que ultrapassava a paisagem de planície e traçava uma rede de pontos imantados em torno dos quais se enrolava uma história que a música podia desenrolar. Então encontrou Maria. Ela corria sob nuvens tão pretas que a própria chuva era de prata escura. Viu-a cruzar como uma flecha o quintal da granja, abrir a porta de repente e depois ficar um instante diante da companhia assombrada de um carteiro e quatro velhinhas. Clara viu a água do céu se revulsar de súbito e se evaporar no silêncio e no sol reencontrados, e Maria leu as duas linhas dispostas no papel fino da mesma maneira que na partitura do pátio.

la lepre et il cinghiale vegliano su di voi quando camminate sotto gli alberi
i vostri padri attraversano il ponte per abbracciarvi quando dormite

Clara sentiu a emoção que teve Maria ao descobrir o poema, depois ergueu os olhos para o Maestro e manteve a coexistência das duas percepções, num abraço pelo qual via o aqui e o lá, a granja estrangeira e o gabinete da cidade, como grãos de poeira num raio de luz.

— É o poder do seu pai — disse o Maestro depois de um silêncio.

Ela sentiu dentro de si uma presença inabitual, roçando de leve mas apertando ao mesmo tempo.

— Você vê o que eu vejo? — ela lhe perguntou.

— Sim — ele disse —, vejo Maria como você a vê. Aquele ou aquela que vê também tem o poder de fazer ver.

— Você enviou o poema?

— Ele é o elo entre vocês — ele disse. — Mas o poema não é nada sem o dom pelo qual sua música liga as almas que se buscam. Fazemos uma aposta que pode parecer insensata mas cada novo acontecimento parece confirmar que temos razão.

— Porque eu vejo Maria — ela disse.

— Porque você vê Maria fora do Pavilhão — ele disse.

— Fora do Pavilhão?

— O Pavilhão onde os nossos podem ver.

Depois ela fez uma última pergunta e uma onda estranha passou dentro dela, antes de desaparecer como um sonho.

— Um dia verei meu pai?

— Verá — ele disse —, eu espero e acredito.

Assim teve início uma era nova. Ela estudava de manhã no gabinete de ensaios e depois retornava à vila do pátio, para o almoço, ao qual sempre se seguia uma sesta, e depois ia encontrar Leonora que lá estava para tomar chá e ouvi-la tocar. A essa amizade italiana agregou-se outra, esta que ela sentia pela francesinha e suas inenarráveis vovozinhas, pois a visão de Maria já não a largava e ela vivia com isso assim como se respira. Assim, as horas passadas com a mulher do Maestro se combinavam com as da granja distante, numa conflagração que tornava as velhas moradoras da Borgonha tão familiares a ela como a grande burguesa de Roma. Durante o dia todo ela as seguia, da cozinha para a horta e do galinheiro para o celeiro, elas rezavam ou costuravam, preparavam alguma coisa ou cuidavam da terra; escrutando os pobres rostos erodidos pela idade e pelo trabalho, Maria descobriu os nomes de cada uma, e repetia à meia-voz suas sonoridades insólitas. Entre todas, era Eugénie que preferia, talvez porque falava com os coelhos quando os alimentava assim como se dirigia a Deus quando rezava; mas também gostava do pai e de seus silêncios de homem arisco, e entendia que a confiança que o ligava a Eugénie e à menina mergulhava sob a superfície da terra deles, como uma afinidade subterrânea que tivesse se propagado pelos campos e florestas e depois tivesse subido para a luz do dia pela planta de seus pés. Em compensação, era muito diferente com Rose, a mãe, que falava uma linguagem estranha de céu e de nuvens e parecia um pouco à parte na pequena sociedade da granja. No entanto, Maria é que ela seguia em primeiro lugar, do alvorecer ao anoitecer e no retiro da noite; Maria, que arregalava os olhos no escuro e olhava para ela sem vê-la; e Maria, cujas caminhadas por aquele campo que ela fazia brilhar com reflexos inefáveis tanto a tocavam.

Depois vieram um novo ano e um mês de janeiro muito frio que cercou Clara de uma apreensão dolorosa. Ela se abriu com o Maestro, quando estavam estudando num amanhecer pálido que, ela pensava sombriamente, combinava às maravilhas com as pedras mortas da cidade.

— Nossa proteção está se mantendo — disse o Maestro.

Ele tornou a olhar através da visão de Clara e, passando a mão na testa, suspirou e de repente pareceu muito cansado.

— Mas talvez o inimigo seja mais forte do que imaginamos.

— Está fazendo tanto frio — disse Clara.

— Essa é a intenção dele.

— Intenção do Governador?

— O Governador não passa de um criado.

E, depois de um silêncio:

— Daqui a dez dias festejaremos o aniversário de Leonora e haverá uns amigos para jantar. Gostaria que você preparasse uma composição à sua escolha e a executasse para nós nessa noite.

Na noite do jantar de aniversário Clara ainda não tinha revisto Leonora mas tinha pensado nela cada segundo dos dias dedicados metade à música que previra tocar, metade a Maria, que parecia palmilhar febrilmente suas terras alvacentas. Estudara no pátio, sem ir para o gabinete de ensaios, numa solidão ainda maior na medida em que Pietro também desaparecera e tampouco reapareceu no dia em que a levaram para a outra colina. Ora, desde a manhã ela sofria o mesmo pressentimento doloroso que crescera a ponto de lhe dar a sensação de ter tanta dificuldade de respirar quanto em sua chegada à cidade. Durante todo esse tempo Petrus, fiel a seus hábitos, roncara na bergère, sem se preocupar com seus tormentos. Mas quando ela se preparava para ir para a vila Acciavatti, num estado de espírito confuso em que dominava a ansiedade, ele apareceu, vestindo um terno preto que destoava do desleixo de suas roupas habituais. Ele flagrou seu olhar espantado.

— Isso não vai durar — ele lhe disse.

E como ela o olhasse, perplexa:

— As roupas — ele disse. — Pensando bem, é uma coisa estranha. Não sei se um dia vou me acostumar.

Estava mais frio ainda que nos dias anteriores e caía uma chuvinha insidiosa que penetrava até os ossos. A alameda serpenteava na noite e ela ouvia o canto da água elevado pelo inverno a seu nível melódico maior. Por uma razão desconhecida, sentiu o peito um pouco mais apertado mas não teve tempo de pensar nisso pois estavam chegando à escadaria onde os esperava um homem de feições aquilinas e familiares. Ele era de uma extrema elegância, estava vestido a rigor, com casaca e lencinho de seda, mas suas roupas amoleciam desleixadamente com seus gestos requintados e pareciam uma segunda pele apesar dos disfarces do traje. Via-se que o homem nascera com essa graça de onde saem os maiores êxtases e os intermináveis incêndios, e Clara soube que ele era belo porque respirava à maneira das árvores, com uma amplidão que o tornava a um só tempo mais aéreo e mais ereto. Era por essa respiração solar que ele se casava com o mundo numa fluidez que raramente os humanos alcançam e entrava em harmonia com o ar e o solo, o que fizera dele um artista magnífico. Depois, viera a queda no tribunal de uma espécie mal adaptada ao fervor dos grandes dons, mas naquela noite Alessandro Centi, pois era ele, voltara a ser o homem que fora outrora.

— Pois é, menina — ele murmurou —, eis-nos aqui reunidos no momento certo.

E a arrastou em seu séquito, começando uma história cujas palavras ela não ouviu, embalada que estava pelo júbilo de sua voz. Atrás deles, Petrus resmungava de forma enigmática mas ela não conseguiu entender o motivo, pois chegaram à grande sala iluminada de velas onde seu acompanhante de sempre se jogou, qual um raio, em cima de uma bandeja de taças ambreadas. Gustavo e Leonora conversavam com uma dezena de convidados que beijaram Clara, a qual lhes foi apresentada como sobrinha de Sandro mas também como uma jovem virtuose do piano. A reunião lhe agradou. Havia ali os amigos mais chegados e todos pareciam conhecer Alessandro de longa data e se alegrar em vê-lo de novo entre eles, e pelos fiapos de conversa que roubava aqui e ali, Clara entendia que a maioria deles eram artistas. Soube, surpresa, que Alessandro era pintor e ouviu várias vezes lhe dizerem para voltar a pintar e não ter mais medo da noite. Serviam vinho dourado, riam e conversavam com uma mistura de seriedade e fantasia em que ela se sentiu pouco a pouco derivar para uma bem-aventurada sensação que não se lembrava de jamais ter provado... grandeza das comunidades tecidas por um idêntico pendor somado ao calor protetor das hordas primitivas... homens e mulheres ligados pela consciência partilhada de sua fragilidade de seres nus e por um conluio de desejo que os associava na vertigem da arte... e era o mesmo sonho acordado, os mesmos abismos e os mesmos apetites que os haviam convencido um dia a escreverem sua história com a tinta das ficções de cores e de notas.

Leonora foi falar com ela e os presentes se reuniram em torno das duas para ouvir as respostas que Clara dava às perguntas sobre o piano e suas horas de estudo com o Maestro. Mas quando Gustavo foi lhe pedir para tocar, ela se levantou, com o coração disparado, enquanto o pressentimento que a perseguira o dia inteiro a submergia cem vezes mais.

— O que vai tocar? — perguntou uma convidada.

— Uma composição minha — ela respondeu, e viu a surpresa do Maestro.

— É a sua primeira composição? — perguntou um homem que também era chefe de orquestra.

Ela fez que sim com a cabeça.

— Tem um título? — perguntou Leonora.

— Tem — ela disse —, mas não sei se devo dizer.

Todos riram e Gustavo levantou o cenho, achando graça.

— Esta noite é uma noite de grande indulgência — ele disse —, você pode dizer o título se tocar em seguida.

— A peça se chama *Para desgraça dele, este homem era alemão* — ela respondeu.

O grupo caiu na risada e Clara entendeu que não tinha sido a única destinatária dessa tirada do Maestro. Viu também que ele ria de bom grado, ao mesmo tempo que percebia nele emoção idêntica à que ele tivera ao lhe dizer: *ah, agora te reconheço*.

Depois, tocou, e três acontecimentos se produziram. O primeiro foi a subjugação de todos os presentes no jantar, transformados pela interpretação de Clara em estátuas de sal, o segundo, a amplificação do ruído da água nas pedras do jardim, que se misturava tão perfeitamente à sua composição que ela entendeu que vivera nessa música desde o momento em que a ouvira, e o terceiro, a chegada de um convidado inesperado cuja silhueta surgiu de repente na moldura da porta.

Belo como todos os anjos da grande abóbada, Raffaele Santangelo sorria e olhava para Clara.

Pavilhão das Brumas
Conselho élfico restrito

— Ela sabe que as pedras são vivas. Mesmo na cidade, não esquece isso. E toca milagrosamente. Mas ainda está muito sozinha.

— Ela tem Leonora, e Petrus olha por ela.

— Ele bebe demais.

— Mas ele é mais perigoso que uma coorte de guerreiros abstêmios.

— Eu sei, já o vi beber e lutar, e convencer falanges de conselheiros hostis. E os poderes de Clara estão crescendo. Mas de quanto tempo dispomos? Talvez não vamos nem ser capazes de salvar nossas próprias pedras.

Eugénie
Todo o tempo da guerra

Depois de abril e do acontecimento da carta italiana, passaram-se na granja alguns meses tão sem graça como um pão sem fermento. A estação terminara e outra a substituíra, Maria fizera doze anos e não havia nevado. O verão fora inesperado. Nunca se tinha visto um tempo tão mutável e tão caótico, como se o céu hesitasse sobre o caminho que queria adotar. Os temporais da festa de São João tinham caído cedo demais. As noites quentes tinham sucedido a crepúsculos de outono em que se sentia que a estação estava virando. Depois, o verão se recuperou, em plena forma, e reapareceram hordas de libélulas.

E Maria continuava a conversar com os bichos dos bosques. Os rumores das sombras se intensificavam na comunidade das lebres, que pareciam ser mais sensíveis a isso que os outros. Mas os cervos também falavam entre si sobre uma espécie de diminuição dos recursos que algo estragava sem que se soubesse como, e mesmo se, por ora, a aldeia prosseguisse sua vida comum sem entender a mudança, Maria notava um paradoxo surpreendente: o campo declinava mas os dons das velhinhas cresciam.

A evidência ocorreu no final de janeiro — na noite do aniversário de Leonora —, quando Jeannette ficou o dia todo agarrada aos fornos transformados em laboratório de alquimista porque naquela noite estavam recebendo um irmão do pai e sua mulher, chegados do grande Sul. O jantar, composto de uma galinha-d'angola com trufas, emoldurada por uma terrine de fígado e um *pot-au-feu* ao molho picante (tudo isso servido com cardos tão bem caramelizados que o suco ainda escorria pelas gargantas apesar do vinho da terra), foi um triunfo deslumbrante. Quando tudo culminou numa torta de creme servida com as marmeladas de Eugénie, só o que havia na sala era um carregamento de estômagos tão felizes e aparvalhados como antes da indigestão. Mas pelas duas horas da manhã ouviu-se no quarto de Angèle, que ela cedera ao Marcel e à Léonce, um barulhão que acordou toda a granja. Foram tateando no escuro, acenderam as velas e se dirigiram para o quarto, onde se contorcia entre as dores de uma crise de fígado e o febrão um Marcel que todos temiam que fosse levado antes da hora. Eugénie, que não parara de sonhar com cavernas profundas onde se amontoavam sedimentos de uma matéria pegajosa e amarelada, se sentiu aliviada por acordar desse mau momento só para descobrir que logo entraria em outro. Titubeava um pouco e tentava repor a touca noturna que lhe escorregara para cima da orelha, mas a descoberta do doente em seu leito de sofrimento a acordou de vez e a levou direto para dentro de suas meias de lã grossa. Naquelas paragens ela já havia curado todas as diversas mazelas pelas quais iam consultá-la, e portanto já havia prescrito um considerável cortejo de poções, diluições, tinturas, xaropes, decocções, gargarejos, pomadas, unguentos, bálsamos e cataplasmas por ela confeccionados, às vezes destinados a doentes cujas chances de escapar eram mínimas e ao enterro dos quais ela em seguida assistira, tristemente. Mas, por mais estranho que parecesse, era a primeira vez que se via em presença de um doente na hora fatídica. A crise rodeava tudo e era impossível fugir. Aliás, ela não tinha a menor intenção de fugir. Muito pelo contrário, movia-a o sentimento de que todos os caminhos de sua vida tinham levado àquele quartinho de dor.

Eugénie não era, como Angèle, uma mulher de vida interior intensa cujas brasas tivessem aos poucos se apagado. Via o mundo como um conjunto de trabalhos e de dias, cuja existência bastava para justificá-los. Levantava-se de manhã para rezar e alimentar os coelhos, em seguida preparava seus remédios, rezava de novo, costurava, remendava, esfregava, ia arrancar seus símplices e capinar sua horta, e se tudo tivesse sido executado a tempo e sem tropeços, deitava-se contente sem um só pensamento. Mas a aceitação do mundo tal como ele lhe fora apresentado tinha pouco a ver com a resignação. Se Eugénie era feliz com uma vida ingrata que ela não escolhera, era porque vivia nas orações contínuas que lhe haviam sido inspiradas, aos cinco anos, por uma folha de hortelã do quintal de sua mãe. Sentira correr pelas veias o fluxo verde e perfumado da planta, que não era apenas uma matéria em harmonia perfeita com a textura de seus dedos e de seu olfato, mas também contava uma história sem palavras à qual ela se entregara como à correnteza de um rio. E isso tinha sido para ela uma inacreditável claridade que lhe enviava em imagens uma série de ações que ela realizara com o coração disparado e só tinham sido interrompidas pelas exclamações dos adultos querendo impedi-la de continuar —

até que se descobriu que ela fora picada na bochecha e se compreendeu que, esfregando o rosto com a folha de hortelã úmida e apimentada, aplicava o remédio capaz de diminuir a dor. Não tinha consciência disso e sequer algum dia desconfiou de que os outros não eram embalados pela mesma oração, que de início assumira a forma dos cantos deliciosos ouvidos em contato com a natureza e depois se enchera de significado quando a levaram à igreja e o espírito daqueles salmos encontrara ali um semblante e palavras; ela simplesmente escrevera as palavras nas pautas da partitura que já conhecia e na qual os faustos da hortelã tinham conquistado sua doutrina e seu Deus. De certo modo, era uma percepção dos cânticos naturais muito parecida com a de Maria, e se ficara impressionada com a composição dos dentes de alho com que a menina sublimara a sala da granja, era por ser iniciada na ordem das razões invisíveis que a tornara tão feliz, embora tivesse nascido tão pobre.

Mas o grande drama de sua vida foi o filho que perdera na guerra e cujo nome estava gravado no monumento da aldeia. Durante todo o tempo que duraram os combates que dilaceravam o céu da França com uma cutilada envenenada, ela se sentira arrasada porque as violetas continuavam a secar com o mesmo requinte de sempre e, quando perdera o filho, parecera-lhe que a beleza dos bosques era uma indignidade que não podia ser explicada, nem sequer nas páginas das Sagradas Escrituras, porque era inconcebível que um mundo tão suntuoso conseguisse conviver com tamanha dilaceração de dor. A morte do marido, embora tenha lhe afligido muito, não fora a mesma tragédia, pois ele partira como partem todos os vivos, como murcham os lírios e se apagam os grandes cervos. Mas a guerra incendiava as linhas e queimava a realidade até os ossos; por todo lado, as pessoas chocavam-se contra muros altos como catedrais que edificavam a morte no meio das belas planícies; e que isso se fizesse na transparência dos buquês de primavera era um paradoxo que a tocava exatamente no ponto que a fizera viver até então, aquele das osmoses sagradas que harmonizam os vivos e a terra. Antes que seu filho fosse morto, ela já tinha perdido o apetite; mas depois do anúncio de que ele não retornaria dos campos distantes e não lhe enviariam seu corpo, porque tinham sido tantas as perdas e tão grandes os incêndios que apenas haviam feito a lista dos que não voltariam, Eugénie não conseguiu nem mais se lembrar do que desejar queria dizer.

Porém, uma manhã pouco antes do fim da guerra levaram-lhe uma criança da aldeia, doente fazia meses e tossindo de manhã à noite a ponto de se exaurir. O menino estava mortificado com uma tosse tão extenuante que ela imaginou uma dor que só conseguiu serenar quando lhe pôs a mão no torso, tentou sentir as vias por onde passava o mal e, descobrindo pulmões sem putrefação, compreendeu de relance que ele sofria da doença que também a estava matando. Acentuou a pressão da palma sobre o pobre peito nu onde as potências da guerra escavavam uma fissura de dor e furor, depois acariciou a face do menino, passou-lhe um pouco da pomada de argila das distensões musculares e lhe disse sorrindo, transtornada ao sentir em si as comportas se abrirem e deixarem sair uma vaga de detritos sufocantes, se abrirem e reatarem com a aurora apesar dos ferimentos e dos ódios — lhe disse sorrindo: *vai passar, meu anjo*. Dois dias depois a mãe lhe comunicou que a tosse cessara e que o menino não falava mas sorria sem parar, e Eugénie conseguiu retomar o curso da existência irrigada pelos cantos das pastagens e dos carvalhos. Mas a isso incorporou o conhecimento do mal, sob a forma de uma ferida cujo buraco ela sentiria, a partir de então, devorar todo dia sua dose de matéria e de amor. Estranhamente, isso a levou a captar melhor as fontes profundas das doenças, mas também a sentir que parte de seu talento estava bloqueada e que a acuidade do diagnóstico tomara proporções inversas ao poder de curar. Algo tinha crescido, algo diferente tinha sucumbido, e embora ela não fosse dada a filosofias, sentia essa cruz perpétua que sabotava suas ações de curandeira.

Por que os caminhos do destino apareciam de repente da mesma maneira como as letras se traçariam na areia das praias? A vida retomara seu curso depois dos conflitos e todos tinham retornado aos campos onde, durante os massacres, só haviam trabalhado os velhos e as mulheres. Houve novas colheitas, novos invernos e outros langores outonais, e os sobreviventes prantearam seus mortos, embora o horror à carnificina tivesse deixado todos inconsoláveis para sempre. Mas vivia-se, e sorria-se para as libélulas do verão, quando o campo vergava sob as pedras cinza riscadas por duas palavras fadadas a condenar todos eles. *Lembrem-se! Lembrem-se! Lembrem-se do destino que esmaga e ainda pede a esmola das reminiscências pela maldição do amor que pereceu sob o aço!* Eugénie, ao entrar no quartinho onde Marcel agonizava, sentiu que Maria lhe tocava rapidamente o ombro antes de recuar em silêncio, no escuro. E então, só então, ela retornou da guerra. Os caminhos do destino... Desloca-se de um milímetro um dente de alho e o mundo inteiro se modifica; uma inflexão irrisória perturba a posição íntima de nossas emoções e transforma, porém, nossa vida para sempre. Eugénie sentia tudo isso no instante em que observava o calvário do doente, e ficou pasma ao ver que, graças ao toque da menina, percorrera um espaço insignificante mas se achava, mesmo assim, muito longe do sofrimento que acabava de deixar. Vários decênios de combates roçados e varridos de seu ombro de velha — e alguém que morria não de alguma hostilidade, mas apenas da carne e do sangue; Eugénie aproximou-se do leito desarrumado e pôs a mão na fronte de seu filho.

Na verdade, Marcel, que se arrependia da galinha-d'angola e das coisas más de sua vida — em especial de um pato que ele outrora roubara — já era apenas uma colossal infecção. A contaminação se iniciara no estômago, onde em duas horas construíra um montículo de pus, e em seguida, satisfeita com sua obra, avançara de uma só vez suas legiões. Então o corpo começou a sentir o suplício que a gangrena refreara até a hora de ser invencível, e na súbita agitação dessa irradiação de dor contribuíra para espalhar a entropia mais além de suas veias e seus tecidos. Ora, era este o princípio de qualquer guerra, o que para Eugénie era transparente, por uma razão que ela só passou a entender depois que Maria, ao lhe roçar o ombro, ativara uma consciência inscrita no mapa genético de sua velha carcaça de camponesa e que lhe ensinava que ela só via tão bem a devastação das guerras porque sua estrela exigia que se tornasse curandeira. O mundo crescia. Aquilo que o colonizara inteiramente durante os decênios do mal não era mais que um feudo no tumulto dos poderes, ao qual sempre se oporia a resistência das violetas. Num pensamento fugaz, lamentou que tivesse sido necessário todo esse tempo para a consciência das coisas, mas também entendeu que ninguém comanda os batalhões dos dons, que eles ainda precisam aprender a compaixão e o amor, e que a iluminação das almas demanda a obra da desolação e do luto — sim, os reconfortos estão bem pertinho e não conseguimos captá-los, precisamos de anos, e talvez também da misericórdia do outro. Já passa das três da madrugada na granja, e duas mulheres penetraram juntas num território que requer um suplemento de grandeza e sofrimento, quando a existência de um homem que nunca roubou nada além de um pato repousa entre suas mãos de doze e de oitenta e sete anos, e está suspensa no fio que as liga no transe do combate.

Eugénie fechou os olhos e viu desfilar na tela de seu olhar interior, assim como quando tinha cinco anos e deitava-se na embriaguez das grandes folhas de hortelã, a sucessão dos atos da cura. Abriu os olhos e não precisou falar porque a menina saiu imediatamente para a cozinha e voltou de lá segurando na taça formada por suas mãos um punhado de alho e ramos de tomilho cujo cheiro acre se espalhou pelo quarto. Eugénie pegou a jarrinha que havia sobre a mesa de cabeceira de Angèle, ali esmagou os dentes de alho, juntou o tomilho e aproximou a preparação das narinas do moribundo, que pareceu respirar mais à vontade e entreabriu um olho amarelado injetado de sangue preto e parado. Besuntou um pouco seus lábios com aquela pasta pegajosa. Ele teve uma contração de recusa que logo se desfez, em seguida ela lhe abriu suavemente a boca onde pôs uma pequena dose do remédio.

Sabem o que é um sonho? Não é uma quimera gerada por nosso desejo mas um outro caminho pelo qual absorvemos a substância do mundo e temos acesso àquela mesma verdade revelada pelas brumas, escondendo o visível e revelando o invisível. Eugénie sabia que nem o alho nem o tomilho conseguiriam curar uma infecção que se alastrara a tal ponto, mas ela crescera com a sabedoria que cochicha ao ouvido dos que abandonaram a batalha que não há limites para nosso poder de realizar, e que o espírito natural é mais poderoso que qualquer força. Sabia também que seu talento de curandeira convocava outro talento, mais vasto e mais terrível, e que Maria, na sombra em que se mantêm os servos das altas causas, era o ômega do milagre. Virou-se e chamou a menina, que deu um passo à frente para tocar de novo em seu ombro. Eugénie vacilou sob a violência inesperada do choque. Nela se desenvolviam todas as energias e todas as folhagens, todas as ondas e todas as tempestades. Teve um soluço de surpresa, quando derivava ao acaso dos fluxos energéticos que a menina fazia rodopiarem em torno de si, e depois se firmou em sua própria exaltação de curandeira e começou a navegar buscando a maré de seu sonho. Encontrou-a ao descobrir uma imagem que se destacava contra um fundo de cintilações indistintas, e os ritmos e as sensações serenaram para deixá-la aproximar-se devagar de uma ponte vermelha construída entre duas margens engolidas pela bruma. Como era bonita a ponte... Sentia-se a nobreza da madeira sob os pigmentos de um carmim aveludado e profundo, e logo surgiu um desfile de pensamentos absurdos e ininteligíveis, mas todos levavam à paz que aquela ponte vermelha entre duas brumas oferecia a quem quisesse olhá-la bem. Ora, era uma paz que ela frequentava desde sempre, aquela que unia as árvores e os homens e fazia as plantas falarem a linguagem dos humanos, e a ponte irradiava um poder de ligação que lhe mostrava os caminhos da natureza com uma intensidade e uma harmonia que ela até então não experimentara. Depois a imagem passou. Durara apenas o tempo de um suspiro, assim como se ouviram por uns poucos segundos vozes mais belas que qualquer beleza.

A paz... A que mais ela aspirara anos a fio? Que mais se pode desejar, quando se perde um filho cujas tripas explodiram sob o céu da honra? Ela reviu, com uma acuidade que naquela mesma manhã teria sido dolorosa mas agora passava como uma carícia de sua memória, uma noite de verão no quintal onde arrumara a mesa dos jantares dos dias que se seguiam ao de são João, e ali colocava os grandes íris do solstício. Ouvia o zumbido dos insetos no ar quente, ao qual se misturava o cheirinho de um lúcio com legumes frescos da horta; e reviu seu filho tal como não o revira desde os séculos antigos; estava sentado diante dela e lhe sorria tristemente porque ambos sabiam que já tinha morrido nos mesmos campos onde tombaram tantos de nossos maridos e filhos; então se debruçou ligeiramente e lhe disse, olhando-o com ternura, num tom que nenhuma tristeza e nenhuma saudade velava: *vai, meu filho, e saiba para a eternidade a que ponto te amamos.* Eugénie poderia morrer nesse instante, em meio a uma felicidade perfeita e estúpida, como morrem as papoulas e as libélulas do verão. Mas tinha um filhinho a arrancar das garras da morte e não era dessas almas etéreas que um cântico inebria para sempre. Soube que a visão e o canto tinham passado a fim de que ela conseguisse realizar a tarefa para a qual repusera sua touca noturna, esmagara com seus dedos os dentes de alho e revira o filho na noite do inverno.

Nesse exato momento, a menina tirou a mão de seu ombro e Eugénie sentiu, entendeu e reconheceu tudo. Mergulhou no corpo do doente e viu que ele estava infectado pela matéria amarela e pegajosa de seus sonhos, com o mesmo mau cheiro que saturara o ar durante todo o tempo da guerra. Era uma gangrena cujo único objetivo era alquebrar e desfazer tudo e cuja invasão aspirava aos poucos tudo o que vivia e amava. Por um instante foi submergida pela evidência de que o inimigo era bem superior ao que uma pobre curandeira do interior conseguiria lhe opor na esqualidez de seus recursos e na extrema candura de seu saber. Mas também contava com uma luz nova que a perpassara através da mão de Maria, quando esta roçara em seu ombro. As guerras... Sabemos que ditam sua lei de retribuição e obrigam o justo a também se juntar à batalha. Mas o que acontece se todos se sentam na relva dos campos e, no ar puro da aurora, põem de lado suas armas? Ouve-se o ângelus que toca no campanário vizinho, enquanto os homens acordam de seus sonhos de horror e de noite. De repente, começa a chover e só resta entregar-se a essa oração que carrega uma vida de violetas e fluxos. Como era inútil esperar triunfar contra a investida sacrificando três soldados que nada podem contra hordas de canhões... No fundo, o que é curar, se não fazer a paz? E o que é viver, se não for para amar?

As grandes decisões advêm na invisibilidade dos humildes. O exército sombrio construía seus bastiões enfiando diretamente na carne do doente suas esporas, às quais se prenderia a tela da infecção. Assim, em vez de soltar seus soldados nas linhas, Eugénie mandou que se sentassem. Seu dom visualizou o caminho do alho e do tomilho pelas tripas e pelo sangue do doente e seu sonho multiplicou sua viscosidade e lubrificou suas paredes, de modo que fosse mais árduo fincar as pontas ali. Sonhou mais alto ainda e besuntou a base dos ganchos existentes até que fossem varridos pelos bulbos esmagados e pelas agulhas do tomilho, e ao mesmo tempo suas virtudes curativas se despejavam pelos buracos que o inimigo perfurara e os cicatrizavam com seus princípios benéficos e ativos. Ela se entusiasmava. Era tão fácil usar assim os símplices e aplicá-los diretamente sobre a matéria da doença, e tão prodigioso ver como era possível trabalhar em favor da cura apressando pela magia do sonho processos naturais. Mas também sentia que seu dom alimentava-se de reservas declinantes, e viu se aproximar o momento em que deveria renunciar por ter secado a energia de seu sonho. Então avistou um íris. Não sabia onde o via, ele estava ali e não era de lugar nenhum, podia olhá-lo mas era invisível, e irradiava uma presença intensa sem que ela conseguisse localizá-lo nem agarrá-lo. Era um íris menor que os do jardim, com pétalas brancas malhadas de azul-claro e um miolo violeta com estames alaranjados, do qual se desprendia uma sensação de frescor cuja fórmula, de início, ela não conseguiu identificar mas entendeu de repente que era o da infância. Assim... Agora sabia por que o íris não podia ser visto, quando estava tão visível, e compreendia como devia concluir sua tarefa. Levou um susto ao ler a mensagem da flor escrita em letras perfumadas pelas alegrias das horas primeiras, depois relaxou todo o seu ser transportado pela aceitação pura e simples do dom e retornou ao corpo de oitenta e sete anos que ela esquecera quando Maria lhe tocara no ombro pela segunda vez e no qual se reencarnava com uma sensação de existir que até então não conhecera. Olhou em torno de si um quadro de pigmentos pintados por um verniz suave e brilhante. O quarto estava em silêncio. Angèle estava ajoelhada no velho genuflexório de castanheiro que ela sempre se negara a trocar por um desses que se viam, com um belo veludo vermelho, nas primeiras filas da igreja, e estava tão absorta em sua súplica que não notara que sua camisola de dormir estava vestida pelo avesso, em cima de uma calça de algodão com debruns de sarja virginal. Léonce estava sentada sobre o edredom, ao lado de seu Marcel cujos pés ela friccionava com uma paciência de Madona, e Jeannette e Marie ocupavam a moldura de uma porta grande demais para as duas velhinhas, encolhidas pelo receio mais ainda que pela idade. Eugénie tomou o pulso de seu filhote e abriu-lhe uma pálpebra. Ele tinha uma respiração fraca mas regular, e o sangue injetado que estragava seu olho tinha desaparecido. Ela lhe enfiou na boca, por desencargo de consciência, uma última porção de alho e tomilho. De súbito sentia-se muito velha e muito cansada. Depois se virou e, de repente, ficou de frente para Maria.

Seus olhos negros estavam cheios de lágrimas e ela apertava dois punhos em que sua tristeza se avolumava. Eugénie sentiu o peito apertado por causa de sua menina, cuja magia não conseguia mudar um coração feito como o de todas as outras e cujo primeiro sofrimento tão intenso sangraria por muito tempo. Ela lhe sorriu com toda a sua ternura de mãe que poderia morrer e matar cem vezes por seu filho e fez um gesto com a mão, no qual pôs a consciência e a majestade do dom sob a forma daquela flor, o íris da infância. Mas as lágrimas de Maria continuavam a rolar e seus olhos expressavam amargura e tristeza. Depois, deu um passo para o lado e o contato se rompeu. Aliás, os tempos não estavam para a aflição, pois um grande alívio se instalava no quartinho e todos abandonavam o posto de combate, inclusive o genuflexório e o edredom de penas, para dar uns aos outros o abraço da vitória. Triunfalmente apertavam os terços e celebravam a constância com que Eugénie sempre louvara as virtudes do alho e do tomilho — mas o que pensariam naquelas cacholas de camponeses que, desde as duas noites de neve, não precisaram somar dois mais dois para entender que a menina era mágica e que não caem do céu toda manhã javalis humanos e estações do ano gloriosas? Na verdade, faziam coexistir a evidência e a fé e se convenciam de que o Senhor tinha algo a ver com poderes a respeito dos quais ninguém se preocupava em conciliar aquilo em que se acreditava e aquilo que se via. Sobretudo, tinham uma tarefa mais urgente, agora que Marcel roncava como um noviço e todos iam para a cozinha beber o café da recompensa: a de se assegurarem de que Maria estava bem protegida, por uma razão da qual Angèle estava convicta desde o início, a saber, que ela era muito poderosa e atraía para si, permanentemente, as outras potências do mundo. Ninguém viu que Eugénie não bebia seu café e ficara sentada ali, com um sorriso sonhador em seus velhos lábios comidos pelos anos.

— Uma noite um bocado comprida, ou um bocado curta — disse enfim o pai, descansando a xícara, e sorriu para todos os presentes como só ele sabia fazer, de um jeito que tornava a imprimir às horas seu furta-passo regular e tranquilo e recolocava o dia no caminho certo das rotinas.

Então, ouviram o campanário da aldeia soar o ângelus, enquanto subiam para o céu as fumaças das granjas felizes e recomeçava o curso de uma vida alimentada de espinheiro e amor.

Raffaele
Esses criados

Ah, tão bonito; tão louro e tão alto; os olhos mais azuis que a água das geleiras; feições de porcelana num rosto de homem viril; um corpo flexível com um fantástico desembaraço, e na face esquerda uma deliciosa covinha. Mas o mais deslumbrante naquela fisionomia notável era um sorriso que chovia sobre o mundo como um aguaceiro irisado de sol. Sim, na verdade o mais belo dos anjos, e todos se perguntavam como fora possível viver até então sem essa promessa de renovação e de amor.

Raffaele Santangelo olhou para Clara até o fim da música e depois se dirigiu ao Maestro quando se fez silêncio.

— Eu me convido, imprudentemente, e perturbo uma festa de amigos — disse.

Era a mesma voz que ela ouvira no passado e que ecoava a mesma violência espalhada ao longo de uma estrada de morte.

— Gostaria de prestar minhas homenagens — ele disse a Leonora.

Ela se levantou e lhe deu a mão para ser beijada.

— Ah, meu amigo — disse —, estamos envelhecendo, não é?

Ele se inclinou rapidamente.

— Você é bela para sempre.

Quando ele entrou na sala, todos os homens se levantaram mas não o cumprimentaram e ficaram em pé numa pose de falsa deferência cuja amizade seus rostos desmentiam. Acciavatti aproximara-se de Clara, mas a mudança mais notável ocorrera com Petrus, que tivera tempo de honrar o moscatel e em seguida se jogar numa poltrona, ficando inabalável ali até a chegada do Governador, mas de onde ele se levantara como um cão de guarda, com o lábio deformado por uma contração esquisita, acompanhada pela intermitência de grunhidos hostis.

No instante em que os olhos do Maestro e do Governador se cruzaram, a sala do piano explodiu num feixe de estrelas avermelhadas que deixou Clara tão surpresa a ponto de se levantar de um pulo, ao mesmo tempo que o espaço resplandecia com uma poeira brilhante, num duplo cone de luz em que dançavam fragmentos desconhecidos da memória — e o cone tinha sua origem em cada um dos dois homens, e depois se juntava numa interseção em que se concentravam os poderes deles. Petrus foi o único que pareceu ver o cone e resmungou com hostilidade, de nariz empinado e roupa desarrumada. Mas o Governador olhava para o Maestro e o Maestro olhava para o Governador sem que nenhum dos dois manifestasse pressa em iniciar o diálogo; é preciso dizer que o pequeno grupo de amigos também permanecia calado, num imobilismo admirável e mudo apesar do medo. Por fim, viu-se no rosto de Alessandro uma luz nova que o tornava mais jovem e mais afiado, e Clara gostou do que viu, ao mesmo tempo que percebeu uma nova inquietação, como um gostinho prévio da dor das grandes coisas e das resoluções últimas.

— Feliz grupo — disse enfim Raffaele.

Mas já não sorria. Fez um gesto — ah, muito gracioso — que varreu a assembleia como se ele quisesse tomar como testemunha uma confraria amical, e acrescentou:

— Gostaríamos que houvesse outros e que se aliassem entre si.

Gustavo sorriu.

— As alianças se fazem naturalmente — ele disse.

— As alianças se forjam — respondeu Raffaele.

— Somos apenas artistas — disse o Maestro — e só nos guiamos pelas estrelas.

— Mas cada homem precisa ter coragem — disse o Governador — e os artistas também são homens.

— Quem julga o destino dos homens?

— Quem julga a inconsequência deles? As estrelas não têm coragem.

— Têm sabedoria.

— Os fracos invocam a sabedoria — disse o Governador —, os corajosos só acreditam nos fatos.

E, sem esperar a resposta do Maestro, aproximou-se do piano e olhou para Clara.

— Mas aqui está uma outra menina... — murmurou. — Como você se chama, minha filha?

Ela não respondeu.

Do fundo de sua poltrona Petrus grunhiu.

— Virtuose e muda, talvez?

O Maestro pôs a mão no ombro de Clara.

— Ah... é que esperava a ordem — disse Raffaele.

— Eu me chamo Clara — ela disse.

— Onde estão seus pais?

— Vim com meu tio Sandro.

— Quem te ensinou piano? Os pintores são notoriamente bons professores mas eu não sabia que podiam fazer as pedras cantarem.

E houve no cone de luz a imagem de um caminho de pedras pretas sobre o qual se vergavam grandes árvores; as palavras do Maestro — *o Pavilhão onde os nossos podem ver* — lhe voltaram à memória; depois o cone tornou-se o mesmo viveiro de incompreensíveis projeções.

O Governador olhava para ela, pensativo, e ela sentiu sua perturbação.

— Que quimeras vocês perseguem, loucos que são? — ele perguntou.

— Os trovadores se nutrem de quimeras — respondeu-lhe gentilmente Gustavo.

— Displicência de crianças mimadas — respondeu Santangelo —, quando outros trabalham para que elas possam continuar a sonhar.

— Mas a própria política não é uma quimera? — prosseguiu o Maestro no mesmo tom uniforme e civilizado.

O Governador riu com um riso adorável em que resplandecia toda a alegria das belas coisas e, olhando para Clara, lhe disse:

— Tome cuidado, linda senhorita, os músicos são uns sofistas. Mas tenho certeza de que nos reveremos breve e poderemos conversar mais à vontade sobre essas pilhérias que a música lhes inspira.

Houve um ruído hostil vindo da poltrona de Petrus.

O Governador se virou para Leonora e se inclinou de um jeito que gelou o sangue de Clara. Não havia consideração nesse gesto de cortesão, em que transpareceu fugazmente um ódio frio.

— Infelizmente — ele disse —, preciso me despedir.

— Ninguém te prende — disse Petrus num tom medianamente distinto.

Raffaele não olhou para ele.

— Então você se cerca de sonhadores e bêbados? — perguntou ao Maestro.

— Há companhias piores — disse Gustavo.

O Governador deu um sorriso sem alegria.

— Cada um reconhecerá os seus — disse.

Depois se preparou para partir mas, como por um acaso proposital, Pietro Volpe fez neste instante sua entrada na sala.

— Governador — ele disse. — Achei que estava longe e te encontro em minha própria casa.

— Pietro — disse o Governador com uma ponta do mesmo ódio que destinara a Leonora. — Fico feliz em te surpreender.

— Eles são muito numerosos, o que me dá medo. Mas estava saindo?

— Minha própria família me espera.

— Você quer dizer suas tropas?

— Meus irmãos.

— Agora Roma só fala deles.

— É apenas o começo.

— Não duvido, Governador, e vou te acompanhar até a porta.

— Criado, sempre — disse Raffaele —, quando na verdade poderia reinar.

— Como você, meu irmão, como você — respondeu Pietro. — Mas o tempo recompensará esses criados que nós somos.

Petrus gargalhou com satisfação.

Raffaele Santangelo lançou um último olhar para Clara e

levantou os ombros com uma indolência de bailarina que parecia dizer: *temos todo o tempo*.

— Adeus — ele disse, e se foi, com um gesto de grande elegância que deixou entrever, sob a casaca preta, a perfeição de seu corpo de combate.

Clara sentiu, à maneira de uma pedra de luz dentro de uma água de rocha escura, uma aura estranha à espreita atrás do criado angélico, antes que ele saísse e levasse suas sombras consigo. Mas como um rastro impresso na retina muito tempo depois da passagem da imagem, uma dessas sombras tocou sua consciência e, recuando no encontro com Raffaele, ela reviu a expressão de seu rosto num certo ponto de sua composição. Então, assim como se assustara com os contrastes da voz de morte, foi submergida por uma onda de beleza imediatamente destruída pela feiura. Havia tanta nobreza, tanta fúria e dor naquele olhar fugaz e tanto esplendor na imagem que invadia sua percepção interior... Um céu de tempestade se levantava sobre um vale de brumas, e sob as nuvens que corriam no azul entreviam-se jardins de pedras. Sentiu na língua um gosto de neve e de violetas, ao qual se misturava um concentrado de árvores e galerias de bosques, e era ao mesmo tempo inimaginável e muito familiar, como se o sabor de um mundo desaparecido tivesse se encarnado em sua boca e como se, passando o dedo nas espinhas à flor da pele de seu coração, pela primeira vez tivesse visto o sangue aflorar. Eram um tal êxtase e uma tal tristeza misturados; uma tristeza sem fim, afiada como a lâmina do sofrimento; e uma nostalgia de sonho antigo em que ressoava e crescia o ódio. Finalmente, avistou no céu pássaros lançados por arqueiros invisíveis e soube que estava vendo pelos olhos de Raffaele o que ele perdera, a tal ponto que a aversão que ela sentia pela estrada de desastre e morte se misturou com um ímpeto que parecia o amor. Na verdade, durante os poucos instantes em que os dois homens estavam frente a frente, desenvolvera-se uma tensão sem palavras nem gestos, como se eles praticassem uma arte marcial num nível de domínio em que o desfecho do combate não requeria o contato, e ela vira o centro metabólico onde nascia a mesma onda solar de poder que lhe ensinava que os dois vinham do mesmo mundo. Mas se o Maestro irradiava uma aura de rochedos e praias, o Governador se erguia como uma flecha cujos penachos claros se transformavam na ponta em plumas calcinadas, e ele tinha no coração uma deformação que o afastava de si mesmo e parecia uma chaga aberta sobre uma magnificência primeira.

Depois da partida do Governador, os amigos do Maestro continuaram a confabular na noite, e a partir de suas conversas Clara conseguiu ter uma ideia mais clara do tabuleiro político romano. Não a surpreendia que o Maestro fosse um de seus pilares, embora ele não tivesse assento em nenhuma instância oficial, mas se espantou ao perceber que todos sabiam que ele mantinha ligações com uma parte misteriosa do real.

— Ele não tem mais dúvida — disse Pietro —, dá como certa a sua vitória.

— Mas ainda tenta fazer com que você se alie ao campo dele — disse ao Maestro o chefe de orquestra que se chamava Roberto.

— Era uma ameaça e não uma solicitação — disse Alessandro —, ele já soltou seus cachorros de um extremo a outro do país, e pesa com toda sua força no Conselho. Mas a Itália é apenas um peão no grande jogo da guerra.

— Alessandro Centi, pintor maldito mas fino estrategista — disse uma das convidadas, com amargura e ternura.

Todos riram. Mas, nesse riso mesclado de amizade e medo, Clara percebeu a mesma determinação que sentira em Alessandro e que a apavorava na mesma medida do ardor que ela avivava em si mesma. Olhou para os rostos daqueles homens e mulheres dotados das maneiras sedosas dos que foram mimados pela fortuna e viu a consciência da desgraça no fundo da qual dançava a chama da arte de cada um, a tal ponto que a sorte balançava entre o deslumbramento e as extenuações da alma. Viu também uma comunidade de pessoas pacíficas que aceitavam que os tempos fossem de postos de combate, e dessa decisão nascia uma gravidade que tornava a hora magnífica. Por isso, compreendia que nenhum dos presentes estava ali por acaso e que o pretexto do aniversário de Leonora reunira uma falange que o Maestro formara assim como escolhia as partituras e salpicava seu caminho de pêssegos e de mulheres amadas. Mas ela se perguntava o que os tornava uma elite combatente, pois, embora nenhum membro daquele simpático batalhão pertencesse à espécie ordinária dos soldados, esta que na aurora acorre aos campos sempre vermelhos ao anoitecer, eram, porém, os primeiros oficiais do Maestro, formando uma família com armas e poderes disfarçados sob a mesa dos jantares e à qual ela sentia, orgulhosa, também pertencer.

— A primeira batalha já acabou — disse o Maestro —, e a perdemos. Não temos mais influência sobre o Conselho que votará os poderes antes do fim do inverno.

— Precisamos nos preparar — disse Ottavio, um homem de cabelos brancos e olhar bizantino que Sandro dissera ser um grande escritor.

— É hora de pôr os seus ao abrigo — disse Pietro.

— Qual a proteção para Clara? — perguntou Roberto, e ela viu que todos concordavam que ela desempenhava um papel decisivo na guerra.

— Quem protege é protegido — disse o Maestro.

Por fim, com exceção de Pietro, Alessandro e Petrus, os convidados foram embora.

— Agora você está visível, já não pode ir para o pátio — disse Leonora a Clara. — Dormirá aqui esta noite.

Depois apertou-a em seus braços e foi embora. Pietro e Alessandro se serviram de um copo de licor e se sentaram para uma última conversa noturna. Petrus desapareceu e em seguida voltou com uma garrafa de moscatel, servindo-se de uma taça com uma terna solicitude.

— O Governador também está vendo o que eu vejo? — perguntou Clara.

— Ele viu no final — respondeu o Maestro —, embora eu tenha ficado ao seu lado. Mas não acredito que tenha entendido perfeitamente.

— Vi o túnel de luz entre vocês — ela disse. — Havia um caminho de pedras com as mesmas árvores que as do seu jardim.

— As pedras estão no centro da sua vida — ele disse. — Você verá com frequência esse caminho.

E pelo som de sua voz Clara entendeu que estava orgulhoso dela.

— Escutei o canto do seu riacho — disse.

Pietro sorriu como fizera depois de ter procurado, em vão, o poema na partitura do pátio.

— Agora você ficará aqui — disse o Maestro. — Raffaele quererá saber antes de agir, ainda temos um pouco de tempo pela frente. Mas é preciso armar a nossa vigilância.

— Convocarei uns homens — disse Pietro —, mas estamos superatarefados. Raffaele foi avisado, apesar de nossos espias.

— Quem é a outra menina? — perguntou Alessandro. — Parece que o Governador já a conhece. É dela que você quer nos falar esta noite, creio.

— É dela que quero falar com você, em particular, pois breve irá encontrá-la. É uma longa viagem, e será perigosa.

— Pode-se saber o nome dela?

— Maria — disse Clara.

Mas não teve tempo de dizer mais nada pois um grande alarme disparou dentro dela; levantou-se abruptamente, seguida pelo Maestro e por Petrus, que dera um pulo de suas almofadas.

Oh, noite das agonias! Na granja longínqua, Marcel acordou em sua dor inextinguível e todo o grupo da casa se dirigiu para o seu quarto de desolação. Clara vê a procissão das velhinhas a caminho da cabeceira do pobre coitado, onde já estão Maria e seu pai, que sentiram antes dos outros a morte à cata de um dos seus; vê o Marcel arrasado de sofrimento e compreende, como eles, que ele vai morrer breve; e vê Eugénie, que a descoberta do doente desperta como uma bofetada, e que se levanta com suas meias de lã grossa. Não é mais a vovozinha encolhida pela idade e pelas tarefas; sobre o rosto acabado, o dever depositou um reflexo que a experiência transformou em lâmina; e é uma outra mulher que se aproxima do moribundo, tão bela que o coração da italianinha se aperta com a visão daquilo que é belo mas passa, pouco importa o ferro com que foi forjado. Depois, assiste à sucessão dos atos da cura, num tempo suspenso em que cresce a sensação de perigo. Quando Maria põe a mão no ombro de Eugénie, Clara se sente afundar num grande magma de poder em que ela tem medo de se perder e se afogar para sempre. Mas sabe que seu lugar é perto daquelas mulheres que acabam de passar juntas a fronteira do visível, e procura febrilmente um caminho na tempestade. As palavras do Maestro — o Pavilhão onde os nossos podem ver — de novo tomam de assalto sua memória e ela tenta se agarrar a isso como a uma jangada em pleno mar. Então ela a vê, e toda a sua vida está ali. Que paz, de repente... No voo de suas brumas, a ponte vermelha se desvia de seu curso até ela com uma majestade de grande cisne; à medida que a ponte se aproxima, ela distingue uma silhueta no ponto mais alto de seu arco; e sabe que é seu pai, em seu sacerdócio de intermediário. Depois a silhueta desaparece, a ponte se imobiliza no fio de um canto maravilhoso e Clara controla todas as visões. Pode deixar Maria catalisar os poderes; passou a mensagem e mantém a unidade do visível.

— Prodigioso — murmura o Maestro.

Infelizmente, logo eles veem o íris que Maria não vê. Clara olha para a flor invisível com as pétalas indizíveis da infância, no outro extremo da visão Eugénie aceita o pacto da troca, e em Roma dois homens, surgindo do nada, aparecem na sala enquanto o Maestro diz para Alessandro:

— Você partirá com eles, já no alvorecer.

Depois, para Clara:

— Agora ela precisa ver você.

Pavilhão das Brumas
Conselho élfico restrito

— Prodigioso — diz o Chefe do Conselho. — A aliança das visões e dos poderes no mundo dos humanos.

— Maria é o catalisador — diz o Guardião do Pavilhão —, Clara é quem faz a passagem.

— Há uma alteração no campo de força da ponte.

— Há uma alteração no campo de força das brumas. Elas não modificam apenas a configuração da passagem.

— Mas houve troca — diz o Urso —, e Aelius vê o que nós vemos.

— Isso vai transtornar toda a paisagem da ação — diz o Esquilo. — É hora de passar.

— Logo, logo — diz o Chefe do Conselho. — Espero que estejamos prontos.

— A ponte está aberta — diz o Guarda do Pavilhão —, vocês podem atravessar.

Clara
Que pegue terços

Maria, sob o edredom vermelho, chorava.

Fazia algumas semanas que ela sentia no ventre a premonição de um sofrimento maior que aqueles enfrentados outrora por todas essas pessoas que amava, e isso a apavorava por tudo o que sabia dos acontecimentos funestos que, mesmo anos depois, ainda lhes pesavam. Além disso, estavam no final de janeiro e mal e mal a neve se dignara a cair. Fazia muito frio e as noites gelavam até as auroras glaciais que se paralisavam na lâmina do ar. Mas a bela neve não chegara, nem antes nem depois do solstício, e Maria percorria uma região congelada onde os animais se inquietavam com sombras cuja ameaça impalpável era cada dia mais aguda. A música continuava a desaparecer de tempos em tempos, como fizera no crepúsculo de março, e Maria temia esses eclipses do canto como um ataque mortífero, embora ela não tivesse revisto o javali fantástico nem o grande cavalo de prata. É muito cedo, ela pensava com aflição crescente, aspirando a uma vida que continuasse sendo encantada com as gravuras eternas de suas árvores.

Assim, quando entrou no quartinho onde agonizava um inconsequente que pagava cem vezes pela sua galinha-d'angola, ela foi iluminada pela intuição fulgurante de que a primeira catástrofe estava chegando. Tocara duas vezes no ombro de Eugénie e admirara a arte com que a curandeira avançava no seu trabalho. Soube que ela via a ponte e compreendia a mensagem, e viu como renunciava à guerra e abandonava a frente de batalha conciliando-se com a música das árvores. Maria não teve de refletir nem de se concentrar — ao contrário, entregou-se à sensação viva dos traçados inéditos que ondulavam no coração da velha tia e brincou com as ondas refreadas como se fossem cordas dobradas que ela tivesse esticado numa amplidão nova, na primeira vez simplesmente desatando-as, na segunda vez abrindo-lhes o campo dos possíveis. Isso não era muito diferente do que costumava fazer com os animais, e ela apenas distendera até o infinito o que somente distorcia ligeiramente quando queria se dirigir às lebres, com a diferença de que os bichos dos bosques não estavam, em relação à natureza, no mesmo nível de ruptura que os homens, os quais não ouviam os grandes cânticos e não viam os quadros esplêndidos. Assim, indicara a Eugénie a ponte das harmonias cuja imagem ela percebera ao lhe pôr a mão no ombro. De onde viera aquela imagem? Não sabia. Mas tudo tinha sido tão fácil e tão rápido, fora tão fácil liberar aquelas forças e deixar correrem os fluxos naturais, e era tão incompreensível que aliviar e curar desse jeito não fosse o quinhão cotidiano dos humanos!

Quando avistou a ponte, Eugénie ouviu vozes recitando um canto celeste. Mas não entendeu as palavras como Maria.

em um dia que se esgueira entre duas nuvens de tinta
em uma noite que suspira nas brumas ligeiras

A transparência do mundo nesses instantes de canto era deslumbrante e perfurada por uma vertigem de geada e de neve cuja seda cintilava, intermitente, nos deslizamentos da bruma. Maria conhecia esse grande canto das vozes de passagem e de nuvens. Ele lhe chegava à noite, em seus sonhos, mas também de dia, quando ela percorria os caminhos. Então, ela parava, transida por um pavor tão maravilhoso que quase desejava morrer naquele instante — e depois o canto e a visão passavam e ela saía em busca de uma lebre que pudesse lhe dar um pouco de reconforto, pois havia sempre um momento, depois que as vozes cessavam, em que ela pensava que já não tinha gosto por coisa nenhuma a não ser por esse canto e essas brumas. Por fim, o mundo se iluminava de novo e seu sofrimento serenava com as violetas e folhas. Retomava o ritmo da caminhada e ficava pensando se essa graça que vira era um sonho ou outra trama do real. Da mesma maneira, via em sonho estranhas paisagens de neblina. O dia se levantava sobre um pontão acima dos vales inundados de árvores. Ela chegava até lá por um pavilhão de madeira cujos tabiques esburacados por largas fendas formavam suntuosos quadros para a vista. No chão de carvalho desigual, salpicado por uma poeira leve que os fragmentos de luz douravam como um cometa, havia uma tigela de barro muito simples cujos flancos irregulares e granulosos Maria gostaria de poder acariciar. Mas não conseguia se aproximar porque sabia que aquilo deixaria na poeira uma escrita desonrosa: então desistia e olhava para a tigela de barro com a veneração das grandes cobiças.

Sim, o canto tinha sido ainda mais cristalino, mais dilacerante e mais amplo, e essa advertência, acompanhada de paciência, abrira uma diagonal de óptica a um só tempo magnífica e terrível. Assim, absorta no transe de sonho e brumas, não viu o íris no momento decisivo mas de súbito ouviu cem cornetas lançarem uma nota grave e poderosa, tão bela e fúnebre que os planos do real tinham tremido juntos e rodopiado em torno de um ponto fixo que era engolido em si mesmo. Como ela conseguira? Como não soubera? E sob o grosso edredom vermelho, chorou lágrimas ardentes que não a aliviariam, pois o íris que Eugénie lhe mostrara não conseguia consolá-la da troca que a privava de amor.

Então Eugénie foi para o quarto dela. Sentou-se na beira da cama e pegou a mão de sua querida menina, uma mão toda molhada de soluços que apertava com força aquela velha mão seca e enrugada.

— Chore, minha filha — disse Eugénie —, mas nada de ficar triste, ora essa.

Acariciou a testa da menina que chegara a eles na noite de neve e lhes dera tanta alegria que ela gostaria de abrir bastante os braços e ali exibir uma tela na qual passariam as imagens da felicidade.

— Não fique triste — disse de novo —, veja o que você fez e não fique triste, meu anjo.

Maria se levantou de um pulo.

— O que eu fiz! — ela murmurou. — O que eu fiz!

— O que você fez — disse de novo a velhinha.

Ela se sentiu uma pobre camponesa sem palavras, que não conseguia partilhar o milagre. Num ímpeto fulgurante, compreendeu por que as palavras ouvidas nas igrejas uniam tantos corações e reuniam tantos fiéis, entendeu o dom de linguagem que corteja o impenetrável e nomeia o que se tece e eleva, e viu enfim que podia encontrar em si mesma uma pepita que não seria capaz de expressar os íris tigrados e as noites de são João mas poderia, mesmo assim, restituir a raiz nua do que ela tinha visto e sentido. Então olhou para Maria e, com um sorriso que a iluminou por inteiro, disse-lhe simplesmente:

— Você me curou, filhinha.

E pensou que, nas duas vezes, fora uma criança que a livrara da violência dos homens feitos.

Algo se partiu em Maria, como se paredes de gelo se estilhaçassem silenciosamente e depois pousassem sobre um veludo onde se precipitavam reflexos de mercúrio. Havia estrelas e voos de pássaros que deslizavam sem ruído por um céu de tinta e um rio onde se agitava o segredo do nascimento que a abençoara com o poder de livrar as mulheres velhas de seus fardos. Suas lágrimas secaram. Olhou para Eugénie e para os sulcos desenhados pelo tempo diretamente no velho rosto adorado e, acariciando-lhe suavemente a mão, lhe deu um fraco sorriso, pois via a alegria no coração da velhinha e descobria o que é uma alma aliviada do peso de suas cruzes. Eugénie balançou sua cabeça de maçã que se deixou azedar sobre as esteiras do celeiro e deu uns tapinhas na mão de sua linda menina tão mágica. Sentia-se leve e orgulhosa, com apetites de outrora, que rodopiavam num teatro de sombras simpáticas onde se recortavam pêssegos suculentos como os do paraíso e tardes de colheita nos taludes varridos pela brisa morna. O gosto das coisas quando os órgãos do sabor ainda não foram alterados por tragédias voltou-lhe à boca com tal amenidade que ela se sentiu submergida por lágrimas que lavavam dentro de si uma praia atulhada de detritos e a deixavam tão limpa e encerada como a casca das mais belas peras do outono. Sua memória percorria os pomares onde ela sonhara em criança e, no rodopio das abelhas, reatava com o firmamento das grandes fomes; e que antes de morrer ela pudesse perceber de novo o mundo com os sensores da infância afigurou-se a ela como a última bênção de um Senhor cuja grandeza ela não parara de honrar. Vamos, já era hora. Que pegue terços e fitas, anáguas de domingo e de noites de solstício, e vá juntar-se à grande congregação dos mortos; e que cante os salmos dos temporais e do céu antes de dar adeus ao frescor dos pomares. Eugénie estava pronta; só restava legar o que se devia legar e fechar para sempre a era dos quartinhos. Levantou-se, foi até a porta e, virando-se um pouco, disse para Maria:

— Não se esqueça de colher o espinheiro.

E depois se foi.

Maria ficou sozinha no silêncio da era que acabava de começar. Nessa paz de pomares e flores, o mundo se reorganizava. Encostou-se na parede e acolheu as sensações que giravam no campo de sua vida transfigurada. Via o quanto as unidades nas quais até então sua vida fora compartimentada se inseriam numa ordem de grandeza incomensurável em que, aos estratos que ela já conhecia, se sobrepunham universos que se ladeavam, se tocavam e se entrechocavam com uma profundidade de campo vertiginosa. O mundo se tornara uma sucessão de planos que subiam para o céu segundo uma arquitetura complexa que se movia, se apagava e se reconstituía da mesma maneira que o javali fantástico de seus dez anos fora a um só tempo um cavalo e um homem, maneira que era tanto osmose como desaparecimento e usava brumas como para-ventos voluptuosos. Via cidades cujas ruas e pontes brilhavam no fundo de manhãzinhas constipadas de neblinas douradas que se desintegravam por espirros sucessivos e depois tornavam a se formar lentamente sobre a cidade. Acaso verei um dia essas cidades?, indagou Maria. E adormeceu no meio de suas visões. Viu primeiro uma paisagem de montanhas e lagos com colmeias e pomares de vegetações amareladas pelo sol e uma aldeia na encosta de uma colina com casas dispostas como as linhas curvas de uma concha. Tudo era desconhecido, tudo era familiar. Depois a visão foi substituída pela de uma grande sala de soalho de água límpida. Uma menina estava sentada diante de um instrumento que lembrava um órgão, mas ela tocava uma música cujas sonoridades não pareciam as dos ofícios da igreja, uma música maravilhosa, sem amplidões nem ressonâncias de abóbada, e do mesmo material que a poeira de ouro onde Maria descobria a tigela que fazia seu desejo se incendiar. Mas aquela música também trazia uma mensagem poderosa que expressava a tristeza e o perdão. Houve um momento em que ela simplesmente se deixou levar pela história oferecida pela melodia, e depois a menina do piano parou de tocar e ela a ouviu murmurar palavras incompreensíveis que soavam como uma advertência surda.

Afinal, tudo desapareceu e Maria acordou.

Pietro
Um grande marchand

Clara olhava para os dois homens que tinham se materializado na sala e caído nos braços de Petrus.

— Amigo de longas noitadas! — exclamara o primeiro.

— Feliz em revê-lo, velho louco — disse o segundo, batendo-lhe nas costas.

Depois se viraram para Sandro e o mais alto deles, de pele muito morena e cabelos pretos, inclinou-se dizendo:

— Marcus, para servi-lo.

— Paulus — dissera o outro, inclinando-se também, e Clara observou com interesse seus cabelos tão ruivos quanto os de Petrus.

Eram muito diferentes do Maestro, embora ela tenha percebido entre todos um parentesco em certos ritmos e entonações de voz, e tenha distinguido em cada um deles um segundo plano de natureza idêntica àquele que assumira no Maestro a forma de hordas de cavalos selvagens, amplo e sombrio para o que dizia se chamar Marcus e cuja estatura alta e pesada ultrapassava de uma cabeça a de Pietro, furtivo e dourado para o outro, que não era muito mais alto que ela e parecia pesar o equivalente a uma pluma.

Alessandro, que não pareceu surpreso com a aparição deles, os observava com uma curiosidade mesclada de palpável simpatia.

— Lamento essa partida na precipitação — disse o Maestro.

— Ela está chorando — disse Paulus — mas não se pode mudar o que vem.

Clara entendeu que ele estava vendo Maria. Nesse momento, Eugénie entrou no quartinho, sentou-se ao lado de sua menina e, sorrindo, pegou suavemente sua mão. O coração de Clara ficou apertado.

— O que vai acontecer? — ela perguntou.

— Desconhecemos muitas coisas — respondeu o Maestro —, mas há uma de que estamos certos.

— Eugénie não tem mais forças — ela disse.

— As forças se trocam mas não se criam — disse o Maestro.

— Não a reverei? — ela perguntou.

— Não — ele disse.

— E na outra vida?

— Há vários mundos mas uma só vida — ele disse.

Ela baixou a cabeça.

— Ela escolheu em sã consciência — ele acrescentou. — Não fique triste por ela.

— Fico triste por mim — ela respondeu.

Mas ele já conduzia uma reunião de campanha.

— Maria vive na França, numa aldeia onde o inimigo agirá — ele disse a Alessandro.

— Chegaremos lá a tempo?

— Não. Você chegará depois da batalha mas, se ela sobreviver, você a levará para um lugar seguro.

— Qual é esse lugar seguro?

O Maestro sorriu.

— Não sou um guerreiro — disse Alessandro.

— Não.

— E você não me manda para o combate.

— Não. Mas haverá perigo.

Foi a vez de Alessandro sorrir.

— Eu só temo o desespero — ele disse.

Depois, sério de novo:

— Espero que Maria viva.

— Também espero — disse o Maestro. — Pois nesse caso não precisaremos chorar e, se não formos loucos, poderemos talvez inverter o destino.

Clara olhou para Maria e tentou entender o que devia fazer para que ela conseguisse vê-la. Mas a francesinha fazia escorrer em torno de si o bronze das solidões infinitas.

— Você encontrará o caminho — disse-lhe Paulus.

Os cinco homens se levantaram e Clara se sentiu mais triste que as roseiras do inverno. Mas Alessandro se virou para ela e, sorrindo, lhe disse:

— Você está vendo Maria, não está?

Ela aquiesceu com a cabeça.

— E os que estão perto dela também?

— Também — respondeu —, vejo aqueles que ela vê.

— Então em breve você tornará a me ver — ele disse — e saberei que está me olhando.

Antes de sair da sala, Marcus se aproximou dela e, pegando no bolso um objeto que desaparecia em sua mão fechada, entregou-o com ar grave. Ela abriu a palma na qual ele depositou uma pequena bolinha muito macia. Quando ele retirou a mão, ela descobriu maravilhada que era uma bolinha de cerca de dez centímetros de diâmetro, coberta por uma pele que parecia de coelho. Estava um pouco esquisita, achatada em alguns cantos e mais proeminente de um lado, mas apesar dessas irregularidades conservava um arredondado simpático e alegre.

— É bom que um ancestral a acompanhe — disse Marcus.
— O seu pai me confiou isso, no momento da passagem. Claro, ele está inerte.

A menção a seu pai apagou-se diante das sensações que lhe despertavam o contato com a esfera.

— O que devo fazer? — perguntou.

— Guardá-lo sempre com você — ele respondeu. — Sem contato com um dos nossos, ele morreria.

A frequência que irradiava da pele de coelho encantava Clara. Parecia-lhe que uma voz abafada falava com ela mas aquilo soava como uma tagarelice de criança ou uma sequência de palavras indistintas a que se misturavam rugidos suaves e estranhos. Pietro foi observar o objeto em sua palma. Então ela ergueu a cabeça e seus olhares se cruzaram. Apesar dos longos meses do pátio, nunca tinham se encontrado. Porém, debruçando-se por cima da esfera, viram abrir-se em cada um deles um abismo.

Pietro Volpe vivera três decênios de inferno e três outros de luz. Dos primeiros, tinha uma lembrança intacta cuja memória ele só conservava carinhosamente para celebrar os últimos. Toda manhã, ao se levantar, revia o pai, odiava-o de novo, perdoava-o mais uma vez, revivia as horas de infância com uma acuidade que o enlouqueceria se não tivesse adquirido o poder de sofrer e de curar com um só gesto, e residia, de fato, na casa onde nascera e crescera. Ora, se havia mudado o cenário, as paredes permaneciam as mesmas que o tinham visto odiar e se perder e os fantasmas daqueles que ali viveram frequentavam o pátio. Por que Roberto Volpe não se afeiçoara ao filho cuja chegada desejara ardentemente? Era um homem elegante, que amava o que fazia, por gosto das belas coisas e dos comércios prósperos; a partir do que conhecia dos homens, tinha uma conversa que, sem ser elevada, nunca mentia; e provavelmente todo o seu ser vivia nesse paradoxo de que ele não era nem superficial nem profundo. Mas quando pai e filho se viram pela primeira vez, detestaram-se de um modo definitivo e total — e quem acaso se espantar que uma alma tão jovem pudesse abominar dessa maneira se lembre de que a infância é o sonho em que se compreende o que ainda não se sabe.

Aos dez anos, Pietro brigava na rua como um pivete dos subúrbios. Era alto e forte e possuía esse sentido do ritmo que é irmão das exacerbações da sensibilidade. Mas ia se tornando tão invencível quanto maldito e Alba definhava com uma tristeza que a filha nascida mais tarde não conseguia consolar. Dez anos mais e Pietro aprendeu na rua todas as técnicas de combate. Aos vinte anos, não sabia se era um homem perigoso ou um animal furioso. Lutava à noite recitando versos, lia ferozmente, combatia lugubremente, voltava, intermitente, à vila do pátio, tomando cuidado para não cruzar com o pai, e ali via rolarem as lágrimas de sua mãe e crescer a elegância de sua irmã. Não dizia nada mas pegava a mão de Alba até que ela esgotasse os soluços, e depois tornava a partir, sombriamente, no mesmo silêncio em que toda a sua vida se emparedara. Ainda houve dez anos de desespero tão evanescentes quanto a voz que às vezes ele ouvia dentro de si; e sua mãe envelhecia e Leonora desabrochava, olhando-o sem falar, e sorrindo-lhe de um jeito que dizia: *eu te espero*. Mas quando ele queria sorrir para ela, paralisava-se de dor. Então ela lhe apertava o braço e ia embora, ao sabor dos círculos nos quais já se enrolavam seus gestos, mas na hora de sair do aposento ela lhe lançava um derradeiro olhar que significava de novo: *eu te espero*. E essa constância o carregava e o crucificava, ao mesmo tempo.

* * *

Depois, certa manhã ele acordou na consciência de que as linhas do tempo tinham se transtornado. Foi à vila na hora em que de lá saía um padre que lhe informou que seu pai estava morrendo e que o tinham procurado a noite toda. Foi até o quarto de Roberto, onde o esperavam Alba e Leonora, que se retiraram deixando-o sozinho diante do destino.

Tinha trinta anos.

Aproximou-se da cama onde agonizava o pai que ele não revira nos últimos dez anos. Tinham puxado as cortinas e, sem enxergar, ele procurou com os olhos uma forma humana, mas recebeu no estômago um olhar de ave de rapina que brilhava como uma gema nas penumbras do final.

— Pietro, enfim — disse Roberto.

Ficou abalado ao reconhecer cada inflexão de uma voz há muito esquecida e pensou que os abismos do tempo se fechavam no sofrimento e a restituíam tão nítida como na primeira manhã. Não disse nada mas se aproximou mais, pois não queria ser covarde. No naufrágio, seu pai tinha o mesmo rosto que outrora mas os olhos brilhavam com uma febre que lhe informou que ele morreria antes do anoitecer e com um reflexo que o fez duvidar que aquilo fosse obra apenas da doença.

— Em trinta anos não houve um dia em que eu não tivesse pensado neste instante — recomeçou Roberto.

Ele riu. Uma tosse seca lhe rasgou o peito e Pietro viu que o pai estava com medo. Acreditou um instante que não sentia nada, e depois uma onda de cólera o submergiu à medida que compreendia que a morte não mudaria nada e seria preciso viver até o fim tendo sido o filho desse pai.

— Muitas vezes temi morrer sem jamais te rever. Mas é de crer que o destino conhece seus deveres.

Ele foi tomado por convulsões e calou-se por um tempo bastante longo em que Pietro não se mexeu nem desviou o olhar. Que quarto, aquele... Brumas escuras desciam sobre a cama rodopiando como tufões malignos. Na imobilidade a que ele se obrigava, explodiam todos os movimentos de sua vida. Reviu os rostos e o sangue de suas lutas de condenado e os versos de um poema lhe vieram à memória. De quem eram? Não se lembrava de tê-los lido algum dia. Depois, as convulsões pararam e Roberto falou de novo.

— Eu deveria ter entendido que o destino zelaria para que você estivesse aqui a fim de me ver morrer e te dizer por que não nos amamos.

Seu rosto ficou com uma cor de cinzas e Pietro pensou que ele estava morrendo de vez, mas depois de um silêncio ele recomeçou.

— Tudo está no meu testamento — disse. — Os acontecimentos, os fatos, as consequências. Mas quero que saiba que não sinto remorso. Fiz o que fiz em sã consciência e desde então não lastimei ter feito, nem uma vez.

E, levantando a mão, fez um gesto que parecia uma bênção mas que, tomado de exaustão, ele não conseguiu concluir.

— É só isso — disse.

Pietro ficou calado. Espreitava uma nota tênue que ressoara quando Roberto se calou. Uma embriaguez de ódio varria sua alma como uma tempestade e teve o impulso irreprimível de matar com suas mãos aquele pai louco. Depois isso passou. Passou com uma força tão natural e soberana quanto o desejo de matar que o assaltara logo antes, e quando tinha passado ele soube que algo se abrira dentro dele. O sofrimento e o ódio estavam intactos mas sentia no peito a obra da morte do outro.

Enfim, tendo no olhar um clarão que ele não entendeu, Roberto lhe disse:

— Tome conta de sua mãe e de sua irmã. É nosso papel, o único.

Respirou lentamente, olhou uma última vez para o filho e morreu.

O tabelião pediu para vê-los à noite. Pietro era o único herdeiro dos bens do pai. Quando saíram do escritório, era noite. Ele abraçou a mãe e beijou a irmã. Ela olhou para ele de um modo que dizia: *ei-lo*. Ele lhe sorriu e disse: *até amanhã*.

Na manhã seguinte, voltou à vila do pátio.

Percorreu todos os aposentos e examinou uma a uma todas as obras. Os domésticos saíam aos poucos da cozinha e de seus quartos, e à sua passagem murmuravam *condoglianze* — mas ele ouvia também *ecco*. Cada quadro lhe falava, cada escultura murmurava um poema e tudo lhe era tão familiar e feliz como se ele jamais tivesse odiado ou abandonado os manes daquele lugar. Então, parando diante de um quadro em que soluçava uma mulher tendo Jesus contra o peito, soube enfim o que amava desde o início e entreviu o grande marchand que seria. Na mesma tarde, enterraram Roberto sob um sol escaldante apesar do mês de novembro, e compareceram ao funeral todos os artistas famosos e homens influentes de Roma. Cumprimentaram-no no final da missa e ele viu que aceitavam que endossasse a herança. Havia respeito nos cumprimentos e ele sabia que tinha mudado de rosto. O delinquente tinha morrido numa noite e agora ele só pensava em suas obras.

Mas seu ódio vivia.

No cemitério, avistou atrás de Leonora um homem que se mantinha muito ereto e o encarava. Algo em seu olhar lhe agradou. Quando Leonora se aproximou, disse-lhe:

— Este é Gustavo Acciavatti. Ele comprou o grande quadro. Virá vê-lo amanhã.

Pietro apertou a mão do homem.

Fez-se um breve silêncio.

Depois Acciavatti disse:

— Estranho novembro, não é?

No dia seguinte, bem cedinho, o tabelião pediu que Pietro fosse sozinho ao seu escritório e lhe entregou um envelope contendo duas folhas que Roberto exigira que ele fosse para sempre o único a ler.

— Quem violar essa vontade pagará por isso, sem dúvida — acrescentou.

Lá fora, Pietro abriu o envelope. Na primeira folha leu a confissão do pai, na segunda, um poema escrito por ele, de próprio punho. Tudo nele desabava, e pensou que nunca estivera tão perto dos infernos.

Na vila, encontrou Acciavatti em companhia de Leonora.

— Não posso te vender este quadro — disse-lhe. — Meu pai não deveria tê-lo cedido a você.

— Já o paguei.

— Vou reembolsá-lo. Mas poderá vir revê-lo quando desejar.

O homem voltou várias vezes e se tornaram amigos. Um dia, depois da visita ao quadro, sentaram-se na sala do pátio e falaram da proposta que Milan tinha feito a Acciavatti de dirigir sua orquestra.

— Sentirei saudades de Leonora — disse Pietro.

— Meu destino é em Roma — respondeu Gustavo. — Viajarei mas é aqui que viverei e morrerei.

— Por que você se condena àquilo de que pode fugir? Roma não passa de um inferno de túmulos e corrupção.

— Porque não tenho escolha — disse o jovem maestro. —

Esse quadro me liga à cidade com tanta certeza quanto é a certeza de que você pode abandoná-la. Você é rico e pode fazer comércio de arte em todas as grandes cidades.

— Fico porque não sei como perdoar — disse Pietro. — Então perambulo pelos cenários do passado.

— A quem deve perdoar? — perguntou Acciavatti.

— A meu pai — disse Pietro. — Sei o que ele fez mas não conheço as razões. E como não sou cristão, não posso perdoar sem entender.

— Então você sofre o mesmo martírio que suportou toda a sua vida.

— Tenho outra escolha? — ele perguntou.

— Tem — disse Acciavatti. — Perdoa-se mais facilmente quando se pode entender. Mas quando não se entende, perdoa-se para não sofrer. Você perdoará toda manhã sem entender e deverá recomeçar na manhã seguinte, mas poderá enfim viver sem ódio.

Depois Pietro fez uma última pergunta:

— Por que esse quadro te prende?

— Para responder preciso dizer quem eu sou.

— Eu sei quem você é.

— Você não sabe o que não vê. Mas hoje vou te contar minha parte invisível e você acreditará em mim porque os poetas sempre sabem o que é verdade.

No final da longa conversa que os levou até o raiar do dia seguinte, Pietro disse:

— Quer dizer que você conhecia meu pai.

— Foi por ele que cheguei a este quadro. Sei o que fez e o que isso custa a você. Mas ainda não posso te dizer as razões de seu ato nem por que ele é tão importante para nós.

Seria a magia do ancestral acima do qual eles trocaram aquele olhar? Ou uma simpatia nova nascida das urgências da noite? Passara-se um minuto, talvez, desde que Clara erguera os olhos para Pietro e, sem poder designar os acontecimentos nem os homens, ela via o que existia no coração do marchand. Via que ele devia ter combatido e renunciado, sofrido e perdoado, que odiara e aprendera a amar mas que a dor não o abandonava senão para voltar permanentemente; e para ela isso era familiar e próximo do que também percebia no coração de Maria, que não conseguia se perdoar por ter oferecido a Eugénie a ponte vermelha e a possibilidade da troca. O interior dos corações lhe era tão legível como um texto em letras maiúsculas e ela entendia como podia uni-los e serená-los porque agora tinha o poder de narrar quando tocava. Deixou o ancestral à esquerda do teclado e, quando tocou a primeira nota, pareceu-lhe que ele combinava com aquilo. Depois lançou em seus dedos todo o desejo de contar uma história de perdão e união.

Pietro chorava e o Maestro levou a mão ao coração. Clara compunha tocando e sob suas mãos nasciam os compassos milagrosos que uma garotinha da montanha que queria falar com uma camponesinha dos pomares e dos vales extraía diretamente de seu coração de órfã. Quantos desfiladeiros elas cantaram desde então, no fervor da partida? Quantos combates, quantas bandeiras, quantos soldados na planície desde que Clara Centi compôs o hino da última aliança? E enquanto Maria descobria e ouvia em seu sonho uma menininha de feições de rocha pura, Pietro chorava lágrimas que queimavam e curavam e o faziam murmurar os versos que seu pai rabiscara na folha — então, viu em si mesmo o ácido do ódio se concentrar num ponto de dor insondável e cego — e depois o sofrimento de sessenta anos desapareceu para sempre.

> Aos *pais a cruz*
> Aos *órfãos a graça*.*

---

* Ai *padri la croce*/ Agli *orfani la grazia*.

Vila Acciavatti
Conselho élfico restrito

— A maturidade dela é notável — disse o Maestro — e seu coração, infinitamente puro.

— Mas é apenas uma criança — disse Petrus.

— Que compõe como um gênio adulto — disse o Maestro — e tem o poder de seu pai.

— Uma criança que não teve pais e que embruteceu dez anos entre um padre idiota e uma velha retardada — resmungou Petrus.

— Houve árvores e rochedos durante esses dez anos, e as histórias da velha criada e de Paolino, o pastor — disse o Maestro.

— Uma avalanche de bondades — ironizou Petrus. — E por que não uma mãe? E algumas luzes na noite? Ela tem o direito de saber. Não pode avançar no escuro.

— Avançamos nós mesmos no escuro — disse o Chefe do Conselho — e tremo por elas.

— O saber alimenta as ficções e as ficções liberam os poderes — disse Petrus.

— Que pais somos nós? — perguntou o Guardião do Pavilhão. — São nossas filhas, e nós as afiamos como lâminas.

— Então deixe para mim a iniciativa dos relatos — disse Petrus.

— Faça o que quiser — disse o Chefe do Conselho.

Petrus sorriu.

— Vou precisar do moscatel.

— Tenho uma vontade furiosa de experimentar — disse Marcus.

— Você conhecerá a felicidade — disse Petrus.

— Guarda-costas, contador e bebedor. Um verdadeiro humanozinho — disse Paulus.

— Não estou entendendo nada do que se passa — disse Alessandro —, mas estou honrado.

O padre François
Nesta terra

Eugénie morreu na noite seguinte de janeiro. Dormiu calmamente e não acordou. Jeannette foi bater em sua porta ao voltar da ordenha, surpresa de não sentir na cozinha o cheiro do primeiro café do dia. Mandou chamar as outras. O pai cortava lenha numa escuridão de antes do alvorecer, cujo negrume gélido parecia se fragmentar em pedaços afiados de gelo. Mas com boné de pelo e paletó de caçador, ele fendia as achas a seu modo, regular e plácido, e o frio deslizava sobre ele como haviam feito os acontecimentos de sua vida, mordendo-o profundamente sem que ele quisesse levá-los a sério. De vez em quando, porém, levantava a cabeça e farejava a massa petrificada de ar, pensando que conhecia aquele alvorecer, mas sem se lembrar de onde. A mãe foi buscá-lo. Nos reflexos do dia nascente, suas lágrimas brilhavam como diamantes escuros e líquidos. Ela lhe contou a notícia e pegou suavemente sua mão. Enquanto seu coração se rasgava, ele pensou que ela era mais bonita que qualquer mulher e, por sua vez, apertou-lhe a mão de um jeito que valia todas as palavras. Não houve hesitação a respeito de quem devia ir avisar à menina, o que muito explica o homem que aquele pai era. André, pois esse era seu nome, foi ao quarto de Maria e a encontrou mais acordada que um batalhão de andorinhas. Balançou a cabeça e se sentou ao seu lado com aquela maneira indescritível que era o talento desse camponês pobre mas com estofo de rei — pelo que se diz que não havia acaso no fato de a menina ter aterrissado ali, fazia pouco mais de doze anos, por mais rústica que fosse aquela estranha granja. Por alguns segundos Maria não se mexeu nem pareceu respirar. Depois teve um soluço miserável e, como fazem todas as meninas, mesmo as que falam com javalis fantásticos e cavalos de mercúrio, chorou com soluços desesperados, desses que aos doze anos se gastam sem contar, enquanto aos quarenta é tão difícil que eles cheguem.

A aflição foi imensa nas terras onde Eugénie vivera nove decênios obscurecidos por duas guerras, atormentados por dois lutos e decorados por inúmeras curas. Na missa celebrada dois dias depois, viram chegar todos os homens e mulheres válidos dos seis cantões. Muitos tiveram de esperar na escadaria da igreja o final do ofício, mas todos seguiram o cortejo até o cemitério, onde se dividiram entre os túmulos para esperar a oração do padre. No grande frio do meio-dia, nuvens negras e muito altas corriam por cima da assembleia, que se dispunha a esperar que elas trouxessem a bela neve e restabelecessem um inverno um pouco mais ameno, em vez daquele gelo permanente, que cansava os corações por sua queimadura longa demais; e todos, de mantôs, luvas e chapéus pretos de luto, invocavam secretamente os flocos, pensando que isso homenagearia Eugénie melhor que as palavras que o padre desperdiçaria no seu latim dos jazigos e das naves. Mas todos se calavam e se preparavam para ouvir as verdades da fé, porque Eugénie tinha sido muito piedosa e todos também eram, por mais que fossem apaixonados pela liberdade selvagem naquelas paragens de poderosa natureza. Olhavam para o padre, que pigarreava e, dentro de sua casula imaculada, com sua bela pança oferecida às crueldades do inverno, se recolhia antes de começar a falar. Rezara uma missa que não tinha se extraviado numa liturgia de textos e sermões mas soubera prestar homenagem a uma velha senhora dotada da ciência dos símplices, e todos ficaram tocados pela razão única de que aquilo pareceu acertado.

O padre François tinha cinquenta e três anos. Consagrara a vida a Jesus e às plantas sem jamais considerá-las fora da missão que se atribuíra aos treze anos. Não sabia como lhe viera a vocação nem se a forma cristã, a mais natural, era também a mais adequada. Por ela consentira fazer uma sucessão de sacrifícios, entre os quais o menor não era renunciar a uma intuição que fazia as árvores e os caminhos falarem uma linguagem diferente daquela da Igreja. Suportara o seminário e seus absurdos e os desesperos do servidor quando não encontra em sua hierarquia o eco à sua própria maneira de sentir. Mas atravessara tudo isso como se anda numa tempestade, abrigando-se na fé que mantinha nos homens ríspidos por quem era responsável, e se não sofrera com as incoerências que sentia no discurso da autoridade era porque amava igualmente seu Senhor e aqueles a quem levava Sua palavra. Hoje, o padre François olhava a comunidade reunida naquele modesto cemitério onde se enterrava uma pobre velha que passara a vida na granja e sentia que algo fervia dentro dele pedindo para se expressar bem alto. Perturbava-o, mas sem inquietação, um sentimento parecido com aquele que o impedira de escrever a seus superiores depois dos milagres do terço e de outras cartas chegadas da Itália e que o fizera preferir o projeto de falar com Maria; esta repetira as mesmas palavras que suas velhinhas, com uma impenetrável candura que o convencera de que, se ela sabia alguma coisa mais, não havia lugar para o mal naquele coração cristalino. O padre olhou para o pequeno cemitério arborizado onde se enfileiravam as sepulturas de tantas pessoas simples que não tinham conhecido senão o campo e a lavoura e fez a súbita reflexão de que os que tinham vivido naquela terra de silêncio e de bosques, onde não se esperava outra abundância além daquela das chuvas e das maçãs, nunca tinham sofrido o terrível isolamento dos corações tal como ele o conhecera na cidade quando era seminarista. Então, sob o augúrio de nuvens gordas como bois que se acumulavam acima do cemitério hoje inundado mais de homens que de tílias, o padre François entendeu que fora abençoado por esse presente que as pessoas de poucas posses oferecem aos que aceitam suas misérias e suas penas, e que não tinha havido uma noite em que ele não sentira, anotando na folha de seus trabalhos diários sobre a erva-cidreira e a artemísia, o calor dos homens que, com as mãos na terra e a fronte ao sol, não têm nada, não podem nada, mas sabem o que é a simples glória do outro. A lembrança de Eugénie assumiu outra dimensão, como se ela se desdobrasse ao infinito e se inscrevesse nos espaços e tempos desconhecidos que agora seu espírito sondava por meio do prisma da velha vovozinha e de uma região tão áspera e límpida como os céus do começo. Ele não sabia como sua percepção mudara mas jamais considerara o mundo sob o ângulo daquele dia de funeral, um ângulo mais vasto e mais aberto, impregnado das rudezas de um território de nudez e de graças.

Sim, todos estavam lá, toda uma aldeia, toda uma terra, todo um cantão; tinham vestido trajes de luto que custavam mais que a paga que arrancavam da terra, porque teria sido inconcebível não usar nesse dia luvas de cabrito e vestidos de um pano bonito. André Faure, debaixo de um chapéu preto, mantinha-se ao lado da cova aberta a duras penas na terra gelada, e o padre François via que toda aquela gente estava atrás dele, que ele era desses homens que encarnam e aguentam, e graças aos quais uma comunidade se sente existir com mais segurança e acede ao orgulho de ser ela mesma mais facilmente do que pelos decretos e leis dos grandes. À sua esquerda, Maria, calada. Ele sentiu uma corola se abrir em suas entranhas. Olhou ao redor, na luz daquele mês tão rude, mesmo para uma região acostumada aos rigores do inverno, olhou para aqueles homens e mulheres humildes e orgulhosos que se recolhiam sem consideração pelo vento hostil, e a corola continuou a desabrochar até fazê-lo explorar um novo continente de identidade, uma vertiginosa extensão de si mesmo que nascia, porém, da estreiteza daquele cemitério de um campo primitivo. Uma rajada glacial varreu o recinto dos mortos e fez alguns chapéus voarem, mas as crianças foram agarrá-los tão prontamente como voltaram para o lado dos mais velhos, e o padre François pronunciou o início da oração ritual.

> *Sê nosso recurso, Senhor,*
> *No correr de todo o dia dessa vida atormentada,*
> *Até as sombras que se alongam e até a noite que vem,*
> *Quando se acalma o mundo agitado,*
> *E cessa a febre da vida*
> *E nossa tarefa é encerrada.*

Calou-se. O vento amainara subitamente e o cemitério se calava junto com ele, numa fricção de piedade e de gelo. Quis falar e continuar a prece — *Então, Senhor, em Tua misericórdia/ Dai-nos uma morada tranquila/ Um descanso bem-aventurado e, finalmente, a paz/ Por Cristo, nosso Senhor* — mas não conseguiu. Por todos os anjos, não conseguiu, pela simples razão de que — o que também dirá que homem era esse padre — não conseguia se lembrar do que o Senhor Jesus Cristo e todos os santos juntos tinham a ver com o relato que ele devia à sua irmã desaparecida. Havia somente aquela corola que crescia, se desdobrava e acabava ocupando por inteiro um lugar de carne a um só tempo minúsculo e sem limites, e todo o resto estava vazio. O padre François inspirou longamente e buscou dentro de si a âncora que a corola jogara. Encontrou um perfume de violetas e de resina e uma onda de tristeza tão intensa que sentiu uma náusea por alguns instantes. Depois passou. Por fim, tudo voltou a emudecer. Mas tinha a sensação de olhar, sem nenhum filtro, cemitérios, homens e árvores, como se tivessem lavado para ele a vidraça onde antes se acumulava a poeira dos caminhos. Era maravilhoso. Como já fazia um tempo inabitualmente longo que ele permanecia assim calado, ergueram para ele rostos espantados. André, em especial, captou alguma coisa na fisionomia do padre que o fez escrutá-lo por segundos com sua insondável pupila de taciturno. Seus olhares se cruzaram. Havia pouco em comum entre essas duas criaturas que o destino reunira naquelas austeras paragens; pouco em comum entre o pastor sorridente que gostava de italiano e de vinho e o camponês rude e secreto que só falava com Maria e com a terra de seus campos; pouco em comum, enfim, entre a religião dos letrados e a crença dos campônios que só se compreendiam pela necessidade de tecer uma comunidade. Mas aquele dia era diferente e seus olhares se cruzaram como pela primeira vez. Então, houve simplesmente dois homens, um que ligava entre si as almas terrenas cujo destino era ali, outro que hoje o compreendia e se preparava para honrar com suas palavras o laço do amor. Sim, do amor. O que mais poderia ser, naquela hora de nuvens pretas e vento? E o que mais conseguiria levar um homem para tão longe de seu teto? Ora, quem ama se preocupa pouco com o bom Deus, e esse era, naquele dia, o caso do senhor padre, que já não encontrava nem seu Senhor nem seus santos mas, pela graça de uma magia da qual não entendia rigorosamente nada, acabava de descobrir o mundo quando ele é iluminado pelo amor. Uma última vez antes de falar ele contemplou a maré dos humildes que esperavam que ele desse o sinal do adeus, olhou cada rosto e cada fronte e, afinal, entrou em si mesmo e encontrou o vestígio do garotinho que outrora brincara com as plantas do riacho — então, falou.

— Meus irmãos, nesta terra eu vivi com vocês por trinta anos. Trinta anos de labutas e sofrimentos, trinta anos de colheitas e chuvas, trinta anos de estações do ano e lutos, mas trinta anos de nascimentos e casamentos, e de missas a qualquer hora pois vocês levam vida virtuosa. Este campo é seu e lhes foi dado para que conhecessem o gosto amargo do esforço e a recompensa muda do labor. Ele lhes pertence sem títulos porque a ele sacrificaram sua seiva e nele depositaram suas esperanças. Ele lhes pertence sem liça porque os seus aqui descansam em paz e antes de vocês pagaram o tributo das fainas. Ele lhes pertence sem cruz porque não o reivindicam mas a ele agradecem por se considerarem seus servos e seus filhos. Vivi com vocês nesta terra e hoje, depois de trinta anos de orações e pregações, trinta anos de sermões e ofícios, peço-lhes que me aceitem e me designem um dos seus. Fui cego e imploro-lhes o perdão. Vocês são grandes, quando eu sou pequeno, humildes, quando eu sou pobre, e corajosos, na hora em que sou fraco. Vocês, homens de poucas posses e gente de terra, vocês que cultivam o solo a cada aurora, pelos sulcos e sob granizo, vocês, soldados da insigne missão, que nutrem e fazem prosperar, e que morrerão sob os sarmentos de uma vinha que dará a seus filhos bom vinho — perante a sepultura desta que quer que eu beije como vocês a poeira e as pedras —, suplico-lhes uma última vez que me tomem entre si pois esta manhã compreendi a verdadeira embriaguez de servir. Então, quando tivermos pranteado Eugénie e partilhado nosso sofrimento, olharemos em torno desta terra que é a nossa e nos dá as árvores e o céu, os pomares e as flores, e um paraíso que existe aqui neste mundo tão seguramente como este tempo nos pertence e como é possível aqui encontrar o único consolo a que meu coração doravante aspira. Eis chegado o tempo dos homens e *eu tenho a certeza: nem a morte, nem a vida, nem os espíritos, nem as potências, nem o presente, nem o futuro, nem os astros, nem os abismos, nem nenhuma criatura, nada poderá nos separar do amor* que existe em nossa terra e por nossa terra. Eis chegado o tempo dos homens que conhecem a nobreza das matas e a graça das árvores, o tempo dos homens que sabem colher e cuidar, e amar, enfim. A eles, *a glória, pelos séculos dos séculos. Amém.*

E a assembleia respondeu *amém.*

Todos se olharam, tentando digerir a excentricidade da oração. Tentavam rememorar as palavras na ordem correta, mas eram fiapos das habituais antífonas que lhes chegavam, e tinham muita dificuldade em decidir o que ocorrera naquele rompante inesperado. No entanto, sabiam. Como toda palavra que tira da beleza do mundo sua sintaxe e suas rimas, a homília do padre afagara cada um deles com uma poesia poderosa. Fazia muito frio no meio das tílias mas todos se aqueciam com um fogo intangível que continha os benefícios da vida que levavam, os rios, as rosas e as encantações do céu, e era como se uma pluma

leve aflorasse em cada um a ferida com que tinham se acostu-
mado a viver, mas da qual se dizia que ela podia talvez curar, e
para sempre fechar-se. Talvez... Pelo menos agora conheciam
uma oração que não era em latim mas se parecia com as paisagens tranquilas ternamente fechadas em si mesmas. Havia um
perfume de vinhas e algumas violetas desalinhadas, e céus lava-
dos de tinta no alto da solidão dos vales. Essa vida era a deles,
assim como aquele tempo lhes pertencia, e enquanto todos se
dispersavam conversando, se cumprimentavam, se beijavam e
se preparavam para o retorno ao lar, sentiam que pela primeira
vez estavam mais firmes sobre os próprios pés — pois há poucos
homens que compreendem desde o início que não há outro Senhor além da benevolência das terras.

O padre François olhou para Maria. A corola que acabava
de desabrochar nos recônditos de seu coração confirmava-lhe
a boa-nova: era pela menina que ocorriam aquelas florações e
aquelas felicidades, por ela que ao longo do rio podiam desviar
os obstáculos que obstruíam a corrente, e por ela, enfim, que se
manifestavam estações do ano que enrolavam em torno da menina uma espiral de tempo transfigurado. Ele ergueu a cabeça
para as nuvens negras atracadas no cais do céu como que por
cordames de navio. André pôs a mão em seu ombro e sentiu
passar um fluxo magnético pelo qual eles concordavam em que
se produziam acontecimentos para os quais a razão de ambos
não sabia dar um significado, mas seus corações, sim, com toda
certeza sabiam, e todo o seu amor também. André retirou a mão
enquanto a multidão atordoada de camponeses olhava para os
dois irmãos que acabavam de se descobrir e esperava, fremente, o que viria em seguida. Também olharam bastante para as
nuvens, e todos tiveram a impressão de que elas diziam algo

inamistoso, mas o que estava acontecendo no cemitério valia o enfrentamento dos perigos. No entanto, parecia que aquilo estava terminado, pois o padre François os abençoava e fazia sinal para os coveiros jogarem a terra. Maria sorria, ao lado do pai que tirara o chapéu e olhava para o céu, de olhos semicerrados, como um homem a quem o sol tivesse aquecido o rosto enquanto ao redor continuava a fazer um frio de gelar os ossos. Depois a menina deu um passo em direção da cova e tirou do bolso flores pálidas de espinheiro que caíram lentamente sobre o caixão sem que o vento as levasse.

No entanto, André Faure não parecia prestes a abandonar o cemitério. Fez um sinal para o padre, enquanto Maria também olhava para o céu que escurecia de um jeito inabitual, pois as nuvens não ocultavam a luz mas a tornavam escura e pálida. O padre se virou e olhou para onde ele lhe apontava. No horizonte sul dos campos, mais além do muro de pedras achatadas, se erguia uma fileira preta feita de fumaças ou de chuvas. Avançava lentamente mas no mesmo passo das nuvens que desciam sobre a terra, de modo que o horizonte e o firmamento estreitavam o espaço, e todos teriam sido assediados se não houvesse a aldeia encostada na pequena montanha por onde ainda era possível fugir se o céu continuasse a se deixar cair sobre os campos. Aliás, André e o padre já não eram os únicos que tinham notado a coisa, e todos tiveram um instante de hesitação, mais ainda os que iam para o sul. Maria se aproximou do pai e trocaram um olhar. O que esse olhar viu? Ninguém seria capaz de dizer. Mas compreenderam que já não era hora de perguntar o porquê, quando o momento era de saber como se preparariam para o combate. Os homens — pelo menos os que, naquela terra, tinham autoridade — formaram um círculo em torno de André enquanto o resto da assembleia esperava sob o vento. O padre François se mantinha à sua direita, o que queria dizer, como todos entendiam sem espanto: *estou atrás dele*. Então André falou e eles souberam que a hora era grave. Um punhado de minutos depois, todos se dispersaram e executaram seu próprio segmento de ordem. Os que retornavam para o norte, o leste e o oeste se apressaram em pegar a estrada sem olhar para trás. Os outros se dividiram entre as granjas ou foram para o santuário da igreja, aonde iriam lhes levar dali a pouco vinho quente e cobertores grossos. Por fim, uma dezena de homens escoltou a menina, a mãe e as três velhinhas até a granja do Marcelot, que imaginavam mais defensável porque era cercada por um muro e se escondia nas alturas, de modo que de lá se tinha a melhor vista de todos os lados da paisagem. Mandaram as mulheres e a criança se sentarem em torno da mesma mesa que havia em cada granja, e todos trataram de pôr ali em cima tudo o que podia, pelo restabelecimento moral e físico de cada um, garantir a empreitada.

A hora que antecede a batalha é breve, e Maria sabia disso e sorria para Lorette Marcelot. Era uma mulher imponente que exibia sua corpulência com uma majestade devida à lentidão dos gestos. De sua juventude deslumbrante conservara um rosto sem rugas e cabelos acobreados presos num coque que atraía os olhares como um farol, e contemplava-se sem fadiga essa camponesa cujos passos deslizantes, abafados e intermináveis repousavam os corações talhados em carne viva pelas inúmeras misérias da terra. Além disso, Maria, que gostava de se apertar contra suas saias, farejou a verbena que ela carregava dentro de saquinhos costurados por baixo dos vestidos e que espalhavam uma romança de árvores e celeiros que nos leva a indagar o que faltava de requinte àquelas paragens, no entanto repletas de labregos.

— Pois é, menina, foi um belo enterro — ela disse para Maria, e lhe sorriu.

Eram as palavras que convinham e que, por estarem bordadas na pele lisa daquele rosto branco como leite, davam ao sofrimento uma quietude que anulava seu negrume. Ela pôs diante de Maria um pedaço do queijo de suas vacas e uma tigela de leite pelando. Maria lhe sorriu de volta. A sala cheirava a café, a que se misturava um primeiro cheirinho das aves no forno; os homens tinham ficado do lado de fora, e as três velhinhas e a mãe descansavam em silêncio das emoções do dia; e olhavam para a Marcelotte que arredondava os braços para cortar o pão, em meio a um langor que tornava cada gesto mais valoroso e mais altivo. Era uma hora de mulheres. Era a hora das mulheres que sabem o que os homens devem encontrar em casa antes do combate. Então elas habitam todo o espaço da casa, desposam cada recanto e cada barrote do lar e se desdobram até que a casa não seja mais que um peito palpitante onde se sentem as declinações mais puras de seu sexo. E a granja, retesada a ponto de quebrar graças ao esplendor das mulheres que distendem seus corpos até as vigas da sala então mais amáveis e mais curvas, encarna-se enfim, e quem penetra naquele ambiente sabe que ali reina a mulher e ali se dão os prazeres e as alegrias do mundo.

Alessandro
Os pioneiros

No alvorecer que se seguiu à noite da grande cura, Alessandro, Paulus e Marcus pegaram juntos a estrada da França. Clara não tinha dormido. Era o último dia de Eugénie na terra e chovia em Roma na hora em que todos se despediram. Na escadaria, Leonora a apertou contra si, tristemente. Pietro, a seu lado, estava impassível e mudo. Petrus parecia mais contrariado que nunca.

— Não sei o que encontrarão na aldeia — disse o Maestro — mas no caminho vocês devem ser invisíveis.

— Invisíveis quando toda Roma está vigiada? — perguntou Leonora.

— Os homens de Pietro os esperam do lado de fora — ele lhe respondeu —, sairão da cidade em segredo.

Depois todos se abraçaram. Mas antes de partir, Sandro se ajoelhou diante de Clara e, com os olhos na altura dos seus, lhe cochichou:

— Um dia lhe contarei a história de uma mulher que conheci e que se chamava Teresa.

Ergueu os olhos para o Maestro.

— Eu me pergunto… — murmurou.

E partiram, debaixo de chuva. Mas antes de desaparecerem na virada da alameda, Alessandro se virou e lhe fez um sinal com a mão. Seria o poder do ancestral? Clara teve a impressão de que o via pela primeira vez.

Na vila, Clara ficou com Petrus que, via de regra, adormecia assim que os deixavam a sós. Mas naquela manhã olhava para ela, sonhador, e ela pensou que estava mais sóbrio que de costume.

— Quem é Teresa? — perguntou.

— O que você sabe sobre os fantasmas? — ele perguntou de volta.

— Eles vivem conosco — ela disse.

— Não — respondeu —, nós é que vivemos com eles e não os deixamos ir embora. Por isso é preciso contar a eles a história correta.

Ela não disse nada. Algo nele tinha mudado.

— Hoje não posso falar com você sobre Teresa — ele disse — mas vou lhe contar uma história que a levará à história dela.

Suspirou.

— Mas primeiro, preciso de um copinho.

— Talvez seja melhor sem beber — ela disse.

— Não acho — ele disse. — Os humanos perdem suas capacidades quando bebem, mas eu fico mais forte.

Levantou-se e se serviu de um vinho tinto e profundo.

— Devo ser o único cujos talentos se revelam no amarone — ele disse. — Por quê? Mistérios e brumas.

— Mas vocês são o quê? — ela perguntou.

— Como assim: nós somos o quê?

— O Maestro, Paulus, Marcus e você. Vocês não são homens, não é mesmo?

— Homens? Claro que não — ele disse consternado. — Somos elfos.

— Elfos? — ela repetiu, perplexa. — Há elfos alcoólatras?

Ele fez uma cara pesarosa.

— Não sou alcoólatra, sou apenas intolerante ao álcool. Aliás, nós todos somos. Devemos por isso nos privar do que é bom?

— Todo mundo bebe, entre vocês?

— Que nada — ele disse com um ar meio perdido. — É por isso que estou aqui.

— Está aqui por causa do moscatel?

— Estou aqui pelo moscatel e pela conversa dos humanos.

— Não há conversas interessantes entre os elfos?

— Claro que sim — ele disse.

E passou a mão na testa.

— É mais complicado do que eu pensava — ele disse.

— O que vocês fazem durante o dia? — ela indagou, num esforço louvável de ajudá-lo.

— Mas muitas coisas, muitas coisas... Poesias, caligrafias, caminhadas pelos bosques, jardins de pedra, belas cerâmicas, música. Celebramos o crepúsculo e as brumas. Bebemos chá. Torrentes de chá.

Esta última consideração pareceu enchê-lo de tristeza.

— Não posso lhe dizer todo o chá que bebemos — concluiu, afogado em sua melancolia.

— E as conversas?

— As conversas?

— São como as do Maestro?

— Não, não. A maioria de nós não tem aspirações tão elevadas. Somos elfos comuns. Há festas, também. Mas não é a mesma coisa.

— O que não é a mesma coisa?

— Ninguém conta histórias. Recitam-se páginas de poesia,

cantam-se cânticos em profusão. Mas nunca histórias de fantasmas ou de caça à trufa.

Ele pareceu revigorado com essa menção que datava da véspera, quando um empregado iniciara na cozinha um interminável relato que se passava nas florestas da Toscana.

— Então está aqui pelo vinho e pelas histórias de caça à trufa?

— O Maestro me fez vir por causa das histórias. Mas o vinho também ajuda o negócio.

— Você se aborrecia, lá no alto? — ela o interrogou de novo.

— Não é propriamente *lá no alto* — ele resmungou. — E eu me aborrecia um pouco, mas não é isso o mais importante. Por muito tempo não prestei para nada. E depois, um dia, o Maestro me perguntou se eu queria vir para perto de vocês. Vim, bebi e fiquei. Sou feito para este mundo. É por isso que posso lhe contar a história de Alessandro. Porque somos irmãos de insatisfação.

— O Maestro lhe pediu para me contar a história de Alessandro?

— Não propriamente — ele respondeu. — Na verdade, sou aquele que sugeriu que se conte a você a sua própria história, o que também implica muitas outras, e se você quer parar com as perguntas, vou começar pela de Alessandro.

E, sentando-se elegantemente na poltrona onde em geral roncava, serviu-se de um segundo copo e iniciou o relato enquanto uma dureza inabitual transparecia sob suas feições rechonchudas e sua voz assumia um aveludado inédito.

— A história de Alessandro começa há pouco mais de quarenta anos numa bela casa do Aquila onde ele vivia com a mãe, mulher singular feita para as viagens e que se consumia de tristeza por só ter como horizonte o seu jardim. Sua única alegria lhe vinha do filho caçula. Porque Alessandro era mais belo que o céu. Em toda a província, nunca se vira semblante mais perfeito, e ficou claro que o temperamento da criança era o reflexo de sua compleição, pois aprendeu a falar um italiano esplêndido com um fraseado que ninguém tinha ouvido por lá e mostrou desde a mais tenra infância disposições para a música e o desenho que superavam o que os professores estavam acostumados a ver. Aos dezesseis anos, não tinha mais o que aprender com eles. Aos vinte, partiu para Roma entre as lágrimas e esperanças da mãe e foi encontrar Pietro, de quem lhe falara seu finado pai, que vendia para os ricos romanos tapetes do Oriente chegados aos Abruzos pela rota do Norte.

Fez uma pausa, serviu-se de um terceiro copo.

— Você conta bem — disse Clara.

— Melhor que sua velha criada? — perguntou.

— Melhor, mas a sua voz é menos bonita.

— É porque estou com sede — ele disse, e tomou mais um gole de amarone. — Sabe qual é o segredo de um bom relato?

— O vinho? — ela sugeriu.

— O lirismo e a despreocupação com a verdade. Em compensação, não se deve brincar com o coração.

Depois, contemplando com afeto o rubi de seu copo, continuou:

— Alessandro, então, tomou o caminho de Roma, em meio ao arrebatamento e ao caos de seus vinte anos.

— Estou vendo um quadro — ela disse.

— Vê no meu espírito?

— Vejo isso de que você fala.

— Notável — ele disse. — E sem beber.

— É o poder de meu pai?

— É o poder de seu pai mas é também o seu talento. Esse quadro é o primeiro que Alessandro mostrou a Pietro, que nunca tinha visto nada parecido. Ele conhecia o mercado de arte e sabia que estava em presença de um milagre. A tela não representava nada. A tinta era jogada em traços elegantes que subiam para a beira superior, lembrando uma forquilha de três pontas desiguais, mais baixas no exterior e ligadas pela base. A coisa estranha era que, quando se olhava bem a tela, entendia-se que os riscos só podiam ser traçados numa única direção. Ora, Pietro via que era uma escrita e quis saber como Alessandro aprendera aquela língua. Mas quando lhe fez a pergunta, viu que o outro não a entendia. Você escreveu *montanha* assim, sem saber o que estava caligrafando?, perguntou. Eu escrevi *montanha*?, respondeu Sandro. Estava perplexo. Vinha do Aquila e só tinha uma vaga ideia do mundo. Mas traçara o signo da montanha e Pietro sabia lê-lo, porque tinha ido ao país desses signos e podia decifrar alguns. Da mesma maneira, todos os nossos podem decifrá-lo, porque é uma linguagem que adotamos já faz muito tempo e porque as pedras das montanhas são muito importantes para nós. Pietro perguntou a Sandro se ele tinha outras telas. Tinha. E nos meses seguintes pintou muito. Eram magníficas. Ele chegara pobre a Roma, mas em dois anos estava mais rico do que seu pai nunca fora. E todos gostavam dele. As mulheres o amavam de amor, os homens, de amizade, e ele era o companheiro e conviva mais encantador. Não sei quando dormia. Nunca o viam abandonar a mesa dos jantares. Conversava com Pietro até o fim da noite e, de manhã, estava diante de seu cavalete para criar prodígios de tinta e carvão. Não precisava de um grande ateliê; vivia na vila Volpe e trabalhava no quarto onde você dorme, no pátio, onde ainda não havia aquele quadro que você conhece; só ocupava um canto, onde estavam arrumados seus pincéis e onde pintava olhando para a parede branca. Claro, já bebia muito. Mas todo mundo sempre bebeu nesses ambientes e Sandro pintava e ria e ninguém via o fim que estava se aproximando. E depois, encontrou Marta.

Clara descobriu no espírito de Petrus uma mulher de rosto

encovado e de olheiras profundas, que curiosamente lhe davam sua segurança e sua graça; cachos de um louro veneziano muito pálido e olhos de faiança suave; no olhar claro, uma melancolia sem fim.

— Era mais velha que ele e estava casada com outro. Sandro amara muitas mulheres mas Marta era sua alma gêmea. No entanto, apesar do amor que nutria por aquele rapaz magnífico, Marta perdia-se na tristeza que sentira a vida toda, e muitos aí viram a explicação do que se seguiu. Mas creio que as causas não são as que se pensa, pois foi na mesma época que Pietro mostrou a Sandro o quadro que agora está no seu quarto. Mais tarde ele lembrou que Sandro ficara mudo e que, no mês seguinte, não pintou. Trancava-se no ateliê sem tocar num pincel. Parecia que já não acreditava no que pintava. De noite, bebia.

Ele deu a impressão de estar se lembrando de que também sentia sede e serviu-se de mais um copo.

— Depois da descoberta do quadro de Pietro, Sandro ainda assim pintou uma última tela — ele retomou.

Essa tela tinha a cor do linho e via-se de um lado e outro de uma grande mancha de tinta dois traços horizontais feitos com pastel escarlate. Em alguns pontos a tinta era preta e muito fosca, em outros, marrom e quase laqueada, e parecia, por certos reflexos furta-cores e empoeirados, que ali se acrescentara a poeira de uma cortiça de floresta. Embora a tela, tão abstrata quanto a primeira, não representasse nada e não fizesse pensar numa escrita, Clara reconheceu na viagem imóvel da tinta, que se manifestava na profundidade e não na distância, a ponte que já tinha visto quando mergulhara nas ondas do poder de Maria, e ficou estarrecida pelo fato de uma mancha escura sem contornos nem traços ser igualmente uma ponte vermelha lançada entre as duas margens.

— A ponte — ela disse.

— A ponte — ele disse — que concentra os poderes do nosso plano e liga nosso Pavilhão a este mundo. Sandro restituíra a sua alma, como se a tivesse cruzado, quando na verdade nunca a tinha visto. Como isso era possível? Você pode vê-la porque é filha do seu pai. Mas Sandro? Da mesma maneira que caligrafara o signo da montanha sem conhecê-lo, ele capturara com a seda de seus pincéis a quintessência de um lugar desconhecido, e os que conheciam a ponte ficaram pasmos com o milagre que a reconstituía embora não a representasse. E depois, Alessandro queimou todas as suas telas e todos pensaram que ele perdera a cabeça porque duas mulheres que amava tinham morrido, em dois dias. Marta se jogou no Tibre, e no mesmo momento se soube da morte da irmã de Marta, Teresa, que Sandro amava com uma amizade tão intensa quanto é possível entre duas criaturas de carne. Mais tarde lhe contarei as circunstâncias de sua morte. O fato é que Sandro queimou toda a sua obra, e depois saiu de Roma e foi para a casa do irmão, o padre de Santo Stefano, onde passou um ano, e em seguida se recolheu a Aquila, na casa da tia, e ali viveu, no segundo andar, até que o piano o levasse a você, nove anos depois de ter voltado para os Abruzos. Quais são as explicações? Sandro nunca amara e nunca fora amado senão por mulheres que choravam, e existe a mesma melancolia no coração de todos aqueles cujas mães verteram lágrimas, e que em seguida amaram outras mulheres dadas aos soluços. Mas não penso que as histórias vividas sejam tão importantes quanto estas que temos em nós mesmos, e creio que a história nativa de Sandro não é a de um homem que calcina o amor, e sim a de uma criatura que nasceu do lado errado da ponte e aspira a cruzá-la. É o que dizem sua primeira e sua última tela.

Suspirou.

— Ninguém melhor que eu compreende o que sente quem é inadequado para o mundo que o viu nascer. Alguns aterrissam no corpo errado, outros no lugar errado. Atribui-se a desgraça deles a um vício de personalidade, quando na verdade apenas estão extraviados, ali onde não deviam.

— Então por que o Maestro não o faz cruzar a ponte?

— Penso que não pode — disse Petrus. — Somos pioneiros e devemos tecer novas alianças. Mas é preciso construir as passarelas no lugar certo e no momento certo.

— Alguém pinta entre os elfos? — perguntou Clara.

— Sim — disse Petrus —, faz-se caligrafia e se pinta, mas só o que se tem diante de si. Da mesma maneira, cantamos ou escrevemos poemas para emocionar a alma, o que aliás fazemos muito bem. Mas isso não basta para mudar o real.

— O que é preciso para mudar o real?

— Histórias, ora essa — ele disse.

Ela o observou por um instante.

— Pensei que os elfos eram diferentes — ela disse.

— Ah, sim, os elfos, as fadas, os feiticeiros do folclore, tudo isso. Nem sequer o Maestro corresponde à ideia que você tem?

— Um pouco mais. Fale-me do seu mundo natal.

— O que quer saber? — ele perguntou.

— Com que ele se parece?

— É um mundo de brumas — disse.

— Vocês vivem no nevoeiro?

— Não, não, vemos muito bem. As brumas são vivas, deixam ver o que é preciso ver e evoluem de acordo com as necessidades.

— Necessidades de quem?

— Da comunidade, ora essa — ele respondeu.

— Da comunidade dos elfos? — ela perguntou.

— Da comunidade — ele repetiu —, os elfos, as árvores, as pedras, os ancestrais, os animais.

— Todo mundo vive junto?

— Todo mundo *está* junto — ele respondeu. — A separação é uma doença.

E, servindo-se tristemente de mais um copo:

— Infelizmente, agora o paraíso está perdido.

Depois, ficando meio vesgo, acrescentou:

— Eu sirvo para as histórias humanas mas acho que o Maestro lhe explicará a vida dos elfos melhor que eu.

Ela deu de ombros.

— O que sinto não parece interessar a ele — disse.

E, imitando Acciavatti:

— Vamos, toque, toque, virarei as páginas.

Ele caiu na risada.

— Os altos elfos não são conhecidos pelo sentimentalismo — disse. — Mas ele se preocupa com você mais do que você pensa.

Pareceu refletir um instante. Depois, riu baixinho.

— Estou caindo de bêbado — disse.

E depois de um silêncio:

— Mas fiz meu trabalho.

Ela quis lhe fazer outras perguntas mas ele se levantou e, custando um pouco a se manter de pé, disse bocejando a ponto de deslocar o maxilar:

— Vamos descansar. Os dias que vêm pela frente serão agitados.

Clara não dormiu o dia todo. Chovia interminavelmente na cidade e, do outro lado do sonho, ela vigiava Maria. Não reverei Eugénie, pensou, e pediu encarecidamente que chegassem as lágrimas do alívio mas elas não vieram, nem durante o dia nem à noite, quando na vila se fez uma refeição leve antes das horas de deitar passadas numa sonolência lúgubre. De manhãzinha, não saiu da cama até que o pai de Maria foi à cama da filha por uma razão que se adivinhava sem palavras. Mas as lágrimas continuavam a se furtar, enquanto ela seguia as perambulações consternadas da menina francesa pelos cômodos frios e pelos campos de gelo duro. Depois, pela segunda vez todos foram se deitar, em meio a uma ociosidade à qual era preferível qualquer coisa, até mesmo a batalha. Veio mais um dia perdido entre duas eras, outras longas horas em que ela ficou de novo sozinha e em que o próprio Petrus não reapareceu, mas quando ela e Leonora jantavam, o Maestro fez uma breve aparição.

— O enterro será amanhã — ele lhe disse — e você terá de falar com Maria.

— Não conheço a língua dela — disse Clara.

Ele foi embora sem responder.

Depois chegou a manhã em que se devia levar Eugénie para debaixo da terra. Era primeiro de fevereiro, e ao acordar de uma noite enfadonha, como se não tivesse dormido nem tido insônia, viu que o ancestral desaparecera. Correu para a sala de jantar vazia e depois para a do piano. Ele estava postado à esquerda do teclado. Petrus roncava numa bergère. O Maestro a esperava.

— Ele estava aqui quando cheguei — ele disse apontando para o ancestral.

Em silêncio, seguiram na granja os preparativos do enterro. Depois, todos tomaram o caminho da igreja onde os esperavam os despojos bem-amados. A multidão amontoada diante do pórtico da igreja impressionou Clara por ser numerosa e por seu recolhimento. Durante a missa, ela conseguiu entender um pouco do latim mas viu, sobretudo pelos olhares, que estavam satisfeitos com o ofício, e passou a ter um interesse crescente pela pessoa do padre, que até então ela pensara ser de uma espécie parecida com a de seu próprio padre. O padre Centi era um homem escrupulosamente taciturno a quem todos eram gratos por não ser mau, mas sem poder agradecer-lhe por ser bom, e que tratava bem de todas as coisas e de todas as pessoas por uma lacuna que o tornava inapto para as baixezas, sem por isso torná-lo elevado para as grandezas. Ora, vendo o padre François pregar no púlpito com uma franqueza insuspeita, ela se surpreendeu com uma intuição que a fez segui-lo com os olhos quando ele se pôs à frente do cortejo fúnebre e observá-lo de novo quando, em pé diante de túmulos e camponeses, começou a homília, disputando-a com as investidas gélidas do vento. O Maestro lhe traduziu as palavras e ela sentiu no discurso uma música familiar que também tinha tão pouco a ver com seu próprio padre quanto as partituras monótonas tinham a ver com as liberalidades dos pêssegos e das estepes.

— Este é um homem — disse o Maestro, com respeito na voz.

Era a palavra que convinha à sensação que não parara de crescer dentro dela. No mesmo instante, André fez um gesto dirigido ao bom padre, transcrevendo a palavra em movimento, e Clara repetiu para si mesma, mais uma vez, *este é um homem*.

— A loro *la gloria, nei secoli dei secoli*, amém — traduziu o Maestro.

Em seguida, calou-se. Mas depois de um tempo em que assistiram aos cumprimentos e às efusões, ele lhe disse:

— Haverá muitas surpresas antes do fim, e aliados que não são naturais.

Depois, num tom agora sombrio:

— Olhe.

E ela descobriu a muralha preta.

— Primeira batalha — ele disse.

Ela escrutou a gigantesca roda, avançando lenta para a aldeia.

— Uma tempestade? — perguntou. — Não há soldados?

— Há soldados atrás, mas não contam propriamente.

— O chefe de Raffaele comanda as nuvens?

— Sim — disse o Maestro —, as nuvens e os elementos do clima.

— E você, você também pode?

— Todos os nossos podem.

— Então por que deixam Maria sozinha?

— Sempre protegemos a aldeia. Mas se quisermos conhecer sua força, precisamos nos conter e não intervir na batalha. É uma decisão difícil mas necessária para a compreensão dos poderes dela. Até então eles nunca se dissociaram verdadeiramente dos nossos.

— E se ela morrer?

— Se ela morrer, é porque nos enganamos desde o início e haverá pouca esperança de que possamos sobreviver a essa guerra, como indivíduos e como espécie.

Clara olhou mais uma vez para a monstruosidade erguida no horizonte das terras meridionais.

— É um colosso — disse o Maestro —, mas é apenas uma pequena parte do que o inimigo pode criar. Tínhamos razão ao pensar que ele não levaria nossa aposta a sério.

— No entanto, há um traidor que o informa.

— Há um traidor que seguiu um dos nossos e descobriu Maria.

— Que seguiu o cavalo cinza.

— Que seguiu o chefe de nosso conselho sob a aparência de um cavalo cinza, pois neste mundo só podemos conservar uma única de nossas essências. É um cavalo cinza mas um homem e uma lebre, também.

— Por que o chefe do conselho quis ver Maria?

Depois, sem entender como, ela soube a resposta.

— Porque é o pai dela.

— E o poder de presciência do seu pai é grande — disse o Maestro —, tão grande quanto o poder de visão dela. Agora, olhe a potência do inimigo e entenda sua natureza e suas causas.

— Ele deforma o clima.

— E cada uma dessas deformações se alimenta das outras. Marcel deveria ter morrido. Quando se deformam as forças, gera-se desordem. Mesmo quando a intenção é pura, como era a de Eugénie.

— Mas como resistiremos se não podemos usar as mesmas armas?

— É toda a questão da aliança.

Em silêncio, observaram os homens que se juntavam em torno do padre François e de André e depois se dispersavam em ordem, uns fazendo os seus subirem na carroça, outros, conduzindo mulheres e crianças para a proteção da igreja, e ainda outros, tomando o caminho da granja Marcelot com os sujeitos do primeiro círculo. A granja era maior mas também mais atulhada que a de Maria, que era recebida por uma mulher de cabelos de cobre de quem Clara gostou de imediato. Sentaram-se em torno da grande mesa onde puseram pão, mel e compotas de ameixas do verão, e enquanto a Marcelotte e sua filha preparavam a comida, o tempo enlangueceu e pareceu voltar ao normal. Lá fora, os homens entendiam-se e viam crescer sua derrota, mas dentro havia como que uma camada de suavidade na forma de uma reminiscência flutuante. Ali era possível perceber bordados antigos e esboços de sorriso, um rio serpenteando grandes plantas e sepulturas onde tinham desistido de pôr flores. Qual é essa pista que sigo?, pensou Clara, que cravou os olhos nos gestos lentos da mulher de cabelos de incêndio. Ela poderia passar a vida ali e jamais se cansar daquele deslumbramento; depois, pelo gesto de Lorette ao pôr diante de Maria um copo de leite quente, entendeu sua natureza, pois esse gesto tinha a mesma textura daquele que Leonora fizera ao pôr a mão na dela, no dia de seus onze anos.

— Um dia, você irá se juntar à sua comunidade — disse o

Maestro. — Lamento que tenha sido privada dela. Mas elas a esperam e a receberão entre elas.

Longos minutos se passaram, enquanto a aldeia se preparava para o assédio.

— O que devo dizer a Maria? — ela perguntou.

— Você encontrará as palavras — disse o Maestro —, eu as traduzirei.

— De quem o Governador é o servidor? — perguntou também.

— De um dos nossos.

— De onde ele vem?

— De minha própria casa.

— Como se chama?

— Não temos, como os homens, nomes que nos são dados e que em seguida mantemos. Mas já que nossos amigos se tomaram de amores pela Roma antiga, digamos que ele se chama Aelius.

— O que quer?

E, sem esperar a resposta, ela disse:

— O fim dos humanos.

Pavilhão das Brumas
Conselho élfico restrito

— Petrus precisa se desembebedar um pouco.

— Ele jamais conta tão bem como quando está bêbado.

— É incontestável que ele aguça a clarividência de Clara. Que aposta assustadora!

— Mas os poderes das duas continuam a crescer. E aqueles a quem confiamos Maria me impressionam.

— O padre François cresceu num só dia.

— Já é um aliado desde o começo.

— O sentido da terra que eles têm é tão intenso como a coragem deles.

— As duas coisas andam juntas.

André
À *terra*

E ao longe a muralha se avolumava. Do pátio da granja, os homens viam mais claramente o que vinha afrontá-los e era uma coisa que jamais se teria imaginado possível porque o horizonte se transformara numa montanha que ligava a terra e as nuvens e avançava roncando e absorvendo os campos e as árvores. André estava calado. Não há coragem sem dilema, nem temperamento que não seja forjado pelas opções, mais ainda que pelas vitórias. Ele olhava para o monstro que marchava sobre aquela terra para desfazer o poder de sua filha e as garras do mal que se torciam em ciclones estreitos alinhados uns contra os outros para formarem a avalanche, não querendo imaginar o que restaria da terra quando a tempestade tivesse parado de rugir. Mas André também sentia que o inimigo desacelerava no momento de entrar em contato com a magia de Maria, e era aí que se forjava uma incerteza cujo cerne breve ele teria de enfrentar.

Atrás dele, alguém gritou. Era o Jeannot que apontava com o dedo um ponto ao longe onde se via uma mancha se alargar na superfície dos campos, e compreendeu-se que era água e que o vale soçobrava numa enchente que subia para a aldeia na velocidade dos cavalos do temporal. Ora, conquanto as terras baixas, apesar do nome, ficassem acima do alto vale, desconfiava-se, já que nada daquilo era natural, que as línguas de água que iam comendo as terras ao sul poderiam muito bem avançar até o pé das casas e bloquear a retirada, o que preocupava André e os outros homens com quem talvez não seria possível contar para proferir os salmos espirituais mas que sabiam onde estavam pisando quando se tratava de não se deixar acuar como ratos.

Os que se mantinham na colina da granja do Marcelot eram todos homens que sabiam beber o vinho das caçadas, porque viviam duramente desde a aurora e tinham aprendido tanto as lavouras como os anos. E o primeiro lugar-tenente de André, o Marcelot, encarnava um condensado de todas as qualidades com que as terras baixas moldavam seus homens lígios. Tinha tomado esposa contra os que o advertiram que a eleita de seu coração era dez anos mais velha e já tinha sido casada com um homem que amava e que morrera jovem, da febre. Mas persistira, com essa forma muda de obstinação que dissimula todos os tesouros da penetração, porque soube que aquela mulher estava especialmente destinada a ele, com um saber quase místico quando ele fora capturado pela lentidão com que ela cruzava o mundo e metamorfoseava para ele os dias em epopeia de esplendor. O Marcelot não tinha as palavras nem as caixas que na escola a gente põe dentro do crânio e que permitem reconstituir o que sente o corpo de um jeito passível de ser dividido com outros, por isso ficaria muito surpreso se lhe explicassem que ele amava a sua Lorette porque ela desacelerava os fluxos naturais e oferecia pela indolência de seus ares o prazer de admirá-los completamente. No entanto, e longe disso, não era caladão nem contemplativo como André, e gostavam sobretudo das frases com que pontuava os acontecimentos e as tarefas. Só vendo quando abria uma garrafa de sua adega, sempre de boa safra, e cuja rolha ele cheirava rindo muito do ditado do dia, com esse misto de seriedade e zombaria que é a marca registrada dos corações puros! Sabia que as palavras têm um peso que vai além de seu autor, então respeitava e debochava a um só tempo daquilo que proferia; assim, cortava com sua faca de lenhador enormes fatias de salaminho, o que era preciso recomeçar três vezes, e assestava um preceito cuja dicção ele pontuava com um aceno de cabeça papal que se desdobrava numa gargalhada juvenil (*o medo não evita o perigo*, seu favorito, sempre dava dor de cabeça à metade daquela gente, que não tinha certeza de tê-lo compreendido perfeitamente bem). Então ele batia no ombro do convidado e começavam um papinho que durava tanto tempo quanto o desejo de beber e contar histórias de caçadas, que, como todos sabem, não têm a menor verossimilhança nem final feliz. Mas em intervalos regulares olhava para Lorette transcendendo o espaço da sala com seus passos lentos de dançarina adormecida, e sentia brotar na interseção dos nervos vivos de seu corpo uma magia que o transformava em cristal, por mais terrosos que fossem seus pés ou calosas suas mãos grandes. O amor, de novo. A gente fica pensando se acaso se tratará de outra coisa nestas páginas dedicadas ao renascimento de um mundo que se perdeu nas eras.

O Marcelot, cujo primeiro nome era Eugène e a quem chamavam de Gégène, despregou os olhos da enchente e olhou para o céu lá atrás da granja. André seguia seu olhar. Trocaram mais um, e em seguida o lugar-tenente comentou com o seu comandante, de um jeito muito significativo:

— Céu de neve.

André balançou a cabeça.

Céu de neve. Chegara a hora de tomar uma decisão. Nenhum pai quer que o filho corra perigo. Mas André sabia que era inútil imaginar proteger a menina trancando-a entre as paredes da granja, e sentiu em si mesmo o suspiro de quem ama e deve se decidir a deixar crescer. Depois, em meio à renúncia e à esperança, mandou chamar Maria. Pensando bem, restava pouco tempo. A muralha negra parou além dos grandes baldios e era possível sentir que esperava apenas uma ordem para saltar. Era uma fortaleza. Estava formada de chuvas, ciclones e temporais que, por mais líquidos que fossem, pareciam tão sólidos como rochedos, e, em sua base, a água escura e eriçada de espinhos se derramara a meio pé acima da terra. Enfim, tudo aquilo assobiava de um jeito que perfurava o estômago, porque se sentia que se cozinhava no coração dessa sopa ruim um grito odioso que destruiria em sua hora até os mais empedernidos desígnios. Maria, enrolada em várias roupas quentes e com um grande chapéu de feltro acolchoado por uma echarpe, foi se juntar ao pai e contemplar o inimigo com uma pupila estranhamente impassível. Angèle puxava as abas de sua pesada pelerine. O gelo parecia ter coberto de pez toda aquela terra. Dava para ver os graus que caíam e formavam na invisibilidade do ar marolas perceptíveis aos olhos. Mas assim como as chuvas da abominação cheiravam a morte e a dilúvios maléficos, assim também o frio cada segundo mais cruel transpassava os corpos com o veneno dos gelos que não são naturais. André mandou distribuir cobertores com que cada um se enrolou cuidadosamente, depois todos se instalaram em volta de Maria e Angèle, de modo que se via, no final, uma delegação em cujo centro estavam uma menina que não tinha treze anos e uma velha coisa que tinha quase cem; e se houvesse um pássaro para voar nesse dia sobre o pátio do Gégène, ele teria contemplado doze pontos minúsculos diante de uma muralha escura de mil pés. O Marcelot, por sua vez, balançou a cabeça olhando para todos os lados do céu e resumiu bastante bem o que cada um concluía por si só, dizendo:

— Estações contra estações.

E soube-se que falava das estações do diabo e das do bom Deus.

Quanto a André, não acreditava que a luta tivesse a ver com as razões da fé. Chamou o padre François e lhe pediu para tomar conta dos que permaneciam na igreja. O padre beijou Maria, conjecturando se algum dia tornaria a vê-la nesta vida de pomares que ele sabia, enfim, que era eternamente a deles, e abençoou a velhinha com todo o coração que conseguiu pôr naquilo que representava um bálsamo, fosse qual fosse a incerta ficção. Depois tomou o caminho da igreja, entregando-se ao que o destino decidiria. Os homens esperavam, sem dizer uma palavra, observando a coluna de destruição que roncava e rosnava como um cão, e só Deus sabe o que diziam entre si, todos e cada um deles, que nunca tinham pisado senão a terra daquelas paragens e a vida inteira só tinham entrevisto um ou dois campos ocupados por linhas de feno seco. Mas André olhava para Maria. Sabia que sua visão ia além do visível, desde aquele alvorecer em que, pegando nos braços a sobrevivente que ele acabava de acolher como filha, sentira um curioso pinicar que de início turvou sua visão, depois explodiu num campo de imagens em que se representavam cenas do passado que ele revia como se estivessem acontecendo naquele instante. Da mesma maneira, entrevira os caminhos do futuro em quantidade tão considerável que não conseguia distinguir claramente nenhum, mas em seguida alguns voltaram à sua memória, no dia em que o que eles indicavam realmente se produziu, como quando a menina pusera a mão no ombro de Eugénie no quartinho onde Marcel se extinguia.

— Preciso ver — ele lhe disse.

Maria apontou com o dedo a muralha escura que tinha se calado.

— Não precisa de nenhum milagre — ela disse.

André balançou a cabeça na aceitação de mais uma peça do quebra-cabeça que ia sendo montado havia quase treze anos e fazia eco ao que lhe dizia a terra naquele dia em que se selavam as direções do destino. Então pôs a mão no ombro de sua menina e, depositando no olhar de rei mudo aquela imensidão que se chama a graça dos pais, disse-lhe:

— Não tenha medo de nada, quero apenas ver.

Ela se aproximou e pôs a mão em seu ombro. Como Eugénie em seu momento, o pai vacilou sob o choque da catálise que uma menina usando poderes da natureza provocava em seu poder de humano comum. Seu olhar abarcou o território da luta, com um conhecimento que, em toda a história militar, nenhum comandante-em-chefe tivera tão magistral, e ele via tudo, num perímetro gigantesco em que cada detalhe estava como que esboçado pela arte de um miniaturista demente. Depois Maria retirou a mão e rompeu-se o contato. Mas ele tinha visto. Isso lhe bastava. Chamou o Gégène e os homens fecharam mais o círculo, enquanto Angèle ia se sentar à parte dos outros, para vigiar com seus olhos do Senhor as manobras do diabo com vestes de tormenta.

Ele lhes disse o que sabia:

— Nas terras virgens do leste, cavaleiros estranhos, uma centena talvez; ao sul, algo em emboscada atrás da muralha, ali está o verdadeiro perigo; mas atrás de nós um céu onde também há movimentos esquisitos.

O Gégène coçou um nariz que estava tão gelado como as estalactites das calhas.

— Estranhos como?

— Não sei em que eles estão montados.

— Esquisitos como?

— Muitas brumas.

— É lá que eu devo ir — disse Maria.

André aquiesceu.

— E a igreja? — perguntou também o Gégène.

— Na mira do primeiro ataque.

— E as suas ordens?

— Quatro marmanjos para defendê-la, dois que ficam aqui, os três últimos na clareira, com Maria e comigo.

— Aonde é que você quer que eu vá?

— À igreja, se puder deixar sua mulher com o Jeannot e o prefeito.

— Posso.

Depois André perguntou a Maria:

— As suas recomendações?

E ela respondeu:

— Ninguém nos telhados.

— Evacuação geral — disse André para os homens —, e vamos.

Dispersaram-se como ele decidira. Mas antes de prosseguir, convém dizer quem eram esses guerreiros que iam fazer toda uma região sair de suas granjas, pois se vocês acreditam que tudo isso é apenas fruto do acaso, não estão informados sobre alguma coisa que eles sabem com tanta certeza quanto sabem que o céu está prestes a desabar em suas cabeças. Na verdade, há apenas ficções, há apenas relatos, e também aí dentro é preciso saber separar o trigo nobre do joio. Ocorre que os deles cheiravam obstinadamente a boa lenha de floresta e a erva que fumega no início das auroras virgens, e não era apenas porque tinham recebido o legado de um campo preservado que vira o fim dos herdeiros de sangue e ainda ignorava os servos do dinheiro, mas também porque ainda tinham a consciência de que o que possuíam merecia com absoluta certeza ser contado em algum lugar. Compreenda quem puder. O Gégène resumiu isso bastante bem ao dar adeus à Lorette, que ele mandara sair da granja junto com os outros e que ele beijou declarando: *isso vai nos render uma canção*.

Assim, havia ali dez homens.

Havia o Marcelot, que caçava, lavrava, bebia, farreava e debochava como homem protegido para sempre pelo santuário do amor, e nisso ele não passava, no fundo, de um desses grandes místicos de pés enfiados na terra, e olhemos para ele batendo no ombro do padre e fazendo-o conhecer as ordens do pai de Maria, e veremos um homem que seria na guerra o melhor dos soldados e que, porém, tem a cabeça nas nuvens, ao lado das estrelas.

Havia o Jeannot, para quem essa guerra lembrava outra e que descobria em si mesmo uma raiz de esperança louca graças à qual queria acreditar que a hora presente conseguiria acalmar a tortura das lembranças, e ele revê abrindo-se diante de si os caminhos de sua vida interrompidos de imediato no dia em que ali viu o irmão morrer. Toda manhã ele se levanta com essa queimadura que ninguém pode ver, e bebe seus traguinhos, e ri dos relatos, e sua alma está mais descarnada que as roseiras do inverno.

Havia o Julot, que nascera Jules Lecot, pouco depois de uma primeira grande guerra e muito tempo antes de uma segunda, e cujo limite de idade o salvara por um triz, e que era o prefeito daquela aldeia encantada e perdida. Dirigia os cantoneiros da região e todos concordavam que dificilmente seria possível encontrar melhor prefeito, por um motivo mais nativo ainda que os primeiros dias da criação: ele era o melhor condutor de cães de caça dos seis cantões, e é exatamente isso, que requer perseverança, astúcia, entusiasmo e santa paciência, que leva bem depressa um sujeito qualquer à condição natural de prefeito, já que são as mesmas qualidades úteis para governar uma região. Acrescentando-se a isso o conhecimento íntimo de cada canto de mata, vocês teriam a figura do prefeito de excelência, a quem só faltava o apetite pelo vinho recém-saído da garrafa e pelas carnes de caça do pós-quaresma — que, justamente, ele tinha; não precisa dizer mais nada.

Havia o Riri Faure, o terceiro irmão de André, que guardava a floresta, onde fraternizava com cada árvore e cada criatura de chifre, de pelo ou de pluma, e todos gostavam dele porque ordenava os abates com discernimento e mantinha um equilíbrio entre as caças e pescas clandestinas e as leis, o que naquela terra pouco dada à rigidez e menos ainda à impertinência era mais sagrado que os mandamentos do bom Deus. Assim, cedia-se sob a sua vigilância aos prazeres da caça furtiva sem ameaçar os princípios que conservavam tão bela a floresta, e como ele sabia que os coelhos subtraídos das contas do Estado teriam feito ainda mais estragos pisoteando as cevadas e os trigos, resolvera fechar os olhos para os pecadilhos menores a fim de que jamais se cometessem os maiores.

Havia o Georges Echard, que chamavam de Chachard quando era possível encontrá-lo no fundo de uma oficina ainda mais escura que o cu de uma vaca e que cheirava a couro e à gordura com a qual ele besuntava seus arreios e suas selas; morava acima da oficina mas raramente subia para os andares, e em vez disso o viam surgir como um bólide do fundo da sala, com sua obra terminada, para ir se embrenhar na floresta e lá caçar até o dia do juízo final. Nunca arrumara esposa, temeroso demais de ter de se desviar da linha que ligava seu antro de seleiro às sendas de sua caça querida, mas era uma excelente companhia, dessas que sorriem de manhãzinha quando se fareja a bela luz do dia que está chegando e que se alegram com um voo de tordos no murmúrio dos homens que acordam. Assobiava ao ir andando para suas matas e calçava bem apertada sua espingarda a tiracolo, de modo a ficar livre para manter as mãos nos bolsos, o que fazia Maria sorrir, pois ela gostava muito dessa conjunção de desleixo e celeridade.

Havia o Ripol, cujo nome verdadeiro de batismo era Paul-Henri e que exercia seu ofício de ferrador na aldeia vizinha mas nascera naquela, para onde voltava nas horas decisivas. Era casado com a mulher mais linda da Borgonha, que olhavam passar com toda a deferência que se tem pelas melhores obras da Dama Natureza mas sem cobiça demais já que ela era famosa por ser péssima cozinheira e doceira e isso, que certamente não é todo o amor, desse amor participava, porém, em tão notável proporção no coração dos homens das terras baixas que, sem grande esforço, eles se consolavam de seus olhos azuis-escuros quando suas próprias mulheres punham diante deles, e com o sorriso por favor, uma carne ensopada com cenouras mais macias que os gelos de fim de março.

E havia enfim o Léon Saurat, que todos continuavam a chamar de Léon Saurat porque havia tantos Léon por ali que se precisava dessa artimanha para diferenciá-lo dos outros, e que possuía a maior granja do cantão, onde trabalhava com os dois filhos, um igualmente batizado de Léon por uma forma especial de teimosia que vem bem a calhar nas terras de lavoura, e o outro, de Gaston-Valéry, por uma vontade admirável de atenuar a brevidade com que se santificara o pai e o primeiro filho. Esses dois jovens e belos rapagões que cuidavam da granja sob a alta regência de seu irascível pai eram alegres e tão sólidos como uma rocha, e todos se maravilhavam ao olhar essas duas figuras amenas vigiadas por um comandante cujo granito parecia episodicamente se chocar e se quebrar ao pé das falésias de alegria que ele gerara como filhos. Então, no fim do dia, quando se pegava a estrada para a granja onde a mãe e as mulheres tinham posto a mesa para doze operários famintos, era possível flagrar na tromba carrancuda do patriarca um sorriso indefinível.

Sim, estes eram os nove marmanjos que tinham naturalmente se aliado a André durante o conselho do cemitério, uns sujeitos que haviam sido forjados como se esquenta e se trabalha o ferro, calçados entre o martelo e a bigorna com todo o respeito que têm os ferreiros pela matéria e deixados para esfriar já torneados e esculpidos com uma forma enobrecida. E como em seguida só tinham frequentado os cabritos e os vales, seu ferro não enferrujara mas se conservara com aquilo que a religião os proibia de designar, a saber, a simples e poderosa magia do mundo natural, a que se somava a chegada de uma menina que decuplicava aquelas essências — tanto assim que o que ressoava em todos, quando se apressavam em ir para seu posto de combate, era algo que tinha nascido sem que eles soubessem das ondas profundas emanadas de André e catalisadas por Maria, algo que ressoava naquele momento dentro de cada cabeça que se preparava para a luta e assumia a forma destas palavras de magia e de vento: *à terra, à terra ou morrer!*

Assim, fazia-se sair de seus refúgios toda uma região. Os homens tentavam encontrar recantos onde pudessem, na medida do possível, se proteger do vento e do primeiro ataque, e cada um tentava não olhar para a muralha escura enquanto tiritava num frio que já não tinha nada de conhecido. Porém, todos obedeciam com um sentimento que, no bojo desse dia de apocalipse, formava um pequeno braseiro a tremer dentro dessa parte de nós mesmos a que chamamos de centro, ou coração, ou meio — e pouco importa, na verdade, pouco importa o nome quando se tem a coisa, que era a compreensão profunda de que o vínculo que cimentava os homens e mulheres daquelas terras estendia sobre a região sua ordem e sua força invisíveis. Sentiam que tinham a seu favor a sabedoria das coisas que vão no ritmo em que devem ir e reconheciam que todos eram conduzidos por chefes capazes que sabiam tomar as decisões contabilizando os labores, mais que as quimeras. Não sabiam, pelo menos com esse saber que pode se transformar em discurso, que aquela certeza vinha do fato de que André, que vivera cinquenta e dois anos em sua embriaguez, multiplicava em cada um o canto da terra. Mas se não sabiam, sentiam, e tiravam suas forças desse contágio de vales e de sulcos férteis.

O prefeito e o Jeannot ficaram na granja de onde estavam prontos para enviar pequenos correios, na pessoa dos jovens do cantão que corriam mais depressa que os coelhos, para manter informados os outros oficiais a respeito do que merecia atenção. O Marcelot, o Riri, o Ripol e o Léon Saurat tinham ido para a igreja, onde agiam em comum acordo com um padre que fora mais cedo se juntar a eles e com quem as palavras eram, neste dia, tão inúteis como uma sombrinha de algodão. André, enfim, pegara o caminho da clareira, tendo a seu lado Maria, o Chachard e os Saurat filhos. Eis aonde o pulso do destino chegara: a esses homens e a essa menina que sobem a toda a velocidade para uma clareira mais gelada que as banquisas e observam que tudo se calou com o silêncio desesperado em que toda a floresta parecia ter se transformado. Mas sobem, e logo alcançam o objetivo.

Um estranho objetivo, como André dissera. Enquanto a dois passos os caminhos florestais estavam tomados por um torpor gélido e mudo, um súbito fluxo de sons e vapores os recebeu tão logo foi ultrapassada a linha das últimas árvores. De tão estarrecidos eles pararam e contemplaram o espetáculo. O frio que lhes roía os ossos parecia um pouco menos forte no descampado e eles se perguntaram se aquilo era o efeito das brumas que flutuavam num espaço anormalmente configurado. André fixara no local os três homens que marchavam atrás dele; olhou para Maria e depois deu nova ordem de avançar. Todos se postaram no centro do círculo em que as brumas se enrolavam sobre si mesmas numa dança lenta e densa que permitia, porém, ver através delas. Era inacreditável. As faixas de nevoeiro eram opacas como muros e, no entanto, tão transparentes como a água clara. Viam através de turbilhões invisíveis que, apesar disso, eram mais impenetráveis que pedras! Por fim, os murmúrios que sussurravam na clareira lhes pareciam a coisa mais graciosa desta vida. Tinham a sensação confusa de que vozes se esgueiravam no fundo dessas pulsações ligeiras, mas não conseguiam realmente distingui-las das vibrações que faziam a clareira ranger. O Chachard, que escalara em bom ritmo sem tirar as mãos dos bolsos de dândi do mato, por pouco não rasgou o forro ao puxar de repente as mãos que uma cena dessas não podia deixar no fundo das calças, e os dois filhos Saurat produziram um cair de queixo inabitual, que prestava à lei da gravidade todas as homenagens da estupefação. Mas quanto a André, olhava para Maria com seu olhar que não renunciava nem forçava.

Ela se imobilizara no meio da clareira e as brumas tinham começado a coreografar a seu redor um movimento estranho e complexo. Ela via, enfim, o que pressentira e esperara durante os longos meses que se seguiram à carta da Itália e ao sonho com o cavalo branco.

Via.

Via os furores que viriam e as flechas de morte.

Via a partida se ela sobrevivesse ao ataque.

Percebia nitidamente as vozes que os outros apenas pressentiam.

o renascimento das brumas
sem raízes a última aliança

Algo se rasgou dentro dela e fendeu o céu com seu olhar interior cujas listras de tinta se diluíam lentamente e depois desapareciam numa última aquarela perolada de luz.

Sentia as ondas de seu poder que ferviam e se lançavam.

E ouvia a voz da pequena pianista da noite da cura.

Maria
Maria
Maria

Os homens esperavam. Ainda sentiam frio, mas um pouco menos que no vale, e olhavam as brumas valsando em torno da pequerrucha toda petrificada por um gelo que não vinha de fora.

Maria
Maria
Maria

Houve uma deflagração tão estrondosa que todos se jogaram no chão. O inimigo agia, enfim. A muralha escura se abatera rugindo e atingira com toda a força as últimas casas da aldeia e a igreja. Ora, ao desabar, desconjuntara-se e revelara a extensão de sua deformidade. Pior ainda, a explosão revelava o que estava atrás, em emboscada mortal, e tornados assobiantes lastreados de chuvas assassinas abriram o caminho para flechas negras que uivavam uma morte de gelo e de lâminas.

Os telhados desabaram.

Os primeiros segundos foram os mais terríveis. Era como se todos os flagelos do Anticristo tivessem caído ao mesmo tempo sobre os aldeãos privados da proteção dos tetos. A chuva que caía a cântaros era tão pesada que os pingos feriam como estilhaços de pedra, e nesses cortes que não sangravam mas castigavam o corpo com suas agulhas de dor esgueirava-se um frio que não tinha mais nada de comum. A isso somava-se o vento que derrubava os telhados de um modo curioso, pois não os arrancava mas os fazia implodir, a tal ponto que o Gégène e seus homens abençoavam Maria por tê-los protegido contra essa fúria. Por fim, o mais aterrador vinha das flechas negras, que tinham se lançado a toda a velocidade no primeiro segmento de sua trajetória e depois freado no meio do percurso, de modo que, suspensas na tempestade, pareciam mirar interminavelmente seu alvo. Então as flechas se precipitaram adiante e começou o pesadelo, pois elas não chegavam a tocar suas vítimas mas explodiam a alguns centímetros delas e as jogavam no chão pela força de uma onda de choque que quebrava os ossos. Vários aldeãos tombaram. Porém, quase todos tinham se deitado quando o ataque começara e tentavam proteger os mais fracos com a frágil muralha do próprio corpo, quando o vento e as flechas tornavam as ondas do ar tão perigosas como minas. Pior ainda, a água também subia e assistia-se a essa coisa impossível, uma torrente que galgava pelas ladeiras sem outra razão além da vontade de uma potência má... ai!... toda uma região inundada sob o assalto de foguetes de ódio que transformavam os elementos da vida em armas de tortura e de morte... e todos rastejavam sobre o universo plano, sentindo-se como os ratos do navio.

Todos, portanto, jogaram-se no chão mas dois homens se

recusaram a isso, apesar dos furores, e eram dignos de nota aquele padre e aquele campônio eretos na tempestade, como que milagrosamente poupados dos turbilhões e flechas, enquanto a metralhada se abatia sobre o vale inteiro. Os espíritos apressados concluirão que aquilo ali era coragem, ou inconsciência, mas era apenas que, quando as flechas explodiram na tempestade, o bom padre e o camponês haviam sido iluminados por uma compreensão que lhes ensinava quais eram suas armas na guerra. Na verdade, o padre François e o Gégène sentiam que aquela batalha era do espírito tanto quanto da matéria e era possível combater com o coração tanto quanto com as espingardas, e convém dizer que as flechas pareciam ignorar os dois valorosos que não curvavam a fronte na hora em que tudo vinha abaixo. Aliás, vendo aquilo, o Riri, o Ripol e o Léon Saurat, o qual nunca sentira tão árduo o peso de seus velhos reumatismos nem tão inebriante a deflagração de energia que o recolocava sobre seus pés de setenta e nove anos, por sua vez se levantaram e organizaram a defesa, observando que as flechas se prendiam nos alvos no chão. Assim como certos dias é preciso mandar seus soldados sentar, há combates que impõem ficar de pé diante das salvas: sem uma palavra, os cinco homens se comportaram como cães de pastor em torno do rebanho, reuniram em pouco tempo no meio da praça os que ainda conseguiam andar e mandaram que ali ficassem, de costas um para o outro, num círculo compacto que as flechas pareciam desistir de atacar frontalmente, embora continuassem a explodir em todo o perímetro da igreja. Tiveram certa trégua. Mas sabiam que não duraria muito porque as águas se aproximavam, e o Gégène erguia para sua granja e para os bosques uma fuça a cada minuto mais preocupada, pensando no que Maria fazia e se a sua Lorette conseguiria viver.

A nave da igreja desabou, num estrondo de guerra de canhão, e lascas de pedra voaram em todas as direções. Na granja dos Vales, onde ficara a mãe de Maria, o gelo se coligava com as borrascas, a ponto de pôr a pique um navio de alto-mar, e embora o telhado ainda estivesse intacto, as pranchas do estábulo tinham começado a ceder e o quintal se afogava sob os cascalhos que a chuva fazia voar. Nos bosques, os animais se entocavam mas o frio era ainda mais agudo sob as copas das árvores que na planície. Em toda a região, idênticos estragos da natureza, quando ela desfaz a clemência dos dias que outrora teceu, jogavam abaixo tudo o que anteriormente se mantivera sob o céu, e todos se perguntavam quanto tempo conseguiriam resistir a uma tempestade que aniquilara em poucos minutos boa parte do que o gênio humano levara tantos séculos para construir. No entanto, ainda esperavam, porque tinham com eles uma menina mágica, um chefe que conhecia a grandeza e uma terra que jamais traíra seus servidores, e passado o primeiro pânico que reduzira cada um ao estado de animal, sentiam até mesmo crescer uma ponta de indignação porque não estavam habituados, por mais pobres que fossem, a ser tratados desse jeito, e acolhiam num âmago insurgente uma reserva de coragem que, inspirada nas longas caçadas no inverno, nas caças e pescas clandestinas e nos brindes da amizade, soerguia os corações sob o temporal. Por isso, pareceu que aquela onda de bravura que deviam à terra incapaz de ferir os que sabiam honrá-la — quando todos os cataclismos tinham vindo do grande céu — oferecia uma tênue calmaria no decorrer do desastre, e que a chuva e o vento não conseguiam ir além de uma certa força a que a força da terra se opunha.

Sim, a força da terra. André, na clareira onde se travava a outra luta, aquela no coração de Maria, sentia isso com todo o vigor que lhe dava uma vida passada em se manter de pé na marga de seus campos e com todo o saber das eras camponesas que correra em suas veias. Não sabia como mas sabia por qual encanto, e só estava preocupado com essa ancoragem que encontrava seus nós e linhas no mapa telúrico das terras baixas e dava àqueles a quem ele estava ligado pelo amor novas reservas de uma determinação nascida das raízes nuas da terra. Mas também sabia que a frota que combatia a essa hora cruzava lá no alto ferros que não podiam ser desfeitos apenas com as armas do solo.

Olhou para Maria e lhe disse:

— O céu é com você.

Teresa
As irmãs Clemente

Clara e o Maestro olhavam Maria subindo com o pai até a clareira das brumas, enquanto os outros três fechavam a marcha como se estivessem escoltando o próprio Senhor Jesus Cristo. Os dois mais jovens eram belos como faisões de outono, e sentia-se neles o vigor das naturezas em que nada se presta ao tormento. O mais velho, com as mãos nos bolsos de uma maneira que transpirava o júbilo de ser livre, tinha um rosto gretado pela maturidade tanto quanto pela persistência em rir às gargalhadas. Mas todos traziam no semblante idêntica determinação, que tinha a ver com a consciência de estar entre as malhas de algo maior que suas carrancas. Quando saíram da cobertura das árvores para entrar na clareira, Clara ficou impressionada com a caligrafia que as brumas traçavam. Assim como Alessandro pintava sinais de tinta sem conhecer sua língua, as brumas faziam o relato de uma história cujo idioma ela não sabia interpretar. Mas se preocupava sobretudo com Maria e estava inquieta com um certo vinco da boca que vinha desde a noite em que Eugénie curara o Marcel. Ali enxergava a tristeza e o temor tão nitidamente quanto numa pedra gravada e supunha que era a mesma marca que se percebia no rosto dos oficiais obrigados a perder soldados.

Petrus, que não parara de roncar ruidosamente desde o início do dia, bocejou interminavelmente e a duras penas extirpou-se da poltrona. Trocou um olhar com o Maestro e algo pareceu re-pô-lo em pé.

— Preciso de um copo — resmungou.

Depois, descobrindo o quadro da batalha através da visão de Clara, assobiou entre os dentes.

— A coisa não começa bem — disse.

— Ela pensa em Eugénie — disse Clara. — Tem medo de perder outros seres que ama.

— Triste experiência de comandos — disse o Maestro.

— Ela não comanda — disse Clara —, e são os pais dela.

— Rose e André não são os pais de Maria — disse Petrus.

Na clareira do leste, Maria rodopiara para enfrentar o céu de neve, e os homens fizeram igual a ela, empinando o nariz para as nuvens mais opalescentes que o leite.

— Há muitos órfãos nessa guerra — disse Clara depois de um silêncio.

— Há muitos órfãos no mundo, e há várias maneiras de sê-lo — disse o Maestro.

Fez outro silêncio. No olhar que Petrus lançou para o Maes-tro, ela percebeu o reflexo de uma crítica. Depois ele se serviu de um copo de moscatel e lhe disse:

— Nós também lhe devemos esta história. A história das irmãs Clemente.

Ela viu no espírito duas jovens mulheres sentadas lado a lado num jardim estival. Já conhecia uma delas, que se chamava Marta e fora o grande amor de Alessandro, mas olhou para a outra com uma curiosidade mesclada de uma sensação doce, iluminada por uma dessas claridades vaporosas que vemos no ar nos dias quentes. Era morena e ardente; nas orelhas, dois brincos de cristal; um rosto oval puro titilado por covinhas; a pele dourada e um riso como um fogo na noite; mas também se via em seu rosto a concentração das almas cuja vida é totalmente interior, e essa gravidade irrequieta que, com a idade, é sempre patinada de prata.

— Marta e Teresa Clemente — disse Petrus. — Impossível imaginar duas irmãs mais diferentes e, porém, mais unidas. Entre as duas, dez anos, mas sobretudo o fosso das dores. Os Clemente davam em casa recepções onde passava como um fantasma o rostinho consternado de Marta, que todos achavam muito bonita e muito melancólica, e cujos poemas tristes, que se juraria terem sido escritos por mãos e coração de adulto, eram admirados. Aos vinte anos, casara-se com um homem tão pouco dotado para o amor como para a poesia, e deu a desculpa da vida conjugal para não mais comparecer às festas onde era vista outra menina, que todos achavam muito bonita e muito alegre, e que era um jovem prodígio como raramente se encontra. Aos dez anos, tinha uma competência e uma maturidade que pianistas com o dobro de sua idade invejavam — e ainda era buliçosa como um canário e tão obstinada como uma raposa quando não queria tocar as músicas que lhe davam. Alessandro tornara-se amigo dela muito tempo antes de encontrar Marta, e costumava dizer que ela era uma ofensa à lei que reza que os artistas se consolam de seus tormentos porque estes são os mesmos que geram os arrebatamentos de sua arte. Mas ele também percebeu o poço vertiginoso que nela existia e soube que ela ria sem trair um só dia seu ofício de perfuradora de poços. Às vezes ela olhava para as nuvens e o Maestro via passar em seu rosto o reflexo das brumas. Depois ela tocava e se elevava ainda mais. Marta a escutava e se animava com aquela vida que lhe vinha do amor de sua jovem irmã, antes de partir à noite depois de tê-la beijado valsando. Mas quando a mais velha desaparecia na curva da alameda, a menina se sentava nos degraus da escadaria e esperava que se apaziguasse sua dor por saber que uma criatura que ela amava sofria daquele jeito. Tudo isso estava presente na sua interpretação, essa aptidão para a felicidade em doses singulares, e essa dor de amar uma irmã que desposara a reclusão da infelicidade. Não conheço as migrações do coração entre os que são do mesmo sangue mas creio que Teresa e Marta pertenciam a uma guilda de peregrinos unidos na mesma busca selada de uma fraternidade sublimada. Ao redor zuniam pais ocupados com os grandes jantares a que se resumia seu capricho de abastados e que compreendiam tão pouco as filhas quanto seriam capazes de ver a floresta humana por trás da árvore dos salões. Assim, as irmãs Clemente cresceram no meio dos empregados e de dois espectros que usavam fraque e vestido de organza e viveram numa ilha de onde se veem ao longe navios que traçam as linhas sem jamais atracar no pontão onde se vive, se pesca e se ama. Talvez Marta tivesse absorvido, nascendo dez anos antes da irmã, toda a indiferença de seu pai e sua mãe, a tal ponto que a força que vinha da linhagem, de uma antepassada, quem sabe, ou de tempos mais antigos em que o dinheiro não corrompera o gosto pelas vidas amenas, havia conseguido ganhar corpo na carne macia de Teresa e, pelo escudo formado pela melancolia da mais velha, ali desabrochar em proporções mais consideráveis que em outro lugar. Mas isso criava, em troca, uma aliança em que o princípio vital de Teresa tinha sua fonte no sacrifício que Marta consentira em fazer do seu, e não surpreende que a morte de uma tenha sido seguida pela da outra, quaisquer que tenham sido as circunstâncias que dificultam destrinchar as causas e os artifícios, e eu não ficaria surpreso se, no final, nós todos nos descobríssemos personagens de um romancista meticuloso mas louco.

Petrus calou-se.

— Você toca igual à sua mãe — disse o Maestro —, é a sua interpretação que convoca o fantasma dela, a quem eu ainda não soube contar a história correta. Sabe as razões que fazem com que um homem não consiga encontrar em si as palavras que liberarão os vivos e os mortos?

— A tristeza — ela disse.

— A tristeza — ele disse.

Pela primeira vez desde que o conhecia, ela viu em seu rosto a marca da dor.

— Já era a época dos distúrbios e das suspeitas, e o seu pai costumava ir à vila de noite — ele continuou. — Ora, certa noite Teresa estava lá e tocava uma sonata.

O Maestro se calou e Clara mergulhou em sua reminiscência. Tinham deixado as janelas abertas para o ar ameno do verão e ouviam a mesma sonata em cuja margem ela descobrira o poema que unia os corações e transpassava o espaço das visões. Quando ela a tocara, dois anos antes, na mesma noite em que fora, em sonho, até Maria, houve no ar um perfume de correntezas e de terra molhada, mas a história contada pela partitura continuara indecifrável para ela e o poema se recolhera numa bolha de silêncio. Ela ouviu a jovem mulher tocar e a mesma bolha se formou em seu peito. Depois apareceu um homem na sala. Surgia de parte alguma e olhava intensamente para um lugar que a música revelava nele mesmo. Ela podia ver cada detalhe de suas feições extasiadas pela interpretação, havia em seu rosto iluminado de juventude uma impassibilidade de mil anos, e ali se distinguia o reflexo da lua e das meditações à beira de um rio.

— Ela tem a inspiração de nossas brumas — disse o homem ao Maestro que estava diante dele nessa lembrança de dez anos.

— Mas acrescenta a ela uma beleza que lhe vem de sua terra.

— A terra dela a inspira mas o que faz sua interpretação e sua ebriedade é o mistério que se chama mulher — respondeu o Maestro.

— Nem todas tocam igual a ela.

— Mas todas trazem em si essa essência que você percebe na interpretação dela.

Depois a visão passou e Clara ficou novamente ao lado do Maestro de hoje.

— Houve um ano durante o qual foram felizes — ele disse —, e depois Teresa soube que esperava um filho. E isso foi um cataclismo.

— Um cataclismo para o Conselho?

— O seu pai não tinha avisado a todo o Conselho. Eu disse a você, era a época dos primeiros distúrbios, pois a ambição e a influência de Aelius não tinham parado de crescer e isso nos causava grandes inquietações. Estávamos submetidos a dissensões internas de dimensão desconhecida e identificávamos traições que não teríamos imaginado possíveis. Assim, quando soubemos da gravidez de Teresa, decidimos manter o segredo desse prodígio tão inexplicável quanto a extinção de nossas brumas, o da vinda de uma criança concebida por uma humana e um elfo. Era a primeira vez, e é a única até hoje. Todas as outras uniões mistas sempre foram estéreis.

— Teresa mandou dizer que queria dedicar um ano a meditar, e retirou-se para uma propriedade familiar no norte da Úmbria — disse Petrus. — Ninguém soube.

Ela viu uma vila de muros austeros, cercada por um grande jardim que dominava um vale de campos suaves e de pequenas elevações, e ouviu, escapando de uma sala invisível, as notas da sonata floreadas por uma profundidade nova, uma nervura de fio de prata e de chuva.

— Na véspera do seu nascimento, Marta se jogou no Tibre. Depois Teresa deu à luz uma filha. Na noite que se seguiu, morreu. Dormiu e não acordou. Mas o seu pai já tinha cruzado a ponte, porque um outro nascimento o convocava entre os nossos. Uma menina também nascera no lar do Chefe do Conselho, no mesmo dia e na mesma hora que você, e com a mesma evidência de prodigiosa impossibilidade, pois, embora concebida por dois elfos, viera ao mundo com uma aparência totalmente humana, o que nunca tinha ocorrido conosco e não se reproduziu desde então. Nascemos em simbiose das essências e só assumimos uma aparência única quando saímos do nosso mundo. Mas aquela menina, de qualquer lado que a virassem e a olhassem, se parecia com todas as outras meninas humanas. Estávamos em presença de dois nascimentos impossíveis, no mesmo dia e na mesma hora, a tal ponto que ficou decidido esconder aquelas que, era evidente, participavam de um desígnio poderoso e a quem queríamos proteger contra o campo de Aelius.

— Então vocês nos enviaram para longe de nossas raízes — ela disse.

— Alessandro outrora me descrevera a aldeia onde vivia o irmão dele — disse o Maestro — e enviei você para Santo Stefano. Quanto a Maria, conheceu um périplo mais complexo, que passa pela Espanha e termina na granja de Eugénie. A história pertence a ela, não a contaremos hoje para você.

— Ela sabe que foi adotada?

— O seu pai mostrou a ela como chegou à granja — ele disse. — Ela também precisava saber, para que os poderes se liberassem.

— Das duas, você é a que tem uma parte humana — disse Petrus —, para que teça os elos e lance as pontes. Você toca como sua mãe mas acrescenta uma força que lhe vem do poder do seu pai. Você vê como o seu pai mas acrescenta laços que lhe vêm da humanidade da sua mãe.

Clara submergiu numa visão que tinha um grão mais fino e mais vibrante que as reminiscências do espírito, e ela sabia que estava olhando para o rosto de Teresa, que tocava a sonata com os floreios de chuva e de prata. Na última nota, a mãe dela levantou a cabeça e Clara foi assaltada pela vertigem de estar em presença de uma mulher viva.

— Os fantasmas estão vivos — ela murmurou.

E pela primeira vez nesses doze anos que não tinham conhecido lágrimas nem riso, ela começou ao mesmo tempo a chorar e a rir. Petrus assoou-se ruidosamente com um lenço de gigante, depois os dois homens esperaram calados até que ela tivesse enxugado as lágrimas.

— Durante todos esses anos lamentei que sua mãe não a tivesse conhecido — disse o Maestro. — Vi você crescendo com essa cristalinidade e essa coragem que muitos bravos lhe invejariam e várias vezes pensei que o destino proibira o encontro entre duas das mulheres mais notáveis que me foi dado conhecer. Vi a herança da força e da pureza dela, que tantas vezes encontrei em você, mas também vi o que só pertence a você e que sei que a deixaria maravilhada.

Ela viu a mãe sentada no claro-escuro do jardim da Úmbria. Ela ria, e os brincos de cristal cintilavam na noite. À luz das dez horas, um langor prateado deslizava em sua face como um peixe de rio.

— Se for menina — ouviu-a dizer —, eu gostaria que amasse a montanha.

É provável que alguém tenha respondido, pois ela sorriu e disse:

— A montanha e os pomares do verão.

Depois desapareceu.

— Alessandro tinha me dito que o pomar da paróquia era o lugar dos Abruzos que ele preferia a qualquer outro — disse o

Maestro. — Com essa história aprendi a confiar nos sinais que ela semeia em nossos caminhos. Nos poemas que um pai escreveu na esperança de que sua filha os lerá, nas caligrafias da montanha traçadas por um pincel ignorante. Eu sabia que um dia você voltaria dos Abruzos até mim, e assim como a enviei para lá sob o signo do pomar, assim você aprendeu o caminho de Roma pelo signo de um piano esquecido.

Ela ouviu Sandro dizendo: *lá existem ameixas transparentes e sombra em cascata.* Mas o que se iluminava à maneira dos pirilampos da noite era a voz da mãe, na qual se abria uma brecha por onde passavam outras vozes. Havia ali mulheres e sepulturas, cartas de guerra e canções suaves na noite. Todas aquelas vozes e sepulturas e aquelas mulheres com veuzinho de tristeza murmuravam o amor nas alamedas de pedra dos cemitérios... Avistou um jardim de íris e um rapaz de olhos luminosos e tristes, enquanto uma voz sussurrava carinhosamente: *vai, meu filho, e saiba para a eternidade a que ponto te amamos*, e seu coração se comoveu ao reconhecer o timbre da velha Eugénie. Depois, viu Rose, deslumbrante e diáfana, que sorria através das asas da tempestade, e aquele sorriso dizia: *somos mães mais além da morte e do mistério dos nascimentos.*

Então, pela segunda vez em doze anos, chorou.

Pavilhão das Brumas
Conselho élfico restrito

— Clara é o elo.

— Seu poder de empatia é magnífico.

— Apesar dos anos de seca.

— Por causa dos anos de seca.

— Por causa do milagre que ela é e que supera os anos de seca.

— Todas as mulheres estão com ela.

Rose
As linhagens do céu

O que é o mal.

O primeiro a tombar foi um dos pequenos correios destinados à transmissão rápida das informações entre a granja Marcelot, a clareira e a igreja. Quiseram despachá-lo porque tinham avistado movimentos pelo leste, ali onde André dissera que se concentravam cavaleiros estranhos sobre cavalgaduras desconhecidas. Fizeram-no partir na hora em que os ventos se abatiam sobre a colina. O imobilismo dos outros os salvou, mas a velocidade do jovem rapaz o levou a ser agarrado pelos tentáculos da tempestade que por um instante o balançou nas estrias geladas de suas correntes e depois o jogou como uma trouxa contra um murinho de pedras duras. Todo mundo viu o correio tombar, e dois homens quiseram ir para perto do infeliz, rastejando pelo chão para escapar das borrascas, mas o destino enfim interveio e os cavaleiros do inimigo apareceram no meio das trombas-d'água, cercando as duas granjas. A aparência deles era assustadora. Eram gigantescos e feitos de um material esbranquiçado que desenhava os contornos de homens disformes e sem rosto. Mas o que gelava o sangue era que, de repente, eles se materializaram em volta do perímetro, num imobilismo espectral tecido de silêncio e fúria. Quanto às cavalgaduras... palavra de honra, cavalgaduras, não havia. Os cavaleiros cavalgavam o vazio, e se todas aquelas bravas pessoas tivessem sido, um pouquinho que fosse, físicos, saberiam que estavam diante da presença impossível de uma fonte de antimatéria que invertia os mecanismos do universo conhecido.

Outros mais morreram. Na igreja, as flechas retomaram sua cadência inicial. Não havia trégua e as pedras voavam ao mesmo tempo que os abalos devastavam. A chuva arrebentava o mundo e os feridos rastejavam sob cascatas de água parecidas com feixes de agulhas. Três homens morreram esmagados pelas pedras que se soltaram da base do campanário e dois outros sucumbiram às ondas de choque dos dardos que detonavam com um vigor renovado. Os cinco homens que estavam encarregados dos refugiados da igreja assistiam, impotentes, aos estragos, enquanto os primeiros mortos aniquilaram a esperança de que a magia de Maria seria suficiente para protegê-los dos abismos. O padre e o Léon Saurat mandaram que cerrassem ainda mais as fileiras do rebanho, enquanto os outros rastejavam até as vítimas e tentavam prestar-lhes a assistência que podiam. Infelizmente, podiam muito pouco. E sua impotência os queimava.

Ah, a impotência... Infinita é a dos animais humanos, assim como sua bravura nas horas finais em que tudo soçobra. Já se disse que um céu de neve se formava atrás dos combates e parecia esperar à entrada da clareira, e os homens da igreja sentiam isso, assim como os que defendiam a granja de Lorette ou aguardavam com André dentro do bosque, porque aquele céu de neve, naquele instante em que tudo vacilava, fazia circular em cada homem o perfume de um velho sonho sepultado. Foi, claro, o

Gégène quem primeiro convocou os corações. É preciso dizer que seu sonho, como será revelado mais tarde, não era o menor de todos aqueles sonhos efêmeros e sublimes, mas também que ele era naquele dia o mesmo homem do dever e do deboche de sempre; e sentia, passado o primeiro estupor diante dos enfurecimentos do inimigo e da prostração de descobri-lo tão poderoso e tão vil, que tinham perdido muito tempo tergiversando com o medo e que era preciso pagar o dízimo de uma vida de bom vinho e de amor. Além disso, a perspectiva de morrer afogado ou esmagado por uma pedra do campanário não era do gosto desse homem que queria morrer na honra mas não se via obrigado a rastejar como uma lesma sob as nuvens. Assim, que a tempestade fosse armada pelo diabo ou pela mão de outra potência maléfica não devia preocupá-lo mais que as receitas de sua mulher quando ela lhe servia o jantar. Para completar, começava a entender uma coisa cada vez mais evidente: havia arqueiros atrás da montanha, que atiravam as flechas pretas criminosas. Fez sinal para o Riri e o Ripol a fim de que fossem encontrá-lo, ao lado do Léon Saurat, e, formando uma corneta com as mãos juntas, berrou:

— Todos para a oficina do Chachard!

Breve se saberá o que ele planejava fazer ali, mas vejam, a impotência deles já está passando e não voltará mais. E produziam-se outras reviravoltas, lá no alto, defronte das granjas que eram cercadas por cem diabos empalhados de trevas.

Então veio Rose, que era do céu, enquanto todos os outros eram da terra; ela se alimentava de ondas e riachos naquela terra de pastagens e ceifas — daí esse retraimento mais forte que os aços e essa pele tão transparente quanto a água-viva. Quando Maria beijava a mãe antes de dormir, podia sentir que a tristeza que, em seu pai, se sedimentara como limo e argila corria em Rose como um rio por onde eram carregados os lutos e se dissolvia em sua respiração líquida de cuja torrente ninguém suspeitava. Mas se André dormia em paz, embora pressentisse qual seria o destino da filha, era porque conhecia a força de Rose, por mais frágil que a considerassem à primeira vista. Escrutavam aquela camponesa retraída de quem nem o rosto, nem os gestos, nem a voz ou o grão da pele incitavam ao interesse e espantavam-se infinitamente de que essa ausência de sabor conseguisse gerar tamanho turbilhão de ondas benéficas e agradáveis. A única palavra de amor que André lhe dissera algum dia, numa manhãzinha de inverno em que ficaram na cama olhando as estrelas, era a de uma água que se poderia conter na mão como um seixo ou uma flor. Claro, isso tinha sido uma exceção porque André Faure não era dado a discursos e sempre fazia sua mulher saber o que devia saber com uma economia de meios que beirava o gênio e na verdade era facilitada pelo gênio que o amor dá aos olhares e gestos. Mas no miolo dessa parcimônia aninhava-se um nome salvo da rarefação de suas palavras, e ele murmurava simplesmente Rose olhando para ela, pois era o único que percebia a lâmina que se afiava num fio de cristal e cintilava, bela e terrível, nas horas do amor.

Assim, Rose saíra mais cedo com Jeannette e Marie para a escadaria da granja dos Vales, tencionando ir se juntar a Lorette na granja vizinha. Mas a tempestade já havia multiplicado suas frentes e era impossível avançar por um quintal onde se dançava um tango de tábuas arrancadas e galinhas aterrorizadas. Portanto, ela recuou, com as duas velhinhas, ficou encostada na parede sul do estábulo que por ora resistia às rajadas, e ali esperou, enquanto sentia, mais além da tempestade, o desespero de Maria, e também que sua vida inteira lhe voltava no vento.

Tudo começara quando seus pais, que eram analfabetos, quiseram para ela um destino superior ao deles. Mas o pouco que sua mãe vira da cidade a convencera de que ali não se podia viver virtuosamente, e se ela admitia que fossem pobres, era com a condição de que não pertencessem a mais ninguém senão a si mesmos. Assim, enquanto suas conterrâneas conseguiam uma colocação na cidade como babás ou criadas, ela não quis que sua filhinha fosse se perder nas grandes residências. Em vez disso, levavam-na uma vez por semana ao convento perto do burgo vizinho onde as irmãs ensinavam suas letras e seu dogma às moças pobres do cantão. Eram duas horas para ir até lá, e na aurora o irmão mais velho a aboletava na carrocinha e a levava para ter aulas cujo final ele esperava na cozinha. Ora, no correr das semanas ela parou de ouvir as ladainhas e os sermões, pois se afogava com a ebriedade dos livros que as freiras lhe davam depois das vésperas. Chorava com as poesias sobre riacho e céus, que lhe revelavam o único mundo verdadeiramente seu, e com os relatos assentados em nuvens mais palpáveis que a argila dos campos onde, num deslumbramento de reflexos, se decifrava a palavra divina. Mais tarde, o padre François a fez ler relatos de viagem em que os navegantes se dirigiam às estrelas e palmilhavam caminhos de ar que eram mais inteligíveis que a tecedura das estradas, e esse apelo das travessias e constelações foi para ela mais precioso ainda que as escrituras celestes de Deus. Mas essa simbiose nativa pela qual ela abraçava os elementos líquidos tinha pouco a ver, em Rose, com a consciência dos universos físicos, e é preciso buscar em outro lugar fora deste mundo tangível o princípio que a ligava às correntes e às nuvens. Certas mulheres têm uma graça que lhes vem da multiplicação da essência feminina, por um efeito de eco que, tornando-as singulares e plurais, as encarna tanto em si mesmas como na longa linhagem dos seus; se Rose era mulher de azul e de rios, era porque nela corria o rio das que a antecederam, pela magia de uma conivência com seu sexo que ia além das exclusivas filiações de sangue; e se sonhava com viagens, era porque sua visão transpassava os espaços e tempos e ligava entre elas as marchas do continente feminino — daí essa transparência que a tornava impenetrável e leve, e essa energia fluida que ela tirava de muito além dela mesma. Por um mecanismo inexplicável da memória, reviu-se na manhã de seu casamento, com uma saia e uma blusa brancas, e nos cabelos uma gaze bordada de rendas. Caminhara sob a escolta de seus irmãos porque a juventude chegara à aldeia de André por atalhos onde as carroças não passavam, e por isso conservara nos pés os tamancos e segurava na mão os sapatos imaculados que calçaria à porta da igreja. Enquanto os rapazes avançavam pelas trilhas e, com o terno de lã preta, a fronte pingando de suor, colhiam nas valas flores que ofereceriam às moças de lá, o coração dela batia muito forte sob o esplendor do sol. Só encontrara André uma vez antes que ele tivesse ido pedir sua mão a seu pai. Vira de longe seu olhar, quando ele cruzava a barreira para ir se juntar aos braseiros da festa de São João, e o gosto de evanescência que tinha quando entrava em si mesma transformara-se em cascatas brilhantes que ele também via. Da mesma maneira, ela conseguia distinguir as estrias escuras que a consciência da terra formava nele. Elas não se somavam, como sulcos paralelos, mas se elevavam e a elevavam para o céu, e então ela soube que era sua força de campos e solos que tornava decifrável para André sua própria linguagem de água e de céu. Depois, a roda da memória girou e ela reviu Angèle carregando nos braços um bebê agasalhado dentro de roupinhas brancas. Afastou os panos de cambria bordada e recebeu a recém-nascida como sua filha, num júbilo que parecia um éter iluminado de traços. Não conseguia decifrá-los mas recebia a mensagem deles, assim como lia na ondulação cristalina que emanava da criança o anúncio da coexistência de dois mundos. Quais mundos? Ela não sabia, porém eles existiam.

As lembranças cessaram.

A chuva caía como um machado. Ela ouviu novos clamores que vinham da aldeia, enquanto o vento multiplicava ainda mais seus estragos. Olhou para trás, por cima do telhado do estábulo, e viu o céu de neve que esperava Maria. Então, lançou no vento todo seu coração de mulher e de mãe.

Enquanto isso, os homens do Gégène tinham ido buscar espingardas na oficina do Chachard, e ali havia um montão delas, com aquele gentil-homem das caçadas no bosque que as mimava tão amorosamente como acariciaria sua mulher se uma plumagem de perdiz não lhe tivesse sido mais desejável que um beijo, de modo que todos puderam pegar a arma que lhes convinha e parar um instante para ouvir as instruções do Gégène. Que mais eram conjecturas, pois no ponto a que chegara a situação ninguém se opunha a fazê-las a fim de que ao menos se fizesse alguma coisa.

— Tem que passar através — ele disse —, e ali, não vejo por que as espingardas não vão levar a melhor.

— Então você acha que tem uns caras de tocaia lá atrás? — interrogou o Riri.

— Como que se pode atravessar? — perguntou o Ripol.

— Dá para fazer — disse o Léon Saurat, a quem, à parte toda a aflição sincera, o dia mostrava com um júbilo secreto que ele ainda tinha muito estômago para encarar uma ação e que ainda estava longe de ser levado para debaixo da terra. — Mas não tem que ficar aqui — acrescentou apontando para o telhado.

Que não se imagine que a conversa se dava em tom abafado no conforto da oficina com cheiro gostoso de gordura de foca e couro de fabricação. Mesmo ali dentro era preciso gritar, e havia urgência de sair, assim como Maria mandara, o que eles sabiam perfeitamente bem por terem visto a igreja decapitada em pleno céu. Mas era impossível trocar palavras do lado de fora e o Gégène assumiu o risco de ficar mais um pouco ali dentro porque queria que os homens absorvessem bem a evidência que ele insistia em enfiar na cabeça deles.

— Como que a gente faz quando quer atirar num perdiz no voo e está ventando forte? — ele berrou.

Isso era fácil e eles nem tinham necessidade de fornecer resposta.

— E como que a gente tem de atirar na caça com arco?

Era fácil também, mas o que era menos fácil era juntar as duas lógicas que aparentemente o Gégène tinha claras na cachola. Havia na região, apesar do brilho das caças à corrida e das batidas, a tradição de valorizar uma forma de perseguição proibida porque favorecia a caça clandestina, mas que eles achavam mais bela que as outras. Não eram tão numerosos os que se dedicavam a isso, por falta de material ou de ciência, mas mesmo assim havia três ou quatro que, de bom grado, trocavam a espingarda pela corda e pelas flechas, e eram muito estimados porque nesse jogo só podiam ser excelentes os que conheciam o suficiente cada bicho de caça, miravam bastante bem para não errar o alvo e dispunham de um saber elaborado com todas as astúcias necessárias à abordagem, incluindo o dos terrenos e dos ventos (pois de que adianta se ver a dois passos de um cabrito se a brisa lhe sopra inopinadamente um bafo de fumo de rolo nas ventas?). Em suma, a esse jogo em que se distinguiam os verdadeiros fidalgos interioranos de nossas paragens juntavam-se as forças naturais, as de homens e florestas transformados para um dia de perseguição na mesma matéria fundamental, no mesmo refúgio inicial de osmose e convivência primitivas. Os arcos que serviam a essa causa não tinham visores nem nenhum dos acessórios que vimos florescer nas épocas em que a caça se degradou em passatempo, parecendo aqueles dos selvagens que, desprovidos de instrumentos de precisão, exigiam cem vezes mais da parte do atirador. Também era possível utilizá-los como remos ou como cajados de marcha, porque sua simplicidade exigia a elegância e a solidez juntas e concedia-se ao instrumento uma deferência decorrente do fato de que ele não se envergonhava de ser tão polivalente e útil. Mas dava-se toda a atenção à qualidade das flechas, que deviam ser talhadas para que a trajetória e o impacto se realizassem à perfeição e eram transportadas nas aljavas com toda a delicadeza que a excelência requer (pois de que adianta se ver a três centímetros de um javali se é para não acertar no bichinho encantador?). Na verdade, fazia-se a luz sob o escalpo dos outros e ali dentro eles quase ouviam a voz do Gégène ecoar com seu jeito sentencioso e debochado, com a diferença de que estavam longe de abrir uma garrafa e de fatiar o salaminho da amizade. Mas o pavor da hora não conseguia anular o lampejo de excitação que dera o ar da graça desde que eles tinham começado a reagir, em vez de se deixarem esmagar como baratas, e todos dispensavam facilmente o vinho e o porco, contanto que compreendessem a sentença do dia, escrita diante de seus olhos tão claramente como se o Marcelot a tivesse recitado em voz alta: *aproxime-se, mire e atire onde estiver o vento*. Em suma, isso tornava clara a marcha furtiva das coisas para uns marmanjos acostumados a passar o domingo nos matagais: eles seriam astuciosos e se anteciparim. Que não soubessem exatamente como o fariam era algo que não impedia ver a beleza do programa, que revigorava corações que se lembravam de que a graça da terra lhes pertencia.

— Bem aprumados no vento e direto para as terras virgens! — berrou ainda o Marcelot, e todos sacudiram vigorosamente a cabeça verificando a própria espingarda.

Saíram em meio a um caos de ventos e granizo que parecia ter aumentado ainda mais enquanto conspiravam lá dentro. Mas o telhado aguentou. E iam avançando. Apesar das trombas-d'água e dos dilúvios, avançavam lenta e seguramente, como se a determinação dos bravos os expusesse menos às rajadas e, de certa forma, os tivesse tornado invisíveis para o inimigo.

E lá no alto, na clareira, decidia-se enfim o primeiro ato do destino, enquanto os anos se solidificavam num turbilhão de revelações geradas pelos uivos inóspitos do vento. Os prelúdios se esvaeciam sob as alabardas gélidas da chuva e o palco da história se tornava a cada segundo mais terrível e mais claro. Maria ficara um longo momento imóvel apesar da tragédia que se desenrolava na aldeia. Sentia a seu redor as presenças amigas que esperavam atrás do céu de neve, ouvia a voz da outra menina que murmurava seu nome e via uma paisagem que já tinha visto em seus sonhos. Chegava-se ali por uma passagem de pedras pretas e achatadas sob o anteparo de árvores cinzeladas, depois se alcançava um pavilhão de madeira com janelas sem vidraças nem cortinas e finalmente um pontão de tábuas acima de um vale enevoado. Mas ela não conseguia perceber como devia usar tudo isso, quando homens tinham perecido e se murmurava no gelo o nome tão amado de Eugénie.

Uma sucessão de imagens a fez cambalear. Viu primeiro um caminho no campo, onde jovens rapazes apertados dentro de suas roupas de domingo colhiam braçadas de flores dos campos, depois uma janela na claridade de uma aurora hibernal onde se fixavam duas estrelas numa corrida suspensa para sempre e finalmente um cemitério desconhecido sob uma chuva torrencial cuja água espumava e ricocheteava sobre as lajes de granito. Em geral, as imagens de seus sonhos tinham uma precisão tão encarnada quanto os campos e as lebres, mas aquelas eram turvas e salpicadas de distorções, e ela não conseguia ver o rosto dos jovens rapazes que brincavam sob o sol de julho, tampouco os nomes e as datas gravadas nas sepulturas do cemitério. Ora, estava maravilhada com o fato de que a imagem pudesse ser transmitida durante a batalha, pois sabia que a percebia pelos olhos de sua mãe. Outras imagens surgiram, vindas da memória de Rose, com quem ela entrara numa forma de comunicação que não conhecera com ninguém, sequer com Eugénie no momento da cura ou com André nos longos olhares silenciosos. As imagens eram despejadas e passavam, havia árvores e trilhas, fogueiras na noite do inverno, um pequeno alpendre de telhas cinza aonde se ia buscar a lenha nas horas frias e rostos com feições baralhadas pela lembrança mas que, de vez em quando, reviviam no brilho de um sorriso. Viu uma velha com córneas engolidas pela brancura e que sorria ao remendar um veuzinho desbotado, e soube que era sua avó em tempos em que ela mesma ainda não tinha nascido. Uma longa linhagem de mulheres... Avistou seus rostos fundidos numa corrente que se perdia nas eras. Havia os túmulos, e havia as mulheres, que à noite cantavam canções de ninar ou uivavam de dor lendo a carta dos exércitos. Numa última ronda fulgurante e fugaz, distinguiu cada rosto e cada cintilação de lágrima. Depois, todas desapareceram. Mas nos rodopios da memória partilhada, a mensagem delas tinha chegado.

E em Roma, Clara também recebeu a mensagem das mulheres que diziam a Maria que ela era uma delas e que era preciso honrar a linhagem além da morte. Então, ouviu a francesinha lhe dizer:

— Como você se chama?

Petrus
Um amigo

— *Tu come ti chiami?* — traduziu o Maestro.

— *Mi chiamo Clara* — ela respondeu.

E ele traduziu de novo.

— Qual é o seu país?

— *È l'Italia* — ela respondeu.

— Tão longe — disse Maria. — Você vê a tempestade?

— Vejo — disse Clara. — Você também consegue me ver?

— Consigo, mas não vejo mais ninguém. No entanto, há um homem que fala em francês.

— Estou com ele e com outros homens que sabem.

— Sabem o que eu devo fazer?

— Não creio. Sabem por que mas não sabem como.

— O tempo é curto — disse Maria.

— O tempo é curto — disse o Maestro sucessivamente em francês e italiano. — Mas não temos as chaves.

— As revelações não virão sozinhas — disse Petrus —, e o céu, a essa hora, não está exatamente do nosso lado.

— Quem fala? — perguntou Maria.

— Petrus, para servi-la — ele disse em francês.

— Eu conheço você.

— Você conhece a nós todos. E conhece também os seus poderes. Seu coração está em paz, você pode liberá-los.

— Não entendo o que devo fazer.

— Clara vai guiar você. Você ainda consegue conter um pouco a tempestade?

— Não a contenho. Homens morreram.

— Vai contê-la e nós a ajudaremos. Sem você, não sobraria mais nada dessa aldeia e dessas terras. Vamos falar em italiano com Clara mas não esqueceremos de você e breve estaremos a seu lado.

Depois, para o Maestro:

— A chave está nos relatos. Clara deve saber.

— O que é uma profecia se ela for revelada? — perguntou o Maestro.

— Uma profecia, sempre — disse Petrus. — E talvez também uma luz. Isso deveria ter sido feito mais cedo. Mas é preciso começar pelo começo.

No espírito de Petrus, Clara viu um Maestro trinta anos mais moço apertar a mão de um homem que parecia Pietro, depois segui-lo por corredores familiares, cujos consoles de mármore e cortinas de brocado tinham incorporado um cheiro ruim de casa fechada. Ele pairava acima de uma cena indefinível e terrível e jogava uma sombra de ave de rapina sobre o rosto agradável do homem. Então Roberto Volpe abriu a porta de um aposento desconhecido e o Maestro ficou diante do quadro que ela conhecia desde o primeiro dia.

— De nosso Pavilhão, eu já via e conhecia a arte dos homens — disse o Maestro — e sempre fui fascinado por suas músicas e pinturas. Mas esse quadro era diferente.

— Você precisa entender o que acontece entre nós — disse Petrus. — Somos um mundo sem ficções.

— Você me disse que os elfos não contam histórias — disse Clara.

— Os elfos não contam histórias à maneira dos homens, mas, sobretudo, não as inventam. Cantamos as belas ações e as façanhas, compomos odes aos pássaros dos lagos ou hinos à beleza das brumas, celebramos o que existe. Mas a imaginação jamais acrescenta alguma coisa. Os elfos sabem louvar a beleza do mundo mas não sabem jogar com o real. Vivem num mundo esplêndido, eterno e estático.

— Desde o início eu gosto das criações dos humanos — disse o Maestro. — Mas naquele dia fiz uma descoberta suplementar. Roberto Volpe chamara a atenção do Conselho porque fizera algo que ainda hoje continua a ter consequências sobre nosso destino. Atravessei a ponte e o encontrei. Ele me mostrou o quadro. Eu já tinha visto lamentações de Cristo mas essa era diferente e o choque foi imenso. No entanto, era a mesma cena habitual, a Virgem e Maria Madalena debruçadas sobre Cristo que descera da cruz, as lágrimas das mulheres e o crucificado com sua coroa de espinhos. Mas não havia nenhuma dúvida de que ela fora pintada por um elfo. Eu soube disso ao ver o quadro e a investigação que fiz em seguida confirmou. Um dos nossos, quatro séculos antes, trocou nosso mundo por este, adotou um nome humano e uma identidade flamenga — pensamos que viveu em Amsterdam — e pintou a maior ficção dos humanos com uma perfeição raramente igualada.

— O que Roberto tinha feito? — perguntou Clara.

— Tinha matado alguém — disse o Maestro —, mas esse relato não é para hoje. O mais importante é que, diante do quadro, tomei a mesma decisão que aquele que o havia pintado. Foi a mais maravilhosa emoção de minha vida. Antes, eu me enlanguescia com a arte humana. Agora eu via se abrir o caminho traçado por aquele pintor desconhecido, o de uma passagem para o outro lado da ponte e de uma imersão completa na música deste mundo. E outros além de mim tinham feito o mesmo, antes e depois, mas por motivos diferentes.

— Alguns querem o fim dos homens, outros, uma aliança — disse Clara.

— A aliança é a mensagem do quadro flamengo — disse o Maestro —, assim como as telas de Alessandro expressam o desejo de atravessar na outra direção. É inconcebível que tenhamos levado tanto tempo para ouvir e compreender esse apelo das pas~   Tanto mais que, um pouco antes, eu tinha feito
o·· ·   ꞏ graças a um elfo que você conhece bem e cuja
         ·a a dos sábios e dos grandes. Eu ainda era o
         ꞏselho e tinha ido consultar textos antigos na
         ꞏdo. Buscava alguma coisa que pudesse
         s tempos em que vivíamos mas nada en-

         ꞏo seu conselho antes do pai de Maria?
         ꞏviaria, contra quem se apresentou outro
         venceu.

         fúria você vê hoje no céu da Borgonha. Ora,
Ꞩaꞏ.ꞏ   ꞏa, tive uma conversa interessante com o varredor, que me parecia ter um comportamento estranho.

— Há varredores entre os elfos? — ela perguntou.

— Há jardins em torno de nossas bibliotecas — disse Petrus — e varremos as alamedas toda aurora e todo crepúsculo, durante as estações em que as árvores têm folhas. Temos lindas vassouras e não devemos estragar os musgos. É um trabalho nobre embora eu nunca o tenha achado interessante, mas já te disse, por muito tempo fui um elfo pouco inspirado. E além disso, sempre gostei de ler. Acho que passei minha vida lendo. Mesmo quando bebo, eu leio.

— Assim, o varredor não varria mas lia, sob uma árvore — disse o Maestro. — E lia com uma concentração tamanha que não me ouviu me aproximar. Então perguntei o que estava lendo.

— E eu respondi: uma profecia — disse Petrus. — Uma profecia?, perguntou o Chefe do Conselho. Uma profecia, respondi. No conjunto de nossos textos poéticos, há um que não se parece com os outros. Faz parte de uma coletânea de poemas e cantos, na maioria elegíacos, intitulada *Canto da Aliança*, que celebra as alianças naturais, as brumas na noite, as nuvens de tinta, as pedras e todo o resto.

Suspirou, levemente consternado.

— Mas aquele texto era diferente. Não celebrava nenhum acontecimento conhecido, não evocava nada à minha memória mas descrevia nosso mal como se o tivesse antecipado e indicava o remédio para ele como se o tivesse sonhado. Ninguém jamais tinha prestado atenção a ele. Mas quando o li, acreditei que o mundo se dilacerava em dois e que uma porta se abria em meu coração. Eram somente três versos de uma história desconhecida, mas depois de séculos bebendo chá e escutando poemas sublimes, era a vida inteira que explodia e resplandecia como depois de um copo de moscatel.

Seus olhos brilhavam com a emoção daquele dia.

— Li o texto e entendi o que aquele varredor queria dizer — disse o Maestro. — Em seguida, foi preciso convencer outros além de mim, e Petrus pôs muito talento nisso. Desde esse dia, a profecia nos guia na guerra.

Quando a recitou, o ancestral vibrou e Clara pensou ver um reflexo prateado passar como um raio na pele suave.

o renascimento das brumas
por duas crianças de novembro e de neve
sem raízes a última aliança

— É o único texto de ficção escrito pelos nossos — disse o Maestro. — É por isso que pensamos que é profético. Que delineia um real ainda por vir mas que poderia nos salvar. Pela primeira vez em nossa história, nossas brumas declinam. Alguns pensam que os homens são responsáveis por esse declínio e que a incúria deles enfraquece a natureza, outros, ao contrário, pensam que o mal vem de não estarmos unidos o suficiente. Se considero esses quadros inspirados em nossa aliança, esse Cristo pintado por um elfo e que nunca, porém, foi mais humano e a última tela de Alessandro que exalta, sem mostrá-la, a ponte de nosso mundo, então sei que a arte dos homens nos oferece relatos que não conseguiríamos imaginar, e que, em troca, nossas brumas os transportam mais além da terra deles. É tempo de inventar nosso destino e crer nessa última aliança, há demasiadas passarelas que mostram o desejo que temos de cruzar juntos a mesma ponte.

— Somos as duas crianças de novembro e de neve? — ela perguntou.

— São — disse o Maestro.

— Há outras crianças nascidas na neve de novembro.

— Não há outras crianças nascidas élficas e humanas na neve de novembro. Mesmo assim, não sabemos o que se deve fazer com esse prodígio.

Clara pensou nos homens obcecados por pontes e montanhas que poderiam salvá-los de terem nascido longe de seus corações, pensou nos pintores, varredores e músicos élficos fascinados pelo gênio criador dos humanos, naquelas passarelas lançadas entre dois mundos através de uma imensidão esquadrinhada pelas luzes da arte. E, acima de todas essas luzes, resplandecia uma claridade mais intensa que suplantava as músicas e as formas e os inspirava com sua força superior.

— O universo é um gigantesco relato — disse Petrus. — E

cada um tem o seu próprio relato, que brilha em algum lugar no céu das ficções e leva a algum lugar como aquele das profecias e dos sonhos. Para mim, é o amarone que mostra isso. Depois de dois ou três copos, tenho sempre a mesma visão. Vejo uma casa no meio dos campos e um velho que entra no lar depois do trabalho. Será que esse homem e essa casa existem? Não sei. O velhinho põe seu chapéu em cima de um grande aparador e sorri para o neto, que lê na cozinha. Sinto que quer para ele uma vida e uma labuta menos extenuantes que as suas. Então se alegra porque o menino gosta de ler e sonhar, e lhe diz: *non c'è uomo che non sogni.**Por que é que eu volto sempre a essa história? Toda vez, quando o vovô fala com o neto, eu choro. E depois, eu sonho.

— Os seus poderes estão ligados à força das ficções — disse o Maestro —, e dessa força, infelizmente, não entendemos muita coisa.

— Somente em dois momentos tudo é possível nesta vida — disse Petrus —, quando a gente bebe e quando inventa histórias.

Ela sentiu estremecer dentro de si uma consciência muito antiga, que parecia a conexão das mulheres além dos espaços e dos tempos, e cuja experiência ela tivera por Rose, mas que desta vez ligava os seres às criações do espírito. Uma vasta constelação surgiu para o seu olhar interior. Ela cartografava as almas e as obras num mapa-múndi deslumbrante cujas projeções de luz iam de um extremo ao outro do cosmo, de modo que uma tela pintada em Roma neste século traçava o caminho até corações que se encontravam em épocas e lugares imensamente separados. A frequência conjunta da terra e da arte se atualizava e unia entidades tão simpaticamente afinadas quanto estavam geografi-camente afastadas. Ela já não pulsava apenas nos estratos de sua

---

* Não há homem que não sonhe.

percepção mas atravessava planos heterogêneos do real e se desdobrava à maneira de uma rede que se iluminava sublimando a materialidade das distâncias. Era fortemente natural e fortemente humano. Da mesma maneira, registrava uma sucessão de imagens que não excedia um punhado de segundos mas na qual a empatia de Petrus transmitia uma história tão lírica e complexa como as que ele já lhe contara, porque os dois se conectavam a essa infinidade de laços no éter e viam as passarelas construídas no vazio ali onde outros só percebiam solidão e ausência. Então, viu um garotinho sentado em sua cozinha campestre banhada pelas sombras da noite. Um velho de rosto escavado pela tristeza põe seu chapéu de camponês ao lado de um aparador e enxuga a fronte com o gesto do descanso. No campanário da aldeia soa o ângelus das sete horas; fim da labuta; o velhinho sorri com um sorriso que ilumina toda aquela terra, depois, além de suas montanhas e planícies, ilumina as regiões desconhecidas, e ainda mais além explode num feixe de centelhas e ilumina uma região tão vasta que nenhum homem consegue percorrer a pé.

— *Non c'è uomo che non sogni* — ela murmurou.

— Ninguém nunca penetrou em minha visão dessa forma — disse Petrus. — Sinto a sua presença no coração de meus sonhos.

E, suavemente, visivelmente emocionado:

— Maria e você são a totalidade dos dois mundos, o da natureza e o da arte. Mas é você que tem nas mãos a possibilidade de um novo relato. E se tantos homens conseguiram viver dois milênios num real moldado pela crença na ressurreição de um crucificado com uma coroa de espinhos, não é absurdo pensar que tudo é possível neste mundo. Agora, é com você. Você vê as almas e pode lhes dar suas ficções e seus sonhos, que lançam passarelas ali onde homens e elfos aspiram atravessá-las.

— Você precisa me ajudar — ela disse.

— Sou um simples varredor e soldado — ele respondeu —, e você, uma estrela profética. Não acho que precise de mim.

— Você foi soldado?

— Fui soldado e lutei em meu mundo natal.

— Há exércitos entre os elfos?

— Há guerras entre os elfos e elas são tão feias como as guerras dos humanos. Um dia vou te contar a história de minha primeira batalha. Eu estava mais bêbado que um gambá mas a gente pode fazer muito mal ao cair.

— Você já matou? — ela perguntou.

— Já — ele disse.

— O que se sente quando se mata?

— Medo — ele disse. — Você tem medo?

— Tenho.

— É bom. Estou com você e não te abandonarei, nem na guerra nem na paz. Você não teve família mas tem um amigo.

Ela pensou: *tenho um amigo*.

— Mas agora, é a primeira batalha — ele disse. — Já não podemos recuar.

— A neve — ela disse. — É o sonho de Maria. A terra, o céu e a neve.

Ela se levantou e foi para o piano, onde tantas vezes tocara partituras cuja história ela não entendia. Mas o sonho de Petrus forjara a chave de suas horas de estudo com o Maestro. Havia em cada partitura o relato que como que costurava o coração do compositor, e todas, desde o início, desfiaram em sua memória e ficaram com a cor desses sonhos que, magníficos ou extintos, estavam inscritos na grande constelação das ficções. Então ela tocou de novo o hino da aliança que compusera num desejo de união e perdão, mas a ele acrescentou um sopro e palavras que lhe vinham do coração de Maria.

Pavilhão das Brumas
A metade do Conselho das Brumas

— Retiramos nossa proteção. Agora elas só podem contar consigo mesmas. Breve saberemos.

— Recebemos mensagens de passagem. Que os que têm a responsabilidade do comando fiquem prontos.

— Devemos nos reunir na ponte?

— Pouco importa onde nos reunimos.

GUERRA

por duas crianças de novembro e de neve

Eugène
Todos os sonhos

A proteção daquela terra desabou de uma só vez. Para Maria foi como um vagalhão que se retirava para o mar e deixava descoberta uma praia varrida pela tristeza e o vazio. Ela sabia que os anos florescentes das terras baixas tinham como fonte o poder dos javalis fantásticos e dos cavalos de mercúrio, mas esse poder era tão indissociável do seu próprio, e estava tão acostumada a tirar dali o canto e a energia da natureza, que seu súbito desaparecimento a deixou tão surda e cega como se jamais tivesse ouvido as óperas ou contemplado as gravuras — e sabia que aí estava o destino dos humanos comuns.

Da clareira do bosque do leste até os degraus da igreja, houve uma explosão de desespero e todos se sentiram entregues a abismos que se abriam sob seus pés. O padre François e o Gégène se imobilizaram de supetão, e o desespero da menina aniquilara dentro deles o que os impelira contra a tempestade. O padre, em especial, por mais que buscasse em si mesmo, já não encontrava a corola que ali se abrira, e, apavorado com a extensão de suas blasfêmias, estava decidido a se confessar com o bispo na primeira hora pós-cataclismo. Eu pequei, repetia, tiritando de frio e olhando ao redor um campo que lhe parecia tão miserável como as exaltações do pregador extraviado. Mas o bom padre não era o único cujas iluminações de homem livre se dissipavam, pois o Gégène sentia rastejar dentro de si o velho ciúme que tivera outrora dos amores passados de Lorette, e era a mesma coisa de um extremo a outro da região, onde o desgosto e a amargura tomavam conta das almas e clamavam contra a miséria do destino. Os homens que seguiam o Gégène já não sabiam o próprio nome, na igreja iam se entregando como uns malandros fanfarrões que um ato de intimidação dispersa como gralhas e na clareira precisava-se de toda a força de André para salvar o que restava da coragem dos três outros. Viam se abrirem as cicatrizes e infectarem-se os ferimentos que tiveram a pretensão de imaginar curados para sempre, sentiam um amargo rancor diante daquela menina funesta que afundava o mundo num caos assassino, percebiam que jamais tinha havido outro dever além daquele que ensinavam o padre e o bispo de Dijon e acreditavam que dele não fazia parte a salvação de uma estrangeira com poderes certamente sacrílegos. Em suma, o que perfurava seus túneis para ali depositar suas minas era a velha salmoura que os poderes conjugados de Maria e de seus protetores tinham por um tempo dissolvido — o remorso e a herança dos sentimentos de culpa, a mesquinharia e o medo, a ladainha das concupiscências e das renegações de covardia e todo o cortejo das baixezas que se fecham no amargo túmulo dos horrores.

Depois, em Roma, Clara tocou e a maré se inverteu. Em Maria a tristeza e o vazio refluíram e deram lugar a um afluxo de lembranças por onde, na transparência do rosto de Eugénie, passavam o cavalo de mercúrio, o javali fantástico, as brumas que lhe contavam sua chegada à aldeia e o céu de neve daquela época, pelo qual tinham se esgueirado os sonhos de todos, enquanto a vida se abria e se podia olhar dentro dela. A música e as ondas da natureza voltaram a ser inteligíveis. Na primeira vez, a mesma música que Clara tocava tinha sossegado seu coração torturado pela morte de Eugénie. Hoje, ela contava uma história que aguçava seu poder.

in te sono tutti i sogni e tu cammini su un cielo
di neve sotto la terra gelata di febbraio

Na clareira um grande sopro se levantou. A paisagem era apocalíptica. O céu se transformara numa tampa de ameaça e de morte percorrida pelo clarão e pelo ronco da tempestade, e do mundo só restava o sentimento dessa imensidão de perigo.

— Todas as frentes de batalha se parecem — disse Petrus a Clara. — Essa tempestade tem a mesma aparência da guerra e o que você está vendo é o que cada soldado viu antes de você.

As brumas iniciaram mais um movimento, que já não se enrolava em torno de Maria mas nascia das palmas de suas mãos. Um raio colossal se susteve no céu e iluminou a destruição que se abateu sobre aquelas terras. Depois, a menina começou a cochichar suavemente para o céu de neve.

Então... Então, de um extremo a outro daquelas terras jorraram todos os sonhos e uma sinfonia magnífica que Clara descobria na cortina do céu, e de cada alma ela via as pérolas do desejo bordadas na tela esticada do firmamento, pois cada alma, depois do desespero das salmouras deletérias, via-se renascer e acreditar na possibilidade das vitórias. Ora, o que ela contemplava com deslumbramento era o sonho do Gégène, no qual havia uma grande terra encantada para Lorette e para ele, com uma casa de madeira cercada de belas árvores e uma galeria aberta na floresta. Mas não era apenas o sonho de um homem que aspira ao amor e às existências serenas. Também expressava a visão de uma terra que pertenceria a si mesma, de uma caçada que seria justa e bela e de estações do ano tão grandes que cresceríamos junto com elas. Ali se depositavam crianças perdidas, na escadaria dos pequeninos, a fim de que convivessem com a grandeza, ali se viam velhas mulheres cuja riqueza era a penúria de conhecerem intimamente o espinheiro, e cacholas rudes e inebriadas com a missão de pôr para dormir as espanholinhas na paz, e ali se vivia nessa harmonia que não existe em estado puro mas que o sonho isola no quadro químico dos desejos, por onde se fazia essa abolição das fronteiras entre as terras e o espírito que, desde que o homem é homem, se chama amor.

Pois Eugène Marcelot era um gênio do amor.

Era desse gênio que nascia a visão que brilhara mais forte que as outras pela catálise dos sonhos, cujo céu de neve inundava a região. Viviam duramente e eram tão felizes! Eis o que cada homem pensava, e cada mulher mais ainda, enquanto os rapazes marchavam contra os arqueiros do diabo num júbilo renovado e o padre erguia os olhos para as nuvens e se restabelecia em sua fé reencontrada. Por todo lado a mesma alegria que brota do renascimento dos sonhos realizava sua obra de coragem e esperança. No pátio da granja, o Jeannot contemplava o campo da guerra no qual revia pela primeira vez seu irmão com o rosto da infância. Fazia muitos anos que um ricto supliciado extinguira seu olhar e que ele não tinha na boca o sabor da felicidade, a qual, naquele dia, assumia a forma de um corpo de mulher e de um ombro pálido onde secar suas velhas lágrimas enquanto a proibição de outrora se desvanecia em fumaça no temporal. Então ele soube que breve se casaria e que lhe nasceria um filho com quem falaria de seu irmão e das horas abençoadas da paz, e, virando-se para o prefeito, deu-lhe um tapinha alegre nas costas.

— Ah, é que a gente se sente rejuvenescer — respondeu o Julot ao seu empurrão.

O prefeito saboreava a poesia das horas que antecedem a caça, quando a floresta pertence aos que vão seguindo a pista dos animais, e que a preparam para os outros. Mas os caminhos do frio alvorecer estavam infiltrados por uma magia nova. Ele viu um homem de fronte pintada falar com um cabrito imóvel, e do pelo do animal brotava a evidência da perfeição. Enfim, como todos tinham a mesma revelação de seus sonhos, houve no céu da Borgonha uma grande algazarra em que se misturavam olhos de faiança e perdizes espalhafatosos, corridas pelos bosques e beijos na noite, e crepúsculos flamejantes em que se respondiam os ecos das pedras e nuvens, enquanto a totalidade da vida se prendia ao prisma de cada imagem e de cada desejo. Tantas lágrimas contidas e sofrimentos secretos… Não havia ninguém que não conhecesse o sal das lágrimas, ninguém que não tivesse sofrido por amar demais ou por não amar o suficiente e não tivesse trancado uma parte de si sob o lintel das labutas. Ninguém, ainda, que não sentisse, pregados direto na parede macia do coração, uma cruz sinistra de lamentações ou um calvário empoeirado, e ninguém que não soubesse o que causa num homem o martelar contínuo dos remorsos. Mas aquele dia era diferente. Todos tinham deslocado três dentes de alho esquecidos e as cenas cotidianas se transmudaram em quadros de beleza. Todos tinham reconhecido seu sonho no céu e ali obtido sua determinação e sua força, e o mais poderoso de todos, o de Gégène, fizera a oferenda de um acréscimo de bravura e fausto, a ponto de os rapazes que o seguiam pensarem que sua busca marcial também era estética e eles matariam sem perdão mas sem raiva, para que aquela terra reencontrasse seu inocente esplendor.

Tinham chegado às terras virgens do leste, depois contornado a colina detrás da qual partiam as flechas disparadas ao alto de suas cabeças antes de entrarem no fluxo de tempestade e se transformarem em bombas assassinas. Ora, eram flechas de boa madeira e de penas, e todos se alegravam de medir forças com os fulanos bem reais que se abrigavam covardemente atrás do muro preto. Nesse instante, o Gégène lhes fez sinal para se posicionarem de modo que a caça não pudesse ouvi-los nem senti-los se aproximar. Então, puseram-se na direção do vento e agiram contra os arqueiros como os arqueiros, mas tendo em mãos as armas da caçada moderna: deixaram as balas deslizarem no vento. Ah, a beleza daquele instante! Era um combate, mas era arte também. Durante o segundo em que eles se ergueram diante dos mercenários, tiveram a visão de homens nus cuja respiração se casava com o sopro de uma terra que seus passos leves apenas afloravam, depois houve em cada um a consciência clara da nobreza arqueira, da homenagem devida às florestas e à fraternidade das árvores, e souberam que, apesar de suas unhas pretas, eram verdadeiros senhores daquelas terras. *Só é senhor quem serve*, poderia ter dito o Gégène se estivessem na hora de tirar a rolha da garrafa e não de atirar nos malvados. O segundo passou, mas a consciência permaneceu e, enquanto isso, a surpresa do ataque derrotou em dois minutos a metade da tropa malvada, enquanto a outra recuava a toda a velocidade e desaparecia do outro lado da colina. Na verdade, deram no pé, como coelhos, e apesar do primeiro impulso de persegui-los, desistiram, porque se preocupavam sobretudo com a volta para a aldeia. Deram apenas uma olhadela para os que tinham morrido e descobriram que eram tão hediondos como os mercenários de todos os tempos. Tinham a pele branca, os cabelos escuros e, nas costas de sua roupa de combate, uma cruz cristã de que os homens só se refizeram depois de terem fechado os olhos de todos os mortos.

Em seguida, tentaram refluir para a igreja. Mas as águas barravam as estradas e já não havia caminhos praticáveis a pé.

Na clareira, a história que Clara oferecera a Maria encarnava-se numa frase que ela murmurava para o céu de neve e que se ramificava como uma árvore de três galhos em que se concentravam os três poderes de sua vida, quando não era mais italiano nem francês mas apenas a linguagem estelar dos relatos e dos sonhos.

em ti estão todos os sonhos e tu andas em um céu
de neve sob a terra gelada de fevereiro

A terra, Maria a conhecia pelo homem que a acolhera na primeira noite como sua filha, o céu, por aquela que a amava como mãe e a ligava à longa linhagem das mulheres, e a neve, pelas brumas fantásticas em oferenda ao relato inaugural dos nascimentos. Mas as notas de Clara tinham libertado sua fórmula e Maria via seu sonho ser desenhado. A ponte vermelha refletiu-se num lampejo de visão em que cintilavam os campos de força do mundo desconhecido e ela viu cidades brumosas dali extraírem sua luz e sua seiva. Dentro dela fez-se uma junção imaterial. Seus universos interiores se articularam numa configuração nova cujos pontos de ajuste foram reabsorvidos, dando origem a uma totalidade orgânica formada por todos os estratos do real. Depois, essa reorganização interna emigrou para fora dela e se espalhou pela imensidão exterior. Então o piano se calou e, num gesto de adesão absoluta, Maria obedeceu à história cujo dom ele lhe tinha feito. No céu de neve abriu-se uma brecha com o comprimento do mundo e desse abismo cintilante saíram seres estranhos que se puseram sobre o chão gelado. Mas o que assombrava os camponeses era a reviravolta que a magia de Maria operara, pois o céu se tornara a terra e o solo tomara o lugar das nuvens, com a vantagem de que podiam se deslocar ali dentro, viver e respirar como de costume. Até compreendiam que era por causa dessa inversão que o céu se fendia em dois, deixando passar o exército que vinha defender a aldeia, mas estavam impressionados com a sensação que tinham de andar sobre as nuvens e de que o combate se desenrolava sob a terra. André tirara o boné de orelhas e ao lado da filha, ereto como um juiz, pés bem firmes na terra, estava dividido entre o orgulho e o pavor, como se o tivessem cortado em duas partes perfeitas e iguais.

A clareira se cobriu de aliados.

— Maria é a nova ponte — disse o Maestro. — É a primeira vez que um destacamento do Exército das Brumas consegue combater no mundo dos humanos e que os elfos mantêm as leis de seu plano.

A terra pareceu se recolocar de pé e uns cinquenta seres estranhos fizeram um círculo em volta de Maria. Alguns tinham o aspecto de um javali fantástico; outros pareciam lebres, esquilos ou um bicho pesado e maciço que se imaginava ser um urso, e ainda lontras, castores, águias, tordos e todas as espécies possíveis de animais conhecidos e desconhecidos, entre eles — compreendeu-se com perplexidade — o unicórnio das histórias. No entanto, todos os que chegavam tinham uma essência de homem e de cavalo, ao que se somava essa parte específica, e as três não se juntavam mas se fundiam umas nas outras, num balé que Maria e os homens já conheciam. André olhou para seus lugares-tenentes. Também tinham deixado cair o chapéu e, batendo uma continência não destituída de garbo, sentiam o sangue gelar ao olharem para o exército estranho, mas teriam preferido morrer a debandar, e retos como estacas permaneciam às ordens diante dos unicórnios e dos ursos. Houve um grande silêncio, até que um dos que chegavam do céu se separou da massa de seus pares e foi se inclinar diante de Maria. Era um belo cavalo baio cujo rabo girava num fogo-fátuo cintilante quando sua essência de esquilo se impunha às outras e no seu semblante de homem lantejoulas douradas salpicavam o cinza de seus olhos. Ele se endireitou depois da reverência e se dirigiu a Maria na língua incompreensível do javali fantástico de outrora.

Em Roma, o ancestral escapou das mãos de Clara e cresceu, até alcançar o tamanho de um homem, e depois começou a rodopiar pela sala e, a cada giro, uma essência se separava da esfera de pelo antes de ser reabsorvida, sem desaparecer na ronda. Clara viu um cavalo, um esquilo, uma lebre, um urso, uma águia e um grande javali marrom, e ainda muitos outros, que apareciam na valsa até que tomasse forma uma totalidade de animais aéreos e terrestres. Por fim, o ancestral se imobilizou enquanto todos ficavam visíveis, numa osmose total e movente. O Maestro se levantara e levara a mão ao peito. Os olhos de Petrus brilhavam.

— Esse prodígio que você está vendo, nós não o esperávamos mais — disse-lhe o Maestro. — Nos tempos antigos, todos nós éramos ancestrais. Depois eles entraram, pouco a pouco, em letargia, e nós nascemos privados de certas essências, até comportar apenas três e temer que elas se estiolem ainda mais no futuro. Não sabemos a que se deve esse desaparecimento mas ele acompanha o de nossas brumas. No entanto, há pelo menos duas coisas que pressentimos fortemente. A primeira é que os nascimentos de vocês se inscrevem nessa evolução mas também trazem o Bem, a segunda é que uma unidade se perdeu para sempre mas é possível reconstruí-la de outra maneira. O mal que dividiu a natureza pode talvez ser conjurado pela aliança.

E ela viu lágrimas em seus olhos.

Na clareira do bosque do leste, o emissário do Exército das Brumas falava com Maria, e pelo poder do ancestral e pela revivescência de tempo onde as espécies não estavam cindidas, a francesinha e a italianinha compreendiam o que ele dizia e o que uma e outra diziam. Quanto aos homens, que não entendiam nada, esperavam calados que Maria lhes dissesse o que viria pela frente.

— Acorremos ao apelo de vocês — dizia o cavalo baio —, embora não precisem de nós nesta batalha. Mas a abertura de uma nova ponte é um acontecimento crucial e devemos entender as esperanças e os poderes que ela permite.

— Preciso da ajuda de vocês — ela disse —, não vou conseguir sozinha.

— Não — ele respondeu —, somos nós que precisamos da brecha que você abre e na qual valem as leis de nossas brumas. Mas você não é a única e, quanto a combater, o céu, a terra e a neve estão do seu lado.

— Você não está sozinha — disse Clara.

— Você não está sozinha — repetiu Petrus.

— A neve está com você — disse também Clara.

E essas palavras, enfim, venceram todo o resto, pois ocorre com as neves do começo o mesmo que com as neves do fim, brilham tal como lanternas ao longo de um caminho de pedras negras e são em nós uma luz que transpassa a noite. Um calor familiar envolveu Maria ao mesmo tempo que caía a noite sobre uma cena desconhecida. Uma coluna de homens avançava num crepúsculo lunar rasgado de vez em quando pelo eco das detonações distantes e ela sabia que eram os soldados da campanha vitoriosa que os condenaria para sempre à lembrança de seus mortos, enquanto naquela hora o frio liquidava legiões daqueles bravos que a maior guerra da história não conseguira matar. Então, um dos crucificados levantou a cabeça e Maria soube o que seu olhar implorava.

Começou a nevar.

Começou a nevar uma bela neve cintilante cuja cortina logo se estendeu da clareira até a escadaria inundada da igreja. Já não distinguiam o céu nem a terra, unidos na densidade dos belos flocos imaculados pelos quais chegava à terra um ar milagrosamente mais ameno. Ah, a carícia do calor reencontrado nas frontes frigorificadas! Não fossem todos eles homens, teriam soluçado como recrutas. A um sinal de Maria, a tropa se pôs a caminho de novo e eles tornaram a descer a passagem em zigue-zague por onde tinham subido mais cedo com o coração pesado, enquanto a neve fazia soprar novembro em fevereiro e o degelo sobre o campo gelado. Quando chegaram ao centro da aldeia, os ventos tinham enfraquecido e a tempestade, que perdera sua opacidade, roncava surdamente entre as últimas casas e o descampado. Mas os aldeãos ficaram petrificados ao descobrirem o exército que acompanhava Maria, e num primeiro movimento não souberam se queriam fugir ou ir beijar a menina; e se o Chachard e os filhos Saurat se regalavam de ter superado bem rápido o choque e se posto displicentemente firmes sobre seus pés no meio dos unicórnios, os outros precisaram de um pouco de tempo para conseguir observar sem pânico aqueles indivíduos curiosos e moventes. Enfim, quando se acalmaram, ficaram espremendo os miolos para se lembrar de quais eram as regras de boas-vindas em vigor no caso de lontras de rosto humano, e olharam o padre suplicando para que ele indicasse certos preceitos de boa convivência a serem aplicados a esquilos gigantes. Quanto a André, olhava a neve engrossar e paradoxalmente ganhar em transparência e calor e, como que bem a calhar, viram chegar o Jeannot, o prefeito, Lorette, Rose e as vovozinhas que haviam tomado o caminho da igreja aos primeiros sinais de refluxo da tempestade, quando os cavaleiros inimigos subitamente se desintegraram sob a neve. Quando viram os grupos que constituíam a assembleia da igreja, as velhinhas e Lorette se persignaram copiosamente. Quanto aos homens, se sentiam, mal ou bem, como no dia de sua primeira surra. No entanto, os espias traziam uma notícia que exigia urgência e o Léon Saurat, exortando-se a agir como veterano, foi fazer o relatório para André.

— Atrás da colina há outra tropa — ele disse —, mais numerosa e com fuzis de combate. Nossos homens estão em primeira linha mas não podem recuar, por conta das águas que subiram.

E, acanhado por ter conseguido fazer um discurso tão límpido, sorriu como um garoto apesar dos dramas do momento.

Maria balançou a cabeça. Fechou os olhos e a neve se intensificou. Depois, pela mesma magia que infundira nas terras baixas estações gloriosas e mantivera a integridade do reino natural, a neve se derreteu numa cortina adamantina que avançou para a muralha negra. No instante do contato, o campo foi percorrido por um tremor insólito, uma forma de emoção que tinha pouco a ver com a ordem dos sismos, e uma onda da mesma natureza percorreu o destacamento élfico e ninguém precisou de tradução para entender que ele concordava com o que a menina fazia. Por fim, viram a tempestade ceder sobre si mesma, assim como os cavaleiros da desgraça tinham desabado em seu nada: ela foi literalmente tragada para dentro, e todos souberam que a força de Maria era amplamente superior. Houve um instante suspenso entre a lembrança do medo e o alívio das vitórias; todos se olharam sem saber muito bem o que deviam pensar ou fazer (na verdade, não tiveram tempo de pensar nem de fazer); por fim, começaram a chorar, a rir e a se beijar numa cacofonia de terços brandidos e sinais da cruz entusiastas. André foi o único a manter a mesma vigilância sobre os seres estranhos, e, como eles, só olhava para Maria. Sob a pele fina de seu rosto, por círculos concêntricos a partir dos olhos disseminavam-se veiazinhas escuras, e suas feições estavam tensas, numa concentração extraordinária que provocava nos que chegavam do céu uma reverência nova. Ele os ouviu murmurarem em sua língua desconhecida, de um jeito que expressava o espanto e a admiração, e viu que se dividiam em torno dela como uma guarda em torno de seu comandante supremo. Então, ela se virou para André e lhe disse:

— Em marcha.

Mas antes que o grupo se movimentasse, Maria chamou o padre François.

A vida do padre François tinha se transformado diante da cortina branca. Assim que a neve virou líquido, a corola de quando haviam sepultado Eugénie voltou. Três dias antes, ele sabia apenas que aquela corola participava de um amor que se estendia por um território mais vasto que os cárceres da alma. Mas no cintilar mágico dos flocos prendia-se uma quintessência do universo e o sentido de sua própria homília lhe aparecia enfim em toda a sua bíblica evidência. Por que a certeza da indivisibilidade do mundo devia ser revelada, com uma força tão inacreditável, ao fiel servidor da causa da separação da terra e do céu? Era isso que Maria reconhecera nele, e era a razão pela qual queria que ele andasse a seu lado, em companhia de André. Numa monstruosa epifania, a imensidão do conflito ainda por vir infiltrou terror em cada átomo vivo do padre. Perderiam seres queridos e sofreriam traições inesperadas, marchariam contra as tempestades iníquas, tremeriam com um frio inumano e, perdidos nas trevas mais diabólicas jamais sopradas nos ouvidos humanos, perderiam toda fé e conheceriam as colunas no gelo e os desesperos para os quais não há remédio. Mas ele não percorrera inopinadamente dois milênios de revoluções interiores para jurar fidelidade ao pavor. Um arrepio o atravessou e depois deu lugar à esperança do garotinho que outrora brincara com as plantas do riacho e ele soube que o que estava separado se uniria, que o que estava cindido se harmonizaria, ou então todos morreriam e só o que teria importância era ter desejado honrar a unidade do que estava vivo.

Assim, seguiram pelo caminho do descampado e chegaram a uns poucos metros da colina onde se travava a batalha das espingardas. As mulheres tinham ficado na igreja mas o padre François andava ao lado de André e de Maria rumo ao posto avançado dessas linhas onde não mais se espantavam de ter a companhia de unicórnios e tordos. Ninguém portava arma mas estavam prontos para lutar de mãos nuas e desconfiavam sobretudo de que os aliados não estariam desprevenidos na hora do desenlace; e junto com o grupo avançava o céu de neve e quem tinha um pingo de juízo entendia que era através dele que Maria mantinha o enclave onde podiam combater os soldados surgidos da terra e do céu invertidos. Chegaram à colina, onde viram que o Gégène e seus três homens estavam em má posição e, embora as águas então tivessem refluído, não tinham conseguido recuar por causa do cerco dos outros que atiravam neles cruelmente. Quando os primeiros tiros pipocaram, eles se jogaram na curva do terreno mas a metralha passara pertinho e o inimigo contornara pelos flancos. Ora, eram quatro contra cinquenta, e embora tivessem avistado alguns perversos caídos à margem, entenderam que os nossos só estavam vivos por milagre e viram que um deles jazia no chão e se mexia muito pouco. De fato, tiveram de dar provas de uma resistência heroica para ainda não terem sido exterminados como umas baratinhas, e ao verem aquilo os reforços sentiram crescer a ira sagrada que o espetáculo de combates desiguais desperta, apostando que os aliados consumiam-se na mesma indignação ou no mesmo desejo de restabelecer a balança das justiças — assim, não se surpreenderam quando o cavalo baio se inclinou para Maria e lhe disse algumas palavras que o gesto tornava claras como o cristal, e que significavam: *deixe-nos terminar o trabalho*. E ela concordou.

A neve desapareceu.

Desapareceu de uma só vez como se não tivesse caído um só floco durante a batalha. A terra ficou tão limpa e seca como no verão, e entre nuvens brancas como pombos o céu se manchava de um azul de soluçar de felicidade. Fazia séculos que não contemplavam aquele azul e avançaram ainda mais depressa na direção dos inimigos que descobriram, enfim, o batalhão fantástico. Seria de crer que os homens que tinham disparado suas flechas numa tempestade sobrenatural superariam melhor que outros aquela visão insólita, mas em vez disso eles pareceram ficar imobilizados ali mesmo e se afogar numa camada de estupor e medo. Um deles, porém, pareceu extirpar-se da paralisia geral e apontou sua espingarda para a linha dos que chegavam.

A terra se metamorfoseou. Era uma estranha metamorfose, na verdade, pois ela não se transformara na aparência nem na essência, embora seus elementos estivessem sublimados e aparecessem na nudez de suas energias substanciais, o que todos percebiam por sensores desconhecidos abertos para uma dimensão do mundo que se tornava visível. Era primitivo e esplêndido. Os aliados em osmose com animais terrestres fizeram correr vibrações que sublevavam a terra e depois se propagavam como um terremoto subterrâneo para dizimar os mercenários. As águias, os tordos, as grandes gaivotas e todos aqueles cuja parte singular tinha a ver com o céu rodopiaram no ar, num campo de redemoinhos cerrados sobre os alvos inimigos. As lontras, os castores e outros seres de terra e de rios transformaram o ar em água e com ele moldaram lanças que os homens tiveram tempo de achar magníficas, antes que fossem projetadas contra um inimigo que elas feriram mais duramente que armas de metal ou madeira. Mas embora a tempestade diabólica parecesse extrair suas fúrias da deformação dos elementos naturais, sentia-se que o exército estranho se fundia harmoniosamente em seus fluxos.

— Não acaricie o gato a contrapelo — murmurou o padre François.

A seu lado, André o ouviu e abriu um sorriso que até então nunca passara por aquele rosto dedicado aos pactos de gravidade. Mas hoje ele sorria como um rapaz diante das palavras divertidas do padre que, vendo isso, lhe retribuiu o sorriso com todo o júbilo novo de se sentir um homem, e riram brevemente sob o céu azul da vitória porque tinham vindo de direções opostas mas se encontravam e se amavam diante do mesmo fogo fraterno.

O último inimigo tombou.

A primeira batalha estava terminada.

O Gégène estava ferido.

Precipitaram-se na direção desse bravo que não conseguia se pôr de pé. Recebera uma bala e uma mancha de sangue desabrochava em sua camisa já liberada do casaco, mas ele sorria, e quando todos ficaram em volta dele disse em voz alta e inteligível:

— Eles me pegaram, esses porcos, mas primeiro acertei alguns.

O padre François foi examiná-lo e depois tirou sua estola e a comprimiu sobre a ferida.

— Está com frio? — perguntou.

— Que nada — disse o Gégène.

— Que gosto na boca?

— Nenhum, e é uma pena.

Mas estava mais pálido que um fantasma e via-se que sofria a cada palavra. O Julot tirou do casaco o frasco de bebida dos caçadores e o segurou entre os lábios dele. Gégène sugou o líquido com um contentamento evidente e depois exalou um longo suspiro.

— Estou achando que a bala resvalou sobre uma costela — disse. — Ou então vão saber depressa, pois terei morrido antes de rever Lorette.

Maria se ajoelhou perto dele e pegou sua mão. Mas antes dirigiu-se a Clara.

— Eu soube — ela lhe disse simplesmente.

Depois fechou os olhos e se concentrou nos fluidos que passavam pela palma de Eugène Marcelot. Não havia nenhuma esperança e ela soube que ele também sabia.

Depois foi a vez de o padre François se ajoelhar ao lado dele.

— Não será uma confissão, meu irmão — disse o Gégène.

— Eu sei — respondeu o padre.

— Na hora de morrer, sou ateu.

— Eu também sei.

Então o Gégène se virou para Maria e lhe disse:

— Você consegue, filhinha? Me dê as minhas palavras. Eu nunca soube mas tudo está aqui dentro.

E com um gesto extenuado, apontou para o peito.

Ela apertou sua mão suavemente. Depois perguntou a Clara:

— Você consegue lhe dar as palavras dele?

— Mas com quem você está falando? — perguntou o Gégène.

— Com uma outra menina — disse Maria. — É ela que conhece os corações.

— Que o padre pegue a outra mão — disse Clara.

A um sinal de Maria, o padre François pegou a mão do moribundo. A música de Eugène Marcelot que Clara ouvia pela mão que a francesinha apertava era parecida com o sonho que ela contemplara mais cedo no céu. Contava uma história de amor e caçadas, um devaneio de mulher e de florestas com perfume de verbena e folhas, expressava a simplicidade de um homem que nasceu e viveu na pobreza e a complexidade de um coração simples ornado de rendas místicas, se cercava de olhares francos e suspiros inefáveis, acessos de riso e sedes religiosas que nada pediam a Deus e se inflava com a rugosidade e a generosidade que haviam feito dele o mandatário de uma terra onde encontravam refúgio as espanholinhas. Agora bastava Clara tocar e transmitir a elegância da música, que lhe lembrava a da velha Eugénie em suas devoções à alta natureza e fez seus dedos correrem pelo teclado com uma fluidez magnífica, até que o padre François também ouviu aquela música que contava a história de Lorette e Eugène Marcelot. Quando o piano se calou, ele pôs a outra mão na testa de Gégène.

— Você dirá a Lorette? — este perguntou.

— Direi a Lorette — respondeu o padre François.

Eugène Marcelot sorriu e ergueu os olhos para o céu. Depois, um filete de sangue lhe chegou às comissuras e sua fronte caiu de lado.

Estava morto.

O padre François e Maria se levantaram. Homens e elfos se calaram. Em Roma, era o mesmo silêncio e Petrus puxara seu lenço de gigante.

— Todas as guerras se parecem — ele disse enfim. — Nelas todo soldado perde amigos.

— Os que morreram não eram soldados mas apenas bravas pessoas — disse Maria. Fez-se silêncio de novo. Na colina, tinham ouvido o que dissera a menina e todos buscavam em si uma resposta que, por definição, sabiam ser inencontrável. Mas foi o cavalo baio que a descobriu, solenemente, para todos os outros.

— É por isso que precisamos ganhar a guerra — ele disse. — Mas antes, devem se despedir de seus mortos.

Depois recuou até a linha dos seus, que se inclinaram como um só corpo diante da tropa de camponeses estarrecidos e, nessa saudação, havia respeito e fraternidade dos velhos companheiros de armas. Maria fechou os olhos e as veiazinhas escuras que corriam sob sua pele se acentuaram. Então, pelos círculos de suas palmas as brumas iniciaram um gesto de envolvimento que apagou os seres estranhos, um depois do outro, até o emissário que lhes sorriu e lhes fez um gesto com a mão, antes de também desaparecer. Naquela terra não ficou mais que um punhado de homens dilacerados entre o sofrimento e o estupor, e que a partida dos aliados deixava tão desamparados quanto crianças. Mas depois de um instante em que foram apenas órfãos abandonados à tristeza, recuperaram-se porque tinham perdido um amigo a quem deviam o tributo da amizade que ele tivera por eles até as portas da morte. Assim, trataram de levar o irmão caído da maneira mais digna para apresentá-lo à viúva, e foi o Léon Saurat que, assumindo o comando, concluiu o combate dizendo:

— Eles o pegaram, tudo bem, mas antes ele acertou alguns.

Quando chegaram diante da igreja onde os esperavam mulheres e crianças, Lorette foi encontrá-los. Sabia. Seu rosto estava alterado pela cicatriz escura das dores, mas ouviu o padre François lhe dizer as palavras que Eugène gostaria que ela ouvisse.

— De Eugène para Lorette, através de minha voz mas apenas por seu coração: meu amor, andei trinta anos sob o céu sem jamais duvidar de que vivi na glória; jamais vacilei; jamais tropecei; fui, entre todos, comilão e tagarela, tão estúpido e fútil quanto os pardais e os pavões; enxuguei minha boca com o pano de minhas mangas, voltei para casa com lama nos pés e arrotei mais de uma vez entre os risos e o vinho. Mas a cada hora mantive a cabeça erguida na tempestade porque te amei e em troca você me amou, e esse amor não teve seda nem poemas mas olhares em que se afundaram nossas misérias. O amor não salva, mas eleva e engrandece, traz em nós o que ilumina e o esculpe com madeira da floresta. Esconde-se no vazio dos dias de nada, das tarefas ingratas, das horas inúteis, não desliza sobre as jangadas de ouro e os rios cintilantes, não canta nem brilha e jamais proclama coisa alguma. Mas à noite, uma vez a sala varrida, as brasas cobertas e as crianças dormindo — à noite, entre os lençóis, nos olhares lentos sem nos mexer nem falar —, à noite, enfim, nas lassidões de nossas vidas de pouco e nas trivialidades de nossas existências de nada, nos tornamos cada um o poço em que o outro bebe e nos amamos um ao outro e aprendemos a amar a nós mesmos.

O padre François se calou. Sabia que estava bem pertinho da missão de servir que dava à sua vida o único sentido jamais roubado ao silêncio ensurdecedor do mundo, e traçou para si mesmo o destino de ser, no resto dos tempos, o porta-voz dos sem-palavras. Ereta e soberba, Lorette chorava mas a cicatriz preta desaparecera e, através de suas lágrimas, sorria levemente. Então, pondo a mão no peito do marido defunto, disse olhando para Maria:

— Faremos um belo enterro para ele.

Caía a noite. Reuniram-se sob os telhados ainda intactos e,

na granja Marcelot, organizaram o velório dos mortos. Depois tiveram tempo para pensar. As terras baixas tinham sido cruelmente devastadas e levariam muitos anos até encontrar algo parecido com uma rotina. Primeiro, eles teriam de enterrar os inimigos. Os campos tinham sido arrasados e não se sabia como andariam as plantações; poriam as casas novamente de pé e a igreja não seria a última a ser restaurada, porque não queriam que um padre como aquele partisse para outro campanário. Por fim, perguntavam-se o que se poderia produzir dali em diante, pois desconfiavam de que, se a mão negra batera em retirada, sobrevivera a seus peões e preparava outros ataques. Mas tinham ficado ao lado de javalis e esquilos fantásticos e sabiam, apesar das aflições e dos lutos, que haviam se transformado para sempre.

Assim, no dia seguinte, segundo dia de fevereiro, reuniu-se um conselho na granja dos Vales. Ali estavam André, o padre François, os companheiros do Gégène, Rose, as velhinhas e Maria.

— Não posso ficar na aldeia — disse Maria.

Os homens sacudiram a cabeça mas as velhinhas fizeram o sinal da cruz.

Depois, olhando para o padre, ela disse:

— Três homens virão amanhã. Partiremos com eles.

— Vêm da Itália? — perguntou o bom padre.

— Vêm — disse Maria. — Clara está lá e devemos unir nossas forças.

Um grande silêncio acolheu a notícia. Desde os acontecimentos da véspera, haviam compreendido que existia outra menina mas não tinham a menor ideia de seu papel na história. Por fim, reunindo toda a sua coragem, Angèle perguntou:

— Então o padre François deve partir com vocês?

Parecia quase mais assustada com essa deserção que com a partida de Maria.

— É porque ele fala italiano — disse o Julot.

O padre François balançou a cabeça.

— Partirei — disse.

As vovozinhas pensaram em resmungar mas um olhar de André calou as três.

— Ficaremos em contato? — ele perguntou.

Maria pareceu escutar alguma coisa que lhe diziam.

— Haverá mensagens — disse.

André olhou para Rose, que lhe sorriu.

— Sim — ele disse —, acredito. Pelo céu e pela terra, haverá mensagens.

Por fim, chegou a manhã dos funerais, dois dias depois de terem enterrado Eugénie e a tempestade ter se abatido sobre a região. O padre François não rezou missa na igreja decapitada mas, na hora de se despedir dos sete mortos, disse apenas algumas palavras que ressoariam muito tempo nos corações enlutados. Quando se calou, três homens entraram no cemitério. Subiram a alameda diante dos olhos dos camponeses que tiravam o chapéu e inclinavam a cabeça à passagem deles. Quando os estrangeiros chegaram diante de Maria, também se inclinaram.

— *Alessandro Centi per servirti* — disse aquele que parecia um príncipe destronado.

— Marcus — disse o segundo, e pareceu que um urso marrom se superpunha fugazmente à sua silhueta pesada.

— *La strada sarà lunga, dobbiamo partire entro un'ora** — retomou o primeiro.

O padre François inspirou longamente. Depois, com o que pareceu uma pitada de orgulho, respondeu:

* A estrada será longa, devemos partir daqui a uma hora.

— *Siamo pronti.**

Alessandro se virou para Maria e sorriu para ela.

— *Clara mi vede attraverso i tuoi occhi* — disse. — *Questo sorriso è per lei pure.***

— Ela te retribui o sorriso — disse Maria.

Desde o fim da batalha, as duas se viam na filigrana de suas percepções comuns. Ora, a permanência desse elo era em Maria um bálsamo de que ela estava mais ávida ainda na medida em que a atualização de seus poderes, submergindo-a numa intimidade dolorosa com os elementos, agora a isolava das criaturas que ela mais amava. Quando falara com o céu de neve, sentira no peito a força de cada partícula natural, como se ela mesma tivesse se tornado uma totalidade de matéria, mas isso se traduzia também por uma mudança interna que a aterrorizava e cuja violência ela pressentia que só Clara conseguiria aplacar. Assim, conservava no seu íntimo os seus temores, esperando que pudessem conversar livremente.

Logo depois da batalha, Clara pusera o ancestral no colo. Quando o Exército das Brumas passara de novo pela brecha do céu, ele voltara a ficar inerte.

— Agora o que vai acontecer? — ela perguntara ao Maestro.

— Maria vai tomar o caminho de Roma — ele respondera.

— Quando verei meu pai? — perguntara também.

— Nem tudo pode ter resposta hoje. E você não é a única em busca de luz.

— Meu próprio pai — dissera Pietro.

— As passarelas — dissera Clara. — Precisa haver outras, não é? Será que um dia conhecerei o outro mundo?

Mas o Maestro se calou.

---

* Estamos prontos.
** Clara me vê pelos seus olhos. Este sorriso é para ela também.

Clara teve a impressão fugaz de que Petrus, em sua poltrona, com o olhar sombrio, desaprovava.

Agora, naquele novo dia de funerais, os quatro estavam na sala do piano.

O Maestro se virou para Pietro.

— Meu amigo — disse —, depois de tantos anos em que você aceitou não saber, prometo: saberá antes do final.

E, para Clara:

— Você conhecerá os mundos que abriu para outros.

Depois se calou e olhou para Petrus com olhos em que ela teve a impressão de ver o vestígio de uma capitulação bondosa.

— Escute isto também — disse Petrus —, da parte do varredor e do soldado. Adoraria beber tranquilamente enquanto você toca em meio ao perfume das belas rosas do pátio. Poderíamos passear pelas alamedas de nossas bibliotecas e nos extasiar com os belos musgos, ou então ir aos Abruzos com Alessandro e conversar e comer ameixas até que a morte chegasse. Mas por ora não é exatamente esse o programa. No entanto, sei por experiência que no meio dos perigos haverá luzes. Você conhecerá as brumas e as pedras vivas e também encontrará seu sonho. Conhecerá Maria e será uma grande história de amizade e verá o que são homens unidos na fraternidade do incêndio. Iremos juntos à terra do sinal da montanha e lá beberemos chá, mas um dia, e abençoo nossas brumas, você será bastante grande para um copo de moscatel. E a cada passo desse grande périplo, estarei com você porque sou seu amigo para sempre. Ora, se não sou totalmente o herói dos relatos, sei lutar e sei viver também. E nada prezo tanto quanto a amizade e o riso.

Serviu-se de um copo de moscatel, acomodou-se confortavelmente na poltrona de seus sonhos.

— Mas nesta hora — ele disse — quero erguer meu copo em homenagem aos que tombaram e me lembrar do que o padre François disse hoje de manhã em memória de um grande homem que se chamava Eugène Marcelot: *Meu irmão, retorne ao pó e saiba pela eternidade das matas e das árvores o quanto você amou. Esta vitória e esta força, sempre manterei.* E certamente não é por acaso que a divisa de nossas brumas se insinuou em suas palavras.

Manterrò sempre.

Conselho das Brumas
A *metade do Conselho das Brumas*

— Os nossos foram atacados de surpresa esta noite em Katsura — disse o Chefe do Conselho.

— Quais são as perdas? — perguntou um conselheiro.

— Todos morreram — disse o Guardião do Pavilhão.

— É o início de uma nova guerra — disse outro conselheiro.

— Levantamos um grande exército — disse o Chefe do Conselho —, apesar das traições e das pontes renegadas. E os exércitos dos homens se reúnem. Breve combateremos em todas as frentes.

— Podemos travar duas guerras ao mesmo tempo? É preciso encontrar a ponte do inimigo.

— Maria é nossa nova ponte. Mas nenhum ser humano jamais passou para este lado e ignoramos os perigos que terá de enfrentar.

— É uma incerteza que me preocupa menos que as traições do momento — disse o Chefe do Conselho. — E tenho confiança nos poderes de minha filha.

— Há talvez neste exato instante um traidor entre nós —

disse o Guardião do Pavilhão. — Mas as transparências do caminho são puras e pelo menos desse enclave podemos estar seguros. Quanto aos poderes de minha filha, breve irão além dos meus.

— Conselheiros — disse o Chefe do Conselho se levantando —, o enfraquecimento de nossas brumas não ameaça apenas a beleza de nossas terras. Se elas desaparecem, desaparecemos também. Ora, o mundo não parou de se fragmentar e se perder. Nas eras antigas, os humanos e os elfos não eram irmãos de espécie? Os maiores males sempre vieram das cisões e dos muros. Amanhã, aqueles cujas ânsias o inimigo acumula despertarão num mundo moderno, isto é, velho e desencantado. Mas temos esperanças em tempos de aliança e perseguiremos a ilusão dos poetas antigos. Combateremos com as armas de nosso Pavilhão e de suas ficções e não está escrito que os caminhos de chá e os sonhos não derrotarão os canhões. Nossa ponte resiste. Ela concentra a força das harmonias naturais e une o vivo com uma indivisível conivência. No rastro das meninas, vemos homens e mulheres que aspiram a passarelas construídas de natureza e de sonho. Maria e Clara são aquelas que esperamos? Ninguém sabe por enquanto. Mas lutam com coragem e devemos a elas a esperança que nos anima, ao passo que a primeira batalha mostrou a bravura e a coragem de seus protetores humanos. Aconteça o que acontecer nessa guerra, lembrem-se dos nomes delas e lutem vocês também com honra. E agora, depois das lágrimas derramadas sobre aqueles que pereceram, retirem-se e preparem-se para a luta. Quanto a mim, farei o que devo. Manterei.

*Agradecimentos e gratidão a
Jean-Marie, Sébastien e Simona*